下堂婦逆轉人生 2

風文創 842

饞饞貓 著

風文創
842

目錄

第十一章

顯慶十三年春，姜裕成三年任期滿後回京述職，與他同行的還有恩師張元清一家。碰巧的是，他們還在梧州碼頭遇到了凌績鳴一行人，一問才知道，他們租的竟是同一艘去往京城的船。

凌績鳴和姜裕成一樣，也是三年任期滿回京述職，與姜裕成孤身一人不同，他則是拖家帶口進京。隨行的人裡，除了妻子范瑾和兩個女兒，還有凌老爹、溫氏、凌三娘大妻以及懷著七個多月身孕的凌元娘。

因昔日恩師張元清在，他攜了妻女前來拜見。自從這個學生棄糟糠之妻另娶他人，攀上了勇毅侯，張元清就當沒有這個學生了。所以見到他後，張元清只是不冷不熱的問了他幾句，便將他撂在一旁，並且當著他的面，毫不吝嗇的展現出對姜裕成的看重。

凌績鳴以前也是張元清的得意門生，得到的重視並不比姜裕成少，看到恩師忽視自己而跟姜裕成侃侃而談時，難堪的情緒讓他難以再待下去。

從張元清處出來，凌績鳴狠狠一拳砸在船艙門框上，咬牙切齒道：「姜裕成，為什麼你什麼都要跟我爭？」

范瑾帶著兩個女兒跟在他身後，兩個女兒從未見過父親這般凶的模樣，嚇得大哭起來。

范瑾抱著小女兒輕哄，責怪凌績鳴道：「夫君，你嚇著琬琬和珺珺了。」

凌績鳴這才記起妻女，連忙抱起哭泣的大女兒。「琬琬乖，不哭了啊，都是爹爹不好。」

凌琬琬抽泣道：「爹爹凶，我害怕。」

凌績鳴替女兒擦了擦眼淚，柔聲哄道：「別怕，爹爹不凶，爹爹只是生氣了。」

聽了這話，凌琬琬膽子大了些，緊緊的摟著父親的脖子不撒手，睫毛上還掛著一顆沒有掉落的淚珠。

范瑾瞪了凌績鳴一眼，埋怨道：「我早就跟你說過，不必理會張元清，你把人家當恩師，人家可沒把你當弟子。」

凌績鳴看了她一眼，並沒有接話，范瑾一拳打到棉花上，覺得沒勁極了，夫妻倆互不搭理的抱著兩個女兒回了自家船艙。

凌家人多，又是第一次坐船遠行，凌三娘和凌元娘暈船，吐得天昏地暗。凌三娘還好，吐了多休息一下就能緩過來，但凌元娘不同，她大著肚子，每吐一次就虛弱幾分，溫氏看在眼裡，急得嘴上起了一圈燎泡。

「娘，我怕是沒那個命去京城了。」凌元娘有氣無力的靠在溫氏身上，就在一盞茶前，她差點連膽汁都吐出來了。

溫氏一邊給女兒撫背，一邊安慰。「別胡說，咱們一定會安安穩穩到達京城的。」

凌元娘合上眼，沒有接話。過了一會兒，她覺得身子輕快了些，對溫氏道：「娘，我這樣吐下去也不是辦法，我記得弟媳那裡有補身子的藥，娘替我要些來吧。」

她的話倒是提醒了溫氏。「對呀，我怎麼給忘了呢。」溫氏扶著女兒躺下，道：「妳先歇一會兒，娘去找她拿補藥。」

看到娘找范瑾去了，凌元娘勾了勾嘴角，心裡充滿了得意。

另一邊，范瑾聽了溫氏的來意後，皺眉道：「娘，不是我捨不得那點補藥，而是大姐有孕在身，咱們又不是大夫，怎麼能隨意給她吃藥，萬一害了她怎麼辦？」

范瑾不是小氣人，她說這話的確是為凌元娘考慮。但在溫氏看來，她就是不願意將補藥拿出來給大姑姐用，沒得到滿意的結果，溫氏臉一沈，氣沖沖的走了。

「夫人，老夫人也太過分了，您明明是為大姑奶奶好，她還給您甩臉子。」梅枝憤憤不平道。

范瑾心裡也存了氣，繃著臉一言不發。這時，一個穿著絳色衣衫、四十歲左右的中年婦人掀開簾子進來了，見范瑾一臉不豫，問梅枝發生了何事。

這婦人原是范柳氏身邊的大丫鬟，後來又做了范瑾奶娘，在范府時，大家都稱她為柳嬤嬤。柳嬤嬤因精明能幹、手段厲害，范瑾出嫁時，范柳氏特意讓她跟在女兒身邊照顧。

范瑾雖然嫁給了凌績鳴，但從范府過來的下人們，不怎麼看得上這位姑爺以及他的家人，其中柳嬤嬤最甚，只是為了顧及范瑾的面子，她從未表現出一絲一毫的輕視。

梅枝添油加醋的將溫氏無禮的言行告訴了柳嬤嬤，柳嬤嬤聽了後沈了臉。「簡直是欺人太甚。」

梅枝問：「嬤嬤，老夫人肯定會跟大人告狀的，要是大人誤會夫人怎辦呢？」

柳嬤嬤冷笑。「那就遂了她的心思，補藥照給，吃壞了人，可不關咱們的事情。」

范瑾不贊同柳嬤嬤的意見。「嬤嬤，藥可不能亂吃，要是真出了事，夫君肯定會怪我的。」

柳嬤嬤搖了搖頭。「我的姑娘啊，您就是太心軟了。自從凌家人來梧州後，您就沒過過一天舒心日子，老奴看著就心疼吶，如今那溫氏又要作妖，咱們不能再忍了。」

范瑾眼神暗了暗，柳嬤嬤的話說到了她的心坎裡。她深吸了一口氣，問：「嬤嬤覺得我該怎麼做？」

柳嬤嬤湊近她的耳邊說了幾句話，范瑾點了點頭，決定按照柳嬤嬤說的方法行事。

話說溫氏在兒媳這裡沒討到好處，轉頭就跟兒子告了狀。凌績鳴聽娘說范瑾寧可看著大姐虛弱下去，也不肯將補藥拿出來，心裡對范瑾有了意見。

他滿臉不高興的回到船艙，范瑾見狀連忙迎上來。「夫君，你回來啦，我正好有事同你商量呢。」

「娘說妳不肯給大姐用補藥？」凌績鳴開門見山的問她。

范瑾一僵，臉上頓時流露出委屈的神情。「夫君，是娘錯怪我了。並不是我捨不得那點藥材，而是擔心胡亂用藥害了大姐。我跟娘也提過，等靠岸的時候先找個大夫瞧一瞧，該用什麼藥我絕不藏私，但娘好像不願意，氣沖沖的就走了。」

聽了范瑾的話，凌績鳴臉色緩和了很多，他知道自己錯怪了妻子，向她賠禮道：「瑾兒，對不起，是我誤會妳了。」

范瑾搖頭。「不怪夫君，只怪我沒跟娘解釋清楚，我擔心娘會因此厭惡我。」

凌績鳴拉著她的手安慰。「不會的，我去跟娘說清楚。」

凌績鳴又去找了溫氏，在他的勸說下，她嘴上說著不怪范瑾，心裡卻將這個兒媳怨上了。

又過了兩日，船在江陽碼頭靠岸，在水上漂了好幾天，大家都想去陸地上感受一番腳踏實地的感覺，於是商定在江陽縣停留一日。

江陽碼頭是沿途各州縣最大的碼頭，江陽縣靠著漕運，發展得十分繁榮。姜裕成與恩師一家結伴在江陽縣逛了半日，吃過午食後才回到船上。

另一邊的凌家人也上了岸，范瑾歷來喜歡熱鬧，她想讓凌績鳴陪著她們母女去逛江陽縣，但凌績鳴以及凌家人的心思全部集中在凌元娘和凌三娘兩個暈船的人身上。她想起柳嬤嬤的計劃，話到了嘴邊又咽了回去。

溫氏和凌績鳴陪著凌元娘和凌三娘夫妻去了醫館，范瑾陪著女兒們在船上玩耍，至於凌老爹，半天也沒見著人影，范瑾猜測他可能是去逛江陽縣了。

快到晌午的時候，凌績鳴一行人回到了船上，凌元娘和凌三娘的氣色看著要比先前好一些了。

「夫君，大夫怎麼說？」見到凌績鳴後，范瑾關切的問道。

凌績鳴道：「大夫說，大姐和三娘是身子骨太弱了，所以才會暈船，須得用一些滋補的藥材補補。」

「前日娘來找我拿藥材，我怕害了大姐所以沒給，既然大夫說可以吃，那藥材還是從我這裡拿吧。」她看向凌績鳴。「所需藥材夫君列個單子，我讓梅枝去取。」

凌績鳴本來還在想如何跟妻子張口，這會見她主動提了，只覺得太善解人意了。他拉起她的雙手握住，感激道：「瑾兒，多謝妳。」

范瑾笑了笑，柔聲道：「我們夫妻一體，我的也就是夫君的。」

隨後，范瑾讓梅枝按著藥單去取藥材，取了藥材後，梅枝又將其送到了凌元娘和凌三娘處。得了藥材，凌三娘給兩個姪女一人做了一個香囊，算是感謝范瑾的贈藥之恩。

凌元娘知道凌三娘送禮跟范瑾道謝後，不滿地道：「三妹也真是的，不就一點藥材嘛，她巴巴的去跟范氏道謝，反倒襯得我不懂事了。」說完又嘆氣道：「我跟她做了十幾年的姐妹，她還從未送過我一針一線呢。」

溫氏道：「妳跟妳妹妹置什麼氣，養好身子才是正經的事情。」

凌元娘撫了撫肚子。「娘，還別說，這好藥材就是不一樣，我這兩日覺得精神好了些，幾乎沒有再吐了。」

「那是當然。」溫氏得意道：「我之所以沒去藥鋪抓藥，是我知道藥鋪的藥材品質肯定比不上妳弟媳那裡的。她娘家父母疼她，給她陪嫁的都是好東西，不用才是傻子呢。」說著說著，又嘆氣道：「唉，娶她進門原本是為了生兒子，哪裡想到一連兩胎都是女兒。現在珺珺都快一歲半了，她那肚子還沒一點動靜，也不知道我什麼時候才能抱上孫子。」

說到孫子，她神色一變，恨恨道：「倒是聶氏那賤人，不曉得走了什麼狗屎運，二嫁婦當了官大人不說，還一口氣生了兩個兒子。」

提起顏娘，溫氏十分嫉恨。一旁的凌元娘聽她提起這事，跟著罵了顏娘幾句。

「什麼，您讓我將大姐的孩子記在我和瑾兒名下？」凌績鳴目瞪口呆的望著自己的母親，根本不知道她為何會有如此荒唐的想法。

溫氏點了點頭。「你現在沒兒子，你大姐願意將孩子記在你名下，這不是兩全其美的事嗎？」

聞言，凌績鳴臉色沈了下來。「當初大姐做了那樣的醜事，我念在她是我的親姐姐才沒說什麼。您明明知道她肚子裡的孩子是個爹不詳的孽種，為什麼還要把他記在我的名下？」

「什麼孽種，他是你的親外甥。」溫氏很少見兒子對自己發怒，有些心虛道：「二郎，你大姐還年輕，以後肯定是要嫁人的，帶著個孩子哪裡能找到好人家。看在爹娘的面上，你就認了這孩子吧。」

凌績鳴繃著臉一言不發，溫氏又繼續道：「我還不是為了你好，你都二十幾歲的人了，膝下只有兩個女兒，你媳婦現在肚子都沒動靜，也不知道我們凌家什麼時候才能有後。我們問了大夫，說你大姐這胎是個男孩兒，只要你認了他，跟親兒子有什麼區別？」

親外甥和親兒子差別大多了，凌績鳴心中冷笑。

「范氏不知道以後還能不能生，你那麼要強，處處不如你的姜裕成一口氣得了兩個兒子，你呢？沒有兒子，我看你怎麼比得過他！」

溫氏的話還是沒能讓兒子動搖，她一時氣惱聲音大了些，正巧被要進來伺候的梅枝聽見了，她連忙跑回去一字不漏的稟告給了范瑾。

「真是欺人太甚！」范瑾聞言後氣得拍桌子，冷笑。「這事一定是凌元娘那蕩婦在作妖，看來是我平日裡太過忍讓，讓她們覺得我好欺負。」

柳嬤嬤替她順了順氣。「姑娘不必氣惱，先讓她蹦躂幾日吧，算算日子她的產期也快到了。」

范瑾頷首。「我長這麼大，要是我不願意，還沒人能從我范瑾身上占到便宜，這事就等夫君回來再說吧。」

凌績鳴回來後，范瑾裝作一無所知的樣子，期望他能夠親口告訴自己這件事。可凌績鳴讓她失望了，直到睡前都沒有提起隻言片語。

凌績鳴的隱瞞讓范瑾心生惱意，她對柳嬤嬤道：「既然那蕩婦有本事作妖，那就多送點藥材，讓她再蹦躂得起勁些。」

柳嬤嬤點頭應了，范瑾又道：「別厚此薄彼，凌三娘那邊也送一份去。」

過了不久，凌元娘那邊就收到了范瑾送過來的藥材和燕窩，她拿起一盞燕窩看了看。

「我這弟妹還真是大方，以前我哪能見著這些東西啊。」

放下燕窩後，她又撫了撫肚子，輕聲道：「雖然一開始我恨不得沒有你，但這幾個月我也想通了，與其將你打掉，還不如利用你得一些好處，也算是全了我們母子一場的緣分。」

三月初五，姜裕成、凌績鳴一行人在走了二十多天的水路後總算是到了京城。張元清在京城有宅子，姜裕成在他的邀請下，就這麼住進了恩師家裡。

凌績鳴這邊，范瑾進京前就給勇毅侯府去了信，說要帶著夫君和女兒上門拜見外祖父勇毅侯，原本進京的只有他們一家四口，誰知凌家人也跟來了，這下可不能全住進勇毅侯府。

范瑾心裡嫌棄凌家人粗鄙無禮，怕他們丟了自己的臉面，派人在東街的槐樹巷租了一個小院子，讓凌家人先安頓在此，然後，范瑾才帶著凌績鳴和兩個女兒去了勇毅侯府。

他們走後，凌元娘忿忿不平道：「爹、娘，范氏故意將我們扔在這破地兒，卻帶著弟弟和姪女們去勇毅侯府拜見，擺明了是看不起咱們凌家。」

凌三娘聽了皺眉道：「大姐可別忘了，二嫂是勇毅侯的外孫女，來到京城去勇毅侯府拜見有什麼不對？」
一旁的杜大郎也道：「背靠大樹好乘涼，二哥這次述職後的新差事，怕是還得要勇毅侯出面才行。」
他話音剛落，凌老爹點頭。「女婿說的對，二郎的差事需靠勇毅侯周旋，這個時候千萬不能得罪兒媳婦。元娘，妳最近給我老實點，要是影響了妳弟弟的差事，別怪我這個當爹的狠心。」
凌元娘聽了面色變得有些難看。「哼，我倒要看看她多有能耐，勇毅侯看在她的面上能夠給二郎多大的官做。」
說完氣沖沖的往外走，溫氏看她挺著個大肚子走得飛快，急忙上前去扶她。「妳這死丫頭，怎麼這麼大的脾氣，還要不要命啦。」
凌元娘剛想反駁，突然感覺到身下有什麼東西流了出來，接著肚子一陣鈍痛，像是有人用錘子在捶打一樣。
「娘啊，我肚子好痛！」
溫氏見狀伸手在她裙底摸了一把，摸到裡面的裙子已經被浸濕了。她大喊道：「他爹！三娘！趕緊來幫忙，元娘要生了。」
突然發生的變故讓屋裡的三人愣住了，溫氏那一嗓子讓他們回了神。杜大郎道：「我去找穩婆。」說完一陣風似的衝了出去。

凌老爹和溫氏將女兒扶到床上躺下，凌三娘則去灶房燒水。范瑾去勇毅侯府前，把身邊得用的幾個丫鬟婆子全帶走了，租來的小院裡只有一個看門的老頭在。

凌元娘這胎生得極為艱難，穩婆讓她不要大喊大叫，留著力氣生孩子，卻被她大罵了一頓。穩婆心裡存著氣，不再多說一句，任由她大叫。

凌元娘疼得面目猙獰，抓著溫氏的手一直嚎叫。「娘，好痛，我不想生了。」

溫氏心疼的安撫女兒。「元娘，妳忍著點，孩子馬上就要出來了。」

穩婆看了看凌元娘的身子。「宮口開全了，再使勁，已經看到孩子的頭了。」

凌元娘照著穩婆的話做了，一陣尖銳的疼痛後，她感覺到有東西從自己體內滑了出來。有過生產經驗的她知道，終於將孩子生下來了。

「恭喜，是個男孩兒。」

聽到穩婆說是男孩兒，凌元娘不由得鬆了口氣，正想看孩子的時候，又聽到穩婆驚慌的聲音傳來。「這……這孩子的左手怎麼有六個指頭？」

六個指頭？凌元娘心裡一驚，掙扎著要坐起來，溫氏見狀連忙按住她。「妳瘋了，妳才生產完不能亂動。」

「娘，孩子怎麼了？」她驚恐的看向溫氏。

溫氏臉色灰白。「妳先躺好，我把孩子抱過來。」說完從穩婆手上接過孩子。「妳看吧。」

凌元娘的視線慢慢地落在孩子左手上，只見小拇指旁邊多了一根粉色的肉條。凌元娘抱著頭大喊。「啊啊啊啊……把他抱走，我不想看到他，我不想看到他……」

產房裡的動靜驚動了外面的凌老爹和凌三娘，凌三娘連忙跑了進來，當她看凌元娘舉著襁褓即將要往地上砸時，嚇得心都提到嗓子眼了。「大姐，妳在幹什麼？」

聽到她的聲音，凌元娘朝她看來，趁這時候，溫氏一把將襁褓搶了過來。

「娘，把那妖孽給我。」凌元娘面目猙獰道：「他是不祥之人，不能留著他！」

穩婆乘機出去了，明明是喜事卻變成了這樣，她也懶得跟這家人要賞錢了，結了自己該得的便收拾東西走人了。

凌元娘生的兒子天生六指，凌家小院上空彷彿被蒙上了陰霾，所有人的心情都十分沈重。

「六指乃不祥，這個孩子留不得。」沈默了許久，凌老爹率先開口道：「溺斃吧，對外就說元娘生了個死胎。」

溫氏張了張嘴，沒有說話。

「爹，這麼做是不是太殘忍了，再怎麼說他也是咱們凌家的血脈啊。」凌三娘不贊同爹的處置，出聲反對。

凌元娘冷眼看向自己的妹妹。「既然三妹可憐他，那就抱去養啊，我絕無任何意見。」

「妳……」

凌三娘正要反駁，就聽杜大郎道：「讓我和三娘撫養這孩子，就算我們同意，我爹娘也不會同意的。但這孩子畢竟是條生命，不如將他丟到保育堂外，若是被保育堂的人撿回去，也算是做了一件好事。」

溫氏連忙點頭。「他爹，女婿說的對，就把那孩子交給保育堂吧。」

「爹，給他一條生路吧。」凌三娘也跟著勸道。

凌老爹看向凌元娘，凌元娘木著臉道：「只要別讓我看見他，是死是活與我無關。」

凌老爹長嘆了一聲，抱著那孩子對杜大郎道：「我不曉得保育堂在哪，你跟我一起去。」

他也不知道保育堂在哪啊，杜大郎暗道，但岳父的話不能不聽，只好應了。

天黑後，兩人趁著夜色將孩子扔到了保育堂門口，敲響大門後，連忙躲到一旁的轉角處。

大約過了一盞茶的樣子，保育堂大門被打開了，從裡面出來一個留著鬍鬚的中年男子，他發現地上的襁褓後，狐疑地朝四周張望了幾眼，見沒人來便抱著襁褓進去了。

翁婿倆相視一眼，均鬆了口氣。兩人一身輕鬆的往回走，結果在離凌家小院還有一條街的地方，被夜間巡邏的官兵給逮住了。

京城夜間有宵禁，戌時三刻過後，便是宵禁時間，宵禁期間百姓不能隨意走動。除非是為官府送信之類的公事，或是為了婚喪吉凶以及急病買藥請醫的私事，才可以在得到巡邏官兵的同意後行走，但不得出城。

凌老爹和杜大郎初到京城，凌績鳴跟他們講過宵禁的規矩，但他們根本沒放在心上，這下被巡邏官兵抓了，只得搬出同勇毅侯府的關係來。聽到勇毅侯三個字後，負責巡邏的官員命人將他們暫關進大牢，另外派人去確認他們的身分。

勇毅侯府，范瑾和凌績鳴剛剛歇下，勇毅侯卻突然派了個小丫頭來傳喚他們，夫妻倆連忙穿戴整齊去了勇毅侯的書房。

書房內，勇毅侯端坐書桌前，面沈如水的盯著夫妻二人。

「外祖父，不知您找我們有什麼事？」見他這神色不對，范瑾忐忑不安的問道。

勇毅侯並未看她，而是盯著凌績鳴。「京中戌時三刻後宵禁的規矩，你可知道？」

凌績鳴應聲：「知道。」

「既然知道，為何不好好約束家人，縱容他們宵禁後在街上亂竄？」勇毅侯騰地站了起來，疾言厲色責問凌績鳴。

凌績鳴詫異的看向他，不明白他說這話是什麼意思。勇毅侯瞥了他一眼。「剛才老夫收到消息，你父親同你妹夫被巡邏衛抓住了。」

他冷哼一聲。「那簡無恒與老夫素來不對盤，巡邏衛乃他兒子簡英掌管，就因為你父親和妹夫，老夫的臉面被人上門按在地上踩，簡直是奇恥大辱。」

原先他覺得這外孫女婿是個好苗子，本著肥水不流外人田的想法，提拔自家人總比外人強，打算放棄另一個他挺看重的年輕人。誰知道，才剛剛萌生了這個念頭，凌家人就在他臉上留下了一個巴掌印。

聽了這話，范瑾和凌績鳴均是一驚，凌績鳴急忙解釋：「外祖父，我和瑾兒來侯府前，已經將宵禁的規矩告訴了他們，也叮囑過宵禁後不能在街上亂走，也許是出了什麼事情，所以他們才未顧及宵禁。」

范瑾也連忙道：「是這樣的，外祖父，夫君說的都是真的，您先消消氣，我們一定會將情況弄清楚的。」

勇毅侯沒有點頭也沒反對，范瑾看了看他的神色，拉著凌績鳴出了書房。緊接著，夫妻二人避著巡邏衛偷偷的回了凌家小院。

他們回來時，凌家人也都未歇息，凌老爹和杜大郎翁婿倆出去快兩個時辰了，到現在還沒回來，溫氏和凌三娘又是著急又是心慌，總害怕兩人會出事。

跟她們的焦急比起來，凌元娘可就輕鬆多了。她之所以沒睡，並不是擔心誰，而是生產時撕裂的傷口疼得她睡不著。

「娘，我不是跟你們說過嗎，宵禁後不要出門，爹和妹夫到底在幹什麼？」進門，凌績鳴不顧溫氏欣喜的神色，氣急敗壞的抱怨道。

溫氏連忙拉著兒子問：「二郎，這麼說你是見到你爹和妹夫了？他們人呢，怎麼沒跟你們一起回來？」

凌績鳴皺眉將袖子從她手中扯出來，正要開口時聽范瑾冷笑了一聲。凌績鳴忍不住回想到勇毅侯給自己的難堪，氣道：「能在哪？在巡邏衛的監牢裡關著。」

聽到「監牢」兩個字，溫氏兩眼一翻暈了過去，凌三娘也沒好到哪裡去，一張臉白得跟紙一樣。

「二哥，到底發生了什麼事，為什麼會被巡邏衛抓走呢？」她焦急的問道，身子因驚嚇不停的顫抖著。

凌績鳴沒有回答，反問道：「妳先告訴我，爹和妹夫出門去做什麼？」

凌三娘愣了一下，臉上神色由白變青，再由青變紫，猛然看向凌元娘。「大姐生了個天生六指的孩子，爹認為六指不祥，和夫君將那孩子抱到保育堂去了。」

聽了這話，凌績鳴和范瑾也才發現，凌元娘隆起的腹部已經變平，她那肚子才將將八個月，竟然這麼早就生了？

凌元娘哼了一聲。「早將那孽種弄死，也不會發生這樣的事情。」她說這話時，神情十分狠戾，好像那孩子不是她生的，而是跟她有不共戴天的仇恨一樣。

凌三娘和凌績鳴被她的話震驚到了，虎毒還不食子呢，凌元娘怎麼能這樣狠毒？

范瑾一點也不意外，當初凌元娘唆使孫棟給聶氏的女兒餵有毒的米糕，婆婆說漏了嘴被她知道了。從那以後，她就幾乎不讓凌元娘接近自己的兩個女兒。

好在凌元娘看不起女孩兒，所以平日裡也不怎麼逗弄她們，但她依舊不放心，只要有凌元娘在，女兒身邊絕不會少了人照看。

當初她命梅枝送過去的藥材，只會讓她早產並且身子變得虛弱，並不會損害到孩子，凌元娘生下天生六指的孩子，在她看來正是報應。

掩飾住自己內心的雀躍，范瑾對凌績鳴道：「夫君，既然事出有因，咱們對外祖父也有個交代了。」

她皺了皺眉，繼續道：「只是絕不能讓外面的人知道那孩子天生六指，就說大姐忽然早產，生下了一個死胎。大姐受不住刺激身體虛弱，爹和妹夫也是為了替大姐請大夫，所以才在宵禁時間跑了出去。」

凌績鳴點了點頭。「如今也只能這樣說了。」

他看向凌三娘和凌元娘。「想必妳們也聽見了吧，以後無論何人問起，都要一口咬死那孩子生下來就死了。」

凌三娘和凌元娘齊齊點頭。

第二日一早，范瑾和凌績鳴又去了勇毅侯府，將家裡發生的事情告訴了勇毅侯。勇毅侯聽了緣由，臉色總算沒那麼難看了。

他讓親信去見了簡英一面，隨後凌老爹和杜大郎便被放了出來。翁婿倆在監牢裡待了一夜，出來時臉色發白、神色懨懨的，身上皺巴巴的袍子又酸又臭，像是在梅菜罈子裡泡過一般。

兩人攙扶著走出監牢，貪婪的呼吸著外面新鮮的空氣。獄卒一邊關鐵門，一邊鄙夷道：「鄉巴佬，以後規矩點，大晚上的別在街上瞎蹓躂。」

杜大郎要跟他爭論，被凌老爹制止了。「走吧，讓他先得意幾日。」

因著凌老爹和杜大郎的事，凌績鳴考核還是受到了影響，勇毅侯為了讓他記住這個教訓，並未出手幫忙。

考核評級結果下來後，凌績鳴得了個竭綏知縣的官職，雖然同梧州知縣一樣同是七品，但比起梧州的物產豐饒來，竭綏管轄地域內有很多還未開化的夷族，他們以綏河為界，與竭綏的漢民隔河而居。

夷族與漢民原本和睦相處，但上一任竭綏縣令為了政績，將屬於夷族的田地強行劃了一部分給漢民，造成了夷族與漢民的尖銳矛盾。那位縣令也在夷族和漢民械鬥時，不小心碰到了夷族百姓的尖刀上而命喪黃泉。

接到授官令後，凌績鳴如遭雷擊，他作夢也沒想到，吏部會將他派到竭綏去。不行，他不能去竭綏！

回家後，他同范瑾帶著授官令去了勇毅侯府。

「聖上正為竭綏的夷族不服管教而頭疼，若有人能解決這個麻煩，必然是前途無量。」

看了授官令後，勇毅侯沈吟道。

凌績鳴朝妻子使了個眼色，范瑾急忙懇求道：「外祖父，蝎綏蠻夷之地，那些夷族兇惡好鬥，夫君一介讀書人，怎麼能鬥得過他們？聽說前任知縣就是死於械鬥之下，外祖父，求您替夫君另擇一處外放之地吧。」

勇毅侯看了外孫女一眼。「老夫覺得這是個好去處，奈何你們不願去。」他嘆了口氣，對凌績鳴道：「也罷，老夫為你另尋一地，不過若是將來後悔，可別怪老夫沒有提點過你。」

他的話讓夫妻二人喜不自勝，凌績鳴朝他拱手作揖道：「多謝外祖父成全。」

勇毅侯擺了擺手，讓他們回去等消息。

與此同時，姜裕成的授官令也下來了。張元清的大弟子、現任吏部左侍郎的郭晉儀給同門師弟安排了一個通政司經歷的職位，從七品，掌收發文移及用印。官職雖然不高，位置卻十分重要。

姜裕成有自己的想法，他不太想去通政司，準確的說他不願意留在京中。他現在還年輕，又沒什麼根基，如果要往上爬，必須得有優秀的政績來支撐，與其做一個小小的京官，不如外放出去大展拳腳。

「子潤，你真不願去通政司？」郭侍郎皺著眉頭問姜裕成。

姜裕成笑著搖頭。「多謝師兄好意。」

郭侍郎實在是不理解這位師弟的想法，好好的京官不做，非要跑到那蠻夷之地去。他看向坐在上首的恩師張元清，求助道：「老師，您幫學生勸勸子潤吧，凌績鳴都不願去的地，他巴巴的湊上去算什麼？」

張元清卻道：「捨不得孩子套不著狼，子潤去竭綏我是支持的。」

聽了這話，郭侍郎只覺得一口鬱氣堵到了嗓子眼，上不來也下不去。生了一會兒悶氣，他總算讓自己冷靜下來了。

張元清道：「伯先，既然子潤不留京，那通政司經歷的任職人選一定要定好，萬不能讓晉陽侯的人得了去。」

「學生曉得。」郭侍郎應聲道：「老師，既然凌績鳴不願意去竭綏，不如將這通政司經歷給了他？勇毅侯雖然討人嫌，但他跟晉陽侯、楊太師一向不對盤，敵人的敵人就是朋友，就當是賣他個面子吧。」

張元清撫鬚頷首。「也可。就按你說的做。」

就在這時僕從來報，說是勇毅侯上門拜訪。郭侍郎與姜裕成相視一眼，都知道勇毅侯這時候來拜訪恩師的目的。

滿朝上下都知道，顯慶帝這個時候讓張元清還朝，並且授予他文華殿大學士的官職，為的就是用他來牽制晉陽侯、楊太師一派。

勇毅侯同晉陽侯一向不合，二皇子出生前，顯慶帝一直用他來平衡晉陽侯與楊太師的勢力，並且將他的大孫女迎進後宮封為祥嬪。祥嬪有孕誕下二皇子，二皇子卻被奸人所害廢了雙腿，無緣皇位之爭。

勇毅侯作為二皇子的外曾祖父，一直認為二皇子是被晉陽侯一派所害，對晉陽侯恨之入骨。

自從二皇子成了廢人後，他與晉陽侯的爭鬥漸漸落於下風，使得晉陽侯一派越發的囂張，顯慶帝不得不將張元清召回。

聽說勇毅侯來訪，張元清對那報信之人道：「請他進來吧。」

去竭綏上任之前，姜裕成先回了陵江鎮一趟。離家兩個多月，家裡一切如常，但又能看出特別明顯的變化。

姜母氣色頗好，兒子婚後夫妻和睦，小丫頭滿滿每日陪著她，顏娘又給她生了一雙孫兒，心想事成的她每天笑容都沒淡過。

再來看雙生子，同剛出生時的瘦弱比起來，兩個多月的時間，兄弟倆長大了很多，兩張一模一樣的小臉衝著姜裕成笑時，他覺得自己的心都要化了。

還有滿滿，兩月未見，小姑娘長高了一截，見到他回來，高興的撲到了他的懷裡。當他拿出從京城帶回來的禮物時，開心得又蹦又跳。

一家人中，顏娘是最讓他震驚的，回來後看到變瘦了的顏娘，他還以為自己認錯了人。

說來也奇怪，前二十年裡，顏娘想盡辦法都沒能去掉一身肥肉，但自從生下雙生子後，竟然奇蹟般的瘦了下來，雖然比不得二八少女那般纖細苗條，但自有一種美貌少婦的成熟風情。

她梳著時下婦人流行的倭墮髻，上身著豆青色家常直領對襟衫，下身配著同色的兩片式褶裙，笑眼盈盈的站在那裡看著他。

姜母喚來楊娘子和桃兒，將三個孩子帶了出去，把屋子留給闊別已久的小夫妻。

「娘子。」姜裕成上前牽起她的手，走到軟榻上坐下，柔聲道：「這些日子多虧有妳照看娘和孩子們，妳受累了。」

顏娘搖頭。「這本就是我該做的，夫君在外奔波才是最辛苦的。」說完，摸著他的臉問道：「看著瘦了，是不習慣京城那邊的飯菜嗎？」

姜裕成安慰妻子道：「出門在外不比家裡舒服，不過有老師在，吃的住的也不差，只是舟車勞頓看著憔悴了些。」

顏娘這才放下心來，她起身面對他站著，鼓起勇氣問：「夫君，我瘦了好看嗎？」說這話時她臉頰緋紅。

姜裕成有些訝異，他瞭解的顏娘不會這麼大膽和直白。他又仔細瞧了瞧，只見瘦了後的她，白淨的臉上粉黛未施，雙眉細長如畫，眼眸柔情似水，小巧挺翹的鼻梁下是一張紅如胭脂的嬌唇。

看著這樣好看的一張臉，他腦海中忽然浮現出兩句古詩來：皎若太陽升朝霞，灼若芙渠出淥波。

「真好看。」他的目光不自覺被那不點自紅的胭脂唇吸引著，輕輕的點了點頭。顏娘的臉更紅了，她低下頭羞怯的盯著自己的腳尖，不敢與他的眼睛對視。

姜裕成將她拉回軟榻上，輕笑道：「孩子都生了兩個了，怎麼還那麼容易害羞？」又趁她不注意時，飛快的在她唇上輕啄了一下。顏娘被他突然的舉動嚇了一跳，心怦怦地跳個不停。

姜裕成壓根不滿足這樣的碰觸，自顏娘有孕到現在，兩人將近有一年沒同房了，他雖然不好女色，但若嬌妻在懷還坐懷不亂，那他不是柳下惠，而是雄風不振。

被他溫柔以待的顏娘忽然在這一刻走神了，她想起烏娘子的話來：「男人都是受不了誘惑的，尤其是去了京城那等繁華之地，顏娘，妳要有個心理準備，免得到時候承受不了。」烏娘子的話讓她慌了神，一連幾日都魂不守舍。兩個月六十多天，她每一日都在想，要是姜裕成真的領了其他女人回來，她該怎麼辦？

她打心底裡厭惡跟別人共事一夫，所以當初凌績鳴提出和離時，她沒有任何猶豫就答應了。

她跟凌績鳴斷得很乾淨，但到了姜裕成這裡，她反倒下不了決心。嫁入姜家這一年多，丈夫溫柔體貼，婆婆和藹可親，姑姐爽朗講理，與凌家的日子比起來簡直是天壤之別。她不想失去這種被人重視的快樂，更不想失去這得來不易的家。

姜裕成也看出了她的不專心，停下來輕聲問道：「娘子，妳怎麼了？」

顏娘其實很想問，離家的這兩個月他有沒有讓別的女人伺候過？但話到了嘴邊卻怎麼都問不出口。

姜裕成久別重逢的衝動淡了下去，他捧著妻子的臉頰，再次追問：「娘子，我們是夫妻，妳有什麼事可以直接跟我說。」

顏娘的目光定在他的臉上，嘴唇張張合合，依舊開不了口。

姜裕成放棄了讓她主動告知的念頭。「這樣吧，我問妳答，回答的時候一定要說實話。」

顏娘點了點頭。

姜裕成問：「妳憂慮的事情跟我有關？」

顏娘輕輕嗯了一聲。

姜裕成直勾勾的盯著她，繼續問：「跟我在京城的那段時間有關？」

顏娘再次點頭。

問到這裡，姜裕成心裡有了疑惑。他記得師兄說過，後宅女人在乎的有三點：第一，容貌年輕漂亮，第二，夫妻相處和睦無妾，第三，兒女爭氣孝順。

顏娘這裡，年輕漂亮的容貌有了、兒女年紀太小憂心太早，姜裕成自認為自己算是一個合格的丈夫，不納妾，不好女色，對妻子一心一意。

顏娘到底在擔憂什麼呢？他絞盡腦汁也沒想出來。

因為這事，兩人之間的氣氛變得有些怪異，姜母最先發現。趁著顏娘忙著照顧孩子的時候，她將兒子拉到一旁，問：「成兒，你和顏娘吵架了？」

姜裕成愣了一下才反應過來。「娘，您說什麼呢，我們沒有吵架。」

姜母不相信。「明明昨天看著都好好，今天卻不是那麼回事。」

姜裕成詫異母親的敏銳，不由得嘆氣道：「我們真的沒吵架，是顏娘心裡存著事，問她她也不肯說。」

「真的？」

「真的。」

姜母聽了兒子的解釋後不僅沒有放心，反而更擔憂了。她是真的很喜歡顏娘這個兒媳婦，不希望有任何事情影響到他們夫妻。

顏娘的口風很緊，要是她不願意說的，絕對不會對人說。姜母去找了烏娘子，她跟顏娘要好，興許能知道一些原因。

「哎呀，這都怪我多嘴。」烏娘子忍不住拍了一下額頭，自責道：「年前蘇員外家的大少爺從京城帶了個妾回來，蘇大奶奶被氣得帶著孩子回了娘家。這事傳得沸沸揚揚，我呢，就跟顏娘多了句嘴，讓她把心放寬些，不要學蘇大奶奶。」

蘇家大少爺不曉得惹了什麼麻煩，被人打得半死趕出了京城，他那妾室費了不少勁才把他送了回來。本想著能夠留在蘇家有個遮風避雨的地方，誰知蘇大奶奶氣性大太，不僅將那妾室發賣了，還帶著孩子回了娘家。

聽到這裡，姜母也明白了，原來顏娘是在擔心兒子納妾。想到這裡，她不由得埋怨了烏娘子兩句，烏娘子自知理虧，不停地跟她賠禮道歉。

回到家後，姜母將從烏娘子那裡打探來的消息告訴了兒子，姜裕成聽了哭笑不得，原來顏娘支支吾吾不肯說的竟是這事。

臨睡前，他把正在鋪床的顏娘拉到一旁坐下，嘆了嘆氣道：「娘子，妳這是多麼不信任為夫啊，才會成天胡思亂想著我會有別的女人。」

他將她的手放到自己掌心，如同發誓一般保證。「放心吧，不會有別的女人的。」他一臉嚴肅的看著她。「我很清楚我想要的是什麼，妾是亂家的根源，對我來說，我的後宅有妻子一人足矣。」

時間彷彿凝固了一般，顏娘清楚的聽到了自己的心跳，她呆呆的望著他，不知道如何回應。

過了許久她才緩緩開口問他：「夫君的意思是，以後都不納妾嗎？」

姜裕成點頭。「對，不納妾，也不要通房，只妳一個。」

聽了他的保證，顏娘應該狂喜才對，她卻紅了眼眶，這兩個月的猜疑和鬱悶全都化成了淚水。

姜裕成有些無奈，用帕子替她擦拭淚水。「別哭了，我說的都是真的。」

顏娘含著淚點頭。「嗯，我相信夫君。」

「以後可不許胡思亂想了，不然娘又要擔心我欺負妳了。」他笑著又說了一句。

顏娘驚愕道：「娘也知道了？」

姜裕成笑了笑，那笑容裡帶著不言而喻。顏娘脹紅了臉，難為情的埋下頭，恨不得有個地洞能讓自己躲一躲。

解除了隔閡的夫妻二人，度過了一個十分美妙的夜晚，第二日起床時，一向自律的姜裕成沒忍住，拉著顏娘又胡鬧了一回。

吃朝食的時候，姜裕成將自己要去竭綏任職的事情告訴了母親與妻子，顏娘和姜母並不知竭綏是什麼地方，只聽著覺得有些耳熟。

這時候，桃兒從外面進來，姜母看見她眼睛一亮。「哎喲，瞧我這記性，桃兒老家不就在竭綏嗎？我說這地方怎麼在哪聽說過。」

說完，將桃兒喚了過來。「我記得妳說妳是從竭綏那邊過來的，來跟我講講那地方怎麼樣？」

桃兒臉色忽然變得慘白，一動也不動的站在那兒，就像被人抽掉了三魂七魄一般。姜母見狀連忙問：「桃兒，妳怎麼了？」

一連喊了好幾聲，桃兒才有反應。「老夫人，奴婢沒事，奴婢聽老夫人提起家鄉，想起了一些往事。」

姜母笑著道：「妳家大人就要去竭綏做官了，妳快給我和夫人講講竭綏的風土人情。」

桃兒猛地抬起頭。「老夫人，您說大人要去竭綏做官？」

姜母點了點頭。

桃兒忽然跪了下來。「老夫人、夫人，那竭綏去不得啊！那地方夷族眾多，與漢民一向不和，每年都有很多百姓死於同夷族的械鬥中，奴婢的爹娘就死於夷族之手。爹娘死後，奴婢沒了依靠，才會被奴婢二叔賣給了牙婆，輾轉來到虞城縣，被大人買了回來伺候老夫人。」

桃兒的這話讓姜母和顏娘齊齊變了臉色，顏娘急切的問：「妳說的可是真的？」

「奴婢以性命擔保，剛才說的絕無假話。」桃兒眼神中沒有閃躲，她用自己的態度證明自己沒有撒謊。

一直沒有出聲的姜裕成讓桃兒退下，這才跟母親和妻子道出緣由。

「竭綏雖是漢民和夷族雜居，但一般不會輕易發生械鬥。前年那場大的傷亡，也是因為前任知縣逆行倒施，將屬於夷族的田地強行劃給了漢民，所以才導致夷族不滿反抗，桃兒的父母應該是被誤傷致死。」

姜母聽了更憂心了。「那更去不得了，誰知道夷族人會不會對當官的懷恨在心吶，咱們這一家子老的老、小的小，要是去了那地，還不被他們給吃了啊？」

姜裕成笑了笑，安撫母親。「我原本也沒打算帶著家眷去竭綏，您和顏娘就在家裡照顧三個孩子吧。」

「夫君，我……」

顏娘正欲開口，就聽姜母道：「怎麼能讓你一個人去呢？不行，你那老師不是回去當大官了嗎，你給他去封信，讓他幫你另擇地方外放。如果實在沒有去處，就還是留在咱們虞城縣吧。」

姜裕成搖頭。「娘，這地方是我自己要去的。」他想起師兄郭侍郎當時的神情，不由得笑了。「三年，我只在那裡待三年，三年後咱們一家就可以團聚了。」

姜母覺得兒子冥頑不靈，氣得將頭扭到一邊不說話了。顏娘看向姜裕成，鼓足勇氣道：「夫君，我想跟你去竭綏。」

姜裕成驚訝後拒絕了。

「夫君，你說過我們夫妻一體，我不能放任你獨自去那麼危險的地方，我想陪著你在那待滿三年。」

「孩子們呢？妳跟我走了，娘一個人照看得過來嗎？」

「我……」

姜裕成提到孩子們，顏娘頓時沒了主意，其實她更想說的是，將孩子們都帶上。但她知道，婆婆和丈夫都不會答應的。

誰知，姜母一直在聽夫妻倆的對話，聽到顏娘想要跟著去竭綏時，她心裡有了主意。

「我覺得顏娘說得沒錯，不能讓你一個人去那。這樣吧，咱們一家子都過去，不管怎麼樣，一家人都不應該分開。」

姜裕成聞言無奈道：「娘，您別添亂行嗎？」

姜母瞪了他一眼。「我怎麼給你添亂了？我和你媳婦還不是為了你好，姜裕成，我告訴你，你要是敢撇下我們去竭綏，以後就別回這個家，也別認我這個娘。」

「娘，妳……」

「我怎麼了？我決定的事情不會再有改變，你不是要去縣衙辦交接嗎，要去趕緊去，我和顏娘忙著收拾行李呢。」

姜裕成被母親打發出門，在門口站了一會兒，突然笑了。

第十二章

決定了全家去竭綏，需要收拾的東西多了起來，路上吃的、喝的，四季衣裳、各類藥材，還有孩子們的一些東西。

府裡的下人、雇傭也需要安置，鄭伯和桃兒是簽了死契的，主家去哪兒他們都只能跟著。至於楊娘子和丫丫，她們母女不願意背井離鄉，所以顏娘給她們一些銀錢放她們回家去。

冷茹茹得知姜裕成外放，姜母和顏娘以及孩子們都要跟著去，心裡又是難受又是不捨。她對顏娘道：「要不妳把滿滿留下吧，她和長生一向要好，兩個孩子在一起也可以做個伴。」

滿滿聽了連忙抱住顏娘手臂，警戒道：「我要跟著我娘。」

冷茹茹又問：「妳要是跟著妳爹娘去了竭綏，好久都見不到長生哥哥了，妳捨得嗎？」

滿滿猶豫了，她看向顏娘，徵求她的意見。「娘，咱們能帶長生哥哥一起去嗎？」

顏娘搖了搖頭。

滿滿很失落，她不想離開爹娘，也不願跟長生哥哥分開。

冷茹茹見她垂頭喪氣的樣子，噗哧一聲笑了。「咱們還是別為難小丫頭了。」她對顏娘道：「兩個孩子一向要好，也不知長大後還會不會如此。」
顏娘知道她的意思，笑了笑沒接話。
三日後，姜家一行人準備出發去竭綏了。冷茹茹帶著丈夫和兒子來送行，臨走前，她和姜母抱頭痛哭，久久不肯撒手，彷彿這一去就是生離死別了。
滿滿也在和長生告別，她將自己從小戴在身上的玉扣送給了他，讓他不要忘了自己，長生哽咽著點頭，承諾每隔五日給她寫一封信。
姜裕成和顏娘抱著雙生子站在一旁，也被離別的情緒感染了，夫妻二人齊齊紅了眼眶。人生在世，分離總是難免的，儘管再不捨，也不能強留。
馬車裡，姜母還沒從離別的情緒中走出來，滿滿也神色懨懨的，祖孫倆依偎在一起，看著有種淒涼的感覺。
顏娘與姜裕成相視一眼後，對姜母道：「娘，大郎二郎都快四個月了，連乳名都沒有，咱們現在就給他們取一個吧。」
姜母擺了擺手，無精打采道：「你們做爹娘的取就是。」
姜裕成笑了笑。「娘，您要是拒絕了，這兩小子長大後，萬一認為您不疼他們呢？」
「胡說，娘最疼的就是咱們家這三個孩子。」
「既然如此，他們的乳名就交給您了。」
也許是真的怕孫子們長大誤會自己，姜母的心思全都集中在替兩個孫子取乳名上了，絞盡腦汁的同時，還拉著滿滿一起想。看著這一老一幼恢復了精神，夫妻倆這才放下心來。

又過了幾日，姜母對兒子兒媳宣佈。「我啊，現在最希望的是，咱們能夠平平安安的到達竭綏，再順順利利的熬過三年。所以，平平和安安就是兩孫子的乳名了。」說完，又對姜裕成和顏娘道：「我這做祖母的給孩子取了乳名，大名就要你們當爹娘的費心了。」

顏娘點頭。「娘，夫君已經取好了。」

姜母頓時有了興趣。「來，說給我聽聽。」

姜裕成拿了兩張紙出來，只見上面寫著「姜文博」、「姜文硯」六個字，他正色道：「大郎文博，二郎文硯，我希望他們兄弟倆能做一個頂天立地的男子漢，成就一番事業、光宗耀祖，甚至是安邦定國。」

「這兩名字取得好。」姜母笑著逗弄兩個孫子道：「文博文硯啊，你們倆可要爭氣啊，你們的爹對你們的期許大著呢。」

顏娘聽著他們母子倆的對話，心裡有些不贊同。作為一個母親，她希望她的孩子能夠平安順遂的長大，哪怕是平庸無奇，一輩子活得開心快樂就好。

從虞城縣去竭綏，比去京城近多了，馬車在路上搖晃了半個多月，總算平安順利的到達竭綏地界內。

進入竭綏地界，遠遠望去，被大雨洗刷過青蔥山色映入眼簾，如一條條翠綠的腰帶層層疊疊，錯落有致。掀開車簾，雨後的濕潤氣息縈繞著在鼻尖，暫緩了身上因跋山涉水帶來的疲乏。

馬車的速度漸漸慢了下來，路過一片湖泊時，成群結隊的鷺鳥停歇在岸邊，馬蹄聲驚動了牠們，如一樹梨花被清風吹落，群鷺驚起，振翅高飛，那景象看得初來乍到的姜家人震驚不已。

「好多鳥兒。」滿滿指著飛向天空的鷺鳥，驚奇的喊道。

顏娘也很意外，感嘆道：「看著山清水秀，應該是個好地方吧。」

姜裕成點頭。「竭綏不是西北那樣的苦寒之地，素有惡名不過是因為夷族聚居罷了。」說完後，想起剛剛在路邊田間碰到的幾個夷族人，他們笑著同他打招呼，雖然聽不懂他們的語言，他還是感受到了其中的善意。

竭綏的縣城要比虞城小很多，但管轄的區域卻大了不止一倍。竭綏地廣人稀，域內多丘陵和高山，可種的良田數目少，糧食產量很低，交完稅糧後，所剩的糧食幾乎不能挨到下一個秋收。

竭綏的百姓，不管是夷族還是漢民，都將糧食和田地看得十分重要，常常因為跟田地有關的小事發生大規模的械鬥。

姜裕成新官上任，婉拒了竭綏的富商豪紳為他舉辦的接風宴，第二日一早便帶著屬官鄧縣丞和吳主簿瞭解民情。兩位屬官都是自小生活在竭綏的本地人，鄧縣丞為漢民，吳主簿是夷族，兩人在竭綏縣衙做了十幾年的縣丞和主簿，為了調和兩族的矛盾費盡了心思。

看著這位新來的長官一路隨和的同百姓們交談，鄧縣丞和吳主簿相視一眼，都有些拿不準他想要幹什麼，只希望他不要像前兩任知縣那般無能又愚蠢，若再來一場大械鬥，竭綏可就真的民不聊生了。

姜裕成並不知道他們在想什麼，走了一路，問了一路，他不由得陷入了沈思。竭綏地域寬廣，多數都是坡地和山林，能種糧的田地非常少。這裡的百姓生活窮困，沒日沒夜的辛苦勞作，還經常食不果腹，所以才有因田地糾紛械鬥造成多數家破人亡的情況。

這些現實讓姜裕成內心變得沈重起來，回到縣衙後宅後，根本沒有胃口，草草的吃了兩口米飯後，把自己關在書房，一待就是兩個時辰。

顏娘不放心丈夫，將孩子交給婆婆帶著，端著竭綏特有的涼湯去看他。當她第一次敲門時，裡面沒有絲毫動靜，她又接連敲了兩下，姜裕成才起身開門。

竭綏天氣熱，還未到五月，已經熱得像是被火炙烤一樣，這裡的人都喜喝涼湯，蓋因其有降火降燥、清涼解毒的功效。

顏娘將壺裡的涼湯倒進碗裡，道：「天氣熱，夫君喝一碗涼湯解暑吧。」

姜裕成聽到「涼湯」兩個字後，抬眼盯著茶碗看了幾眼，只見瓷白的茶碗裡盛著暗紅清澈的湯水，看著跟平日裡吃的茶水有些相似。他端起碗喝一小口，入口微甜，又帶著草藥的香味，一口下肚，五臟六腑似乎真的感覺到了幽幽涼意。

喝完涼湯後，姜裕成不由問道：「味道還不錯，這湯水是怎麼做的？」

顏娘道：「我這都是跟桃兒學的，用竭綏常見的金銀花、紫久草、季孔草、陂陀薑等四種草藥，曬乾後洗淨，再加薄荷葉和酸果一起熬煮半個時辰，煮好後盛出晾涼即可。」

聽了她的話，原本毫無頭緒的姜裕成忽然茅塞頓開，他用雙手按住妻子的肩膀，欣喜若狂道：「娘子，妳真是我的福星，我知道該怎麼辦了。」

竭綏位於大宴朝最南邊境處，入夏比京城早兩至三月，且酷暑難耐，竭綏人無論男女老少，在夏日都喜飲涼湯。

涼湯材料簡單，所需藥草都來自山間，農人家五歲小兒都能輕易尋得。姜裕成想著藉竭綏與京城入夏時間之差，正好可將涼湯藥草販至京城。

如果這事成了，竭綏的百姓在耕種之餘，可以大量種植涼湯藥草，官府負責出面召集商隊收購，百姓們就多了一項收入來源。

想要辦成這件事，姜裕成打算從恩師張元清和師兄郭侍郎那裡入手，於是沒過多久，兩位遠在京城的師徒倆就收到了姜裕成從竭綏快馬加鞭送來的土儀。

「老師，子潤千里迢迢送來一堆藥草，還讓老師與我在京城多加宣揚，他這葫蘆裡賣的到底是什麼藥？」郭侍郎飲著涼湯疑惑道。

張元清笑了笑。「伯先啊，你可看了這涼湯的配方？」

郭侍郎應聲。「看了啊，不就是金銀花、紫久草、季孔草、陂陀薑、薄荷葉、酸果等六種藥草熬製而成嘛。」

張元清撫鬚笑道：「你說的不錯。」他又問：「那這涼湯有何功效呢？」

郭侍郎道：「清熱解暑，去濕生津，於酷暑夏日飲用最佳。」說著說著他眼睛一下子亮了。「我明白了，子潤是想將這涼湯藥草賣到京中來。」

「不錯。」張元清打開一個包著藥草的小紙包，道：「這六味藥草中，除了金銀花與薄荷葉京中能買到，其餘的都是竭綏特有的藥草。竭綏可耕種的田地少，若是要讓百姓富足起來，少不了從其他地方入手。你師弟既然送了涼湯藥草來，想必已經有頭緒了，京中還需你我使勁啊。」

聽了這話，郭侍郎笑著點頭。「既然師弟有所求，這個忙我幫定了。」

師徒倆的動作都很快，郭侍郎回去後，將藥草分成了小份，留了一小部分自家飲用，其餘的全都送給了親戚同僚們。

張元清更是不得了，直接將煮好的涼湯用茶壺裝著去給太子授課，太子少年心性，課堂之上難免會浮躁，張元清見狀便倒了一杯涼湯給他。

太子好奇正要飲用，一旁伺候的貼身太監吉寶急忙阻攔道：「殿下，您乃千金之軀，萬不能沾來歷不明之物。」

「退下。」太子不悅道：「太傅所呈怎麼會是不明來歷之物，若是再多嘴，孤定不輕饒。」

太子殿下不聽勸，吉寶急得滿頭大汗，這時張元清笑著道：「千金之子坐不垂堂，太子殿下身分貴重，吉寶公公小心一些也是對的。這壺涼湯是臣從家中帶來，若殿下信得過臣，臣願意當先試喝。」

「張太傅不必如此，孤自然是信你的。」太子急忙出言道。

張元清笑了笑，命人取了新的茶杯來，當著太子的面一連喝了三杯涼湯。又等了一炷香的時間，張元清依舊完好無事，沒有絲毫的中毒跡象。

太子終於喝上了涼湯，清涼的湯水一下肚，他只覺得先前的燥熱難耐都不見了，五臟六腑都充滿了涼意，頭腦也清醒了不少。

「這是什麼茶，還挺好喝的。」太子有些驚訝。

張元清道：「回殿下，這是臣那學生從竭綏送來的土儀，名曰涼湯，有清熱降暑、去濕生津的功效，最適合夏日飲用。」

「竭綏？」太子回憶了一下大宴的版圖，好像是在最南邊的一個小縣城。「沒想到邊陲小縣也有如此好物，孤甚是喜歡。」說完又蹙眉道：「涼湯二字聽著不雅，這湯水紅而清澈，就叫紅玉湯吧。」

張元清連忙拱手。「多謝殿下賜名。」

太子擺了擺手。「這有什麼好道謝的。對了，太傅那裡還有多的紅玉湯嗎？孤想讓父皇和皇祖母也嚐嚐。」

有自然是有的，張元清如實答了，於是太子殿下下學後，吩咐吉寶跟著張元清回張府拿了一些涼湯藥草回宮。經過層層檢查篩選後，兩壺新煮好的紅玉湯分別被送到了顯慶帝和傅太后的手上。

承暉殿內，批完奏摺的顯慶帝揉了揉眉心，吐出一口疲憊的濁氣。御前伺候的大太監梁炳芳讓人將太子的孝敬呈了上來。

顯慶帝看了一眼，指著茶碗問道：「這是何物？」

梁炳芳忙答：「皇上，這是紅玉湯。」

「紅玉湯？」顯慶帝端起茶碗。「御膳房新出的花樣？」

梁炳芳恭敬道：「回皇上，這可不是御膳房裡出來的，而是太子殿下特意送來孝敬您的，說是竭綏特有的土儀，太后娘娘那邊也送了一碗呢。」

「竭綏的土儀，他是從哪裡弄到的？」顯慶帝正疑惑著，眼前忽然浮現出一張臉來，頓時明白了。

「看來璜兒同張太傅處得很好，朕記得張太傅有一個學生正好外放到竭綏，這紅玉湯想必是從張太傅那裡得來的吧。」

「皇上聖明。」梁炳芳笑道：「昨日張太傅授課時，太子殿下便飲了一碗紅玉湯，為了孝敬您和太后娘娘，特意再讓吉寶去太傅府上取回來的。」

顯慶帝喝了一口紅玉湯，讚許道：「這味道確實特別，璜兒有心了。」

「梁炳芳，你說張太傅葫蘆裡到底賣的什麼藥？他既然通過太子的手，將這紅玉湯送到了朕的案前，必有所求。」

梁炳芳思索了一下回道：「奴才覺得，不是張太傅有所求，而是他那學生的意思。」他點到為止，顯慶帝也明白了他的意思。

「今日宣文殿授課結束後，宣張元清覲見。」

「奴才遵命。」

與此同時，永安宮傅太后處也收到了太子所呈的紅玉湯。傅太后年歲已高，近來心火旺盛，難以入眠，紅玉湯送來得及時，傅太后飲後，覺得心裡平靜了許多。

見狀，貼身伺候她二十多年的錦玉姑姑道：「太子殿下真有孝心，每每得了什麼好物，總會先給您和皇上送一份。」

傅太后一向最疼這個長孫，聞言眉心舒展道：「璜兒隨他父皇和母后，都是孝順的人。」說完又嘆了嘆氣。「要是人人都像皇帝和太子那般替哀家著想，哀家也不必憂思難眠了。」

錦玉姑姑當然知道傅太后意有所指，這幾日她總是難以入睡，也是因為娘家晉陽侯府不爭氣罷了。

這時，小宮女來報，說是晉陽侯老夫人進宮了。

傅太后一聽，眉頭又擰了起來，本不願見她，但還是得給娘家人一個面子。

晉陽侯老夫人是傅太后的娘家大嫂，現任晉陽侯的母親。她這次進宮來，跟以前一樣，仍舊是為了那空懸的后位。

「太后娘娘，過了年瑤瑤就滿十八歲了，若是再不能定下來，就成老姑娘了。臣婦這次進宮，是盼著娘娘看在已去的老侯爺的面上，給咱傅家的大姑娘一個前程。」

晉陽侯老夫人說得直白，傅太后的臉色可不算好。「嫂子，妳明明知道瑤瑤跟皇帝差了輩分，為什麼還要執迷不悟？」

「皇家歷來最不在意的就是輩分，娘娘，當初您和先皇后為了晉陽侯府入宮，這才保住了咱們府上兩代榮華。若是瑤瑤進了宮，晉陽侯府可就是一門三后了，那是多大的榮耀啊。」

傅太后雖知道這個嫂子一向唯利是圖，也被她這番話氣得發抖，她沈著臉對錦玉姑姑道：「先前太子送來的紅玉湯，給晉陽侯老夫人也端一碗來。」

錦玉姑姑領命，很快就將湯水端了上來。

「咦，這是什麼？味道還挺好的。」晉陽侯老夫人喝了一口紅玉湯後問道。

錦玉姑姑答道：「這是太子殿下特意孝敬太后娘娘的。」

聽了這話，晉陽侯老夫人臉上一僵，訕訕道：「原來是璜兒孝敬娘娘的啊。」

太后冷哼了一聲。「虧妳還記得璜兒啊，筠榮才去了幾年，妳就火急火燎的想要把瑤瑤嫁進來。怎麼，筠榮去了就不是妳的女兒了？」越說越氣。「要是瑤瑤進了宮，妳讓璜兒如何與她相處，是該喚她母后還是表姐？」

晉陽侯老夫人有些心虛，道：「按著皇家規矩來就是，何必拘泥於時下禮教。」

傅太后氣極，不願再跟她多說。「錦玉，妳替我送晉陽侯老夫人回府，再傳我的懿旨於晉陽侯，必須在三月之內將傅大姑娘的親事定下。若是違了旨意，從今日起，晉陽侯府女眷一年之內不得進宮。」

錦玉姑姑領命：「奴婢一定會將太后娘娘的旨意帶到。」

晉陽侯老夫人不敢相信傅太后如此對她，正要反駁時，錦玉姑姑帶著兩個腰圓臂粗的嬤嬤架著她就往外走。晉陽侯老夫人要面子，氣得大叫：「兩個上不得檯面的狗奴才，放我下來，我自己曉得走。」

錦玉姑姑將傅太后的懿旨傳達給了晉陽侯，晉陽侯聽到母親惹怒了姑母，又是生氣又是無奈。

待錦玉姑姑帶著兩位嬤嬤回宮後，他氣急敗壞道：「母親，兒子求您了，以後別再逼著姑母接瑤瑤入宮了行嗎？」

晉陽侯老夫人哼了一聲。「我費盡心思是為了什麼？還不是為了你的爵位能夠穩穩當當的傳下去，還不是為了保住我們傳家的榮華富貴？」

晉陽侯越聽越搖頭。「我知道您想要一門三后的榮耀，但就算是這樣，也不一定要送瑤瑤進宮啊。太子是妹妹留下的唯一血脈，家裡還有玥玥和瑜瑜兩姐妹，她們同太子年歲相當，日後若是有了造化，元后難道不比繼后聽著好聽？」最後一句話他是湊到晉陽侯老夫人耳邊低聲說的。

果然，這句話一下子說到了晉陽侯老夫人的心坎裡。是啊，與其讓姑姪倆共事一夫，還不如努力爭取繼任者元后的位置。

想通後，她覺得有些對不起大孫女，對晉陽侯道：「都是我們府上耽誤了瑤瑤，你和你媳婦一定要用心的給她挑一門好親事，不然，可別怪我這個做母親的翻臉。」

晉陽侯連連應道：「母親不必擔心，瑤瑤是我的長女，我不會虧待她的。」

晉陽侯老夫人這才放下心來。

晉陽侯還有事情，正打算離開時被她叫住了。「你去跟太子打聽打聽，今日他送給太后的紅玉湯哪裡來的，做祖母的能喝，沒道理我這個外祖母沒有份吧。」

晉陽侯奉了母命硬著頭皮找了太子，得知紅玉湯的藥草是從太傅張元清那裡得來的，於是又去了張府。

張元清見晉陽侯上門求藥草，連忙命人勻了一些給他。「侯爺見諒，我那學生所送的竭綏土儀大多都被我送給親戚們了。」

「如此便多謝張太傅了。」晉陽侯笑道：「只因家母昨日在太后娘娘宮中飲了一碗，回家後念念不忘，所以我才厚顏上門。」

張太傅也笑道：「無妨，若是老夫人喜歡，我再去信讓他多送一些回來。」頓了頓，繼續道：「要是京中其他人家也識得這紅玉湯的好處就好了。」

聽了這話，晉陽侯立即明白了他的意思，拱手道：「太傅放心，這事包在本侯身上了。」

晉陽侯從張府回去後，沒過幾天，京中便有了紅玉湯的傳言，傳言十分誇張，將那紅玉湯比成了能救人性命的靈丹妙藥。但只聞其聲，不見其人，除了真正飲用過的，沒人見過紅玉湯的真面目。

遠在竭綏的姜裕成收到京中來信後，開始組織當地的商戶們大量收購紅玉湯藥草，然後由竭綏商會組建了一支商隊，將藥草運到京城。

此時，京城正進入一年之中最熱的時候，紅玉湯藥草一入京，不到一天時間就被一搶而空。有些沒搶到的，直到第二批、第三批藥草進京後，才解了燃眉之急。無論是平民百姓還是達官貴族，家中都備了一些藥草。

京城裡颳起了一股「炎炎酷暑日，須喝紅玉湯」的颶風，慢慢的，這股颶風又順勢颳到了京城周邊城鎮。

由於紅玉湯在京城賣得太過火爆，竭綏的藥草幾乎都被收購一空，竭綏的商戶們都賺得盆缽滿盈，百姓們手中也有了銀錢，不再像之前那麼窮困不堪。

嘗到了甜頭的商戶們，集資在酒樓擺了一場宴席答謝姜裕成，姜裕成帶著母親、妻女應邀前往。

宴席上，男眷女眷是分開坐的，顏娘和姜母是宴席上身分最高的，理應坐在上首，她們旁邊挨坐的是鄧縣丞和吳主簿的家眷。

商戶太太們見到顏娘和姜母，妳一言我一語的奉承討好，一會兒稱讚姜裕成年輕有為，一會兒又說顏娘有福氣，更有甚者還把姜母比作天上的王母娘娘。

顏娘覺得有些尷尬，笑而不語，鄧縣丞太太湊到她旁邊道：「夫人，您可得防著那靳于氏，她家女兒多，最喜將女兒送人做妾，前兩任知縣都收了她家的禮。」

靳于氏就是那位將姜母比作王母娘娘的商戶太太，顏娘皺了皺眉，不著痕跡的看了她一眼，只見她面對姜母的時候，臉上全是諂媚的神情，面對其他商戶太太們時，不屑一顧居多。

顏娘下意識的對她有些不喜。這時，靳于氏從身後扯出一個打扮得花枝招展的年輕姑娘來，對姜母道：「老夫人，我這女兒最欽佩姜大人這樣的好兒郎，作為母親，實在是不忍心她憂思傷神，今日懇請老夫人將她收下，不管是端茶遞水還是床榻伺候，都由老夫人做主。」

說到「床榻伺候」的時候，那姑娘臉紅得像是要滴血一般，害羞的低下了頭。顏娘心中的怒意蹭蹭蹭的往上升，她「啪」的一聲將筷子擱在桌上，冷笑道：「敢問靳于太太，妳這女兒入我姜府，是為奴為婢呢，還是為妾？」

靳于氏臉一僵，埋怨自己光顧著討好姜母，忘記姜大人的夫人還在桌上坐著。她訕訕道：「不管是為奴為婢還是為妾，都聽老夫人和夫人安排。」

顏娘冷冷看著她，沒有接話。

姜母看了那年輕姑娘一眼，搖頭道：「靳于太太，妳這女兒長得不太好看，不適合做妾。」

靳于氏急忙辯解。「老夫人，青青可是我家女兒中最好看的一個了。」

姜母再次搖頭，指著靳于青青旁邊的一個小丫頭說：「我姜家男兒歷來不納妾，妳要是成心送禮的話，就讓她來伺候吧。」

她話音剛落，在場所有人的視線都集中在那個小丫頭身上。只見她穿著一身很普通的丫鬟服飾，木然的表情中夾雜著不知所措的驚慌。

「她、她怎麼能去姜大人府上伺候呢？」靳于氏急得面紅耳赤。「她一個卑賤下人生的賤蹄子，怎麼能……」

「夠了！」顏娘大聲呵斥道：「妳不是說都由我和老夫人安排嗎，我今日就要這小丫鬟跟我回府，妳若是不願，一開始就不該提。」

聽了這話，靳于氏就算再想爭辯也無法了，她心亂如麻的應道：「那就聽夫人的，讓她跟著去吧。」

顏娘的臉色這才緩和了一些。她環望了在場的商戶太太們一眼。「諸位若是覺得我姜家缺人伺候，大可跟我直接提，可千萬別連送奴婢還是送妾室都弄不清楚就跑來送人。」

她這話一出，有人沒忍住噗哧笑了，靳于氏和靳于青青頓時白了臉，恨不得找個地縫鑽進去。

被靳于氏這麼一攪和，顏娘頓時覺得這宴席上的酒菜變得索然無味，等到宴席結束，她與姜母帶著滿滿去酒樓門口與姜裕成會合，身後還跟著靳于氏身邊那個小丫鬟。

姜裕成有些不解地問：「她是誰？」

姜母道：「這是靳于太太送給我們家的丫鬟。」

姜裕成皺了皺眉。「讓她回去吧，我們家缺人自會去買。」

那丫鬟聽說要讓她回去，撲通一下跪在地上朝著姜裕成磕頭道：「求大人讓奴婢留下來，奴婢要是回去了，太太定不會輕饒的。」

磕了幾下，她的額頭已經紅腫了，顏娘有些不忍心，勸姜裕成道：「就讓她留下吧，明日我讓人將買她的銀錢給靳于太太送過去。」

姜裕成點了點頭，沒再說什麼。

回到縣衙後，桃兒立即迎了上來。「夫人，您回來啦。」

顏娘問：「文硯和文博今天乖嗎？都睡了嗎？」

桃兒答道：「兩位小少爺都很乖，這會兒已經睡著了。」

顏娘笑了笑。「辛苦妳了，桃兒。」

聽顏娘這麼說，桃兒受寵若驚。「這都是奴婢該做的。」

顏娘又指著靳于氏家的丫鬟道：「這是芥藍，妳帶著她去歇息，再給她講一講我們府上的規矩。」

桃兒這才看到她的身後跟了一個約莫十二、三歲，梳著雙丫髻的小姑娘，她訝異地張大了嘴，見顏娘還在等她回話，連忙應了。

桃兒拉著芥藍回了自己住的屋子，一進屋，桃兒迫不及待的發問：「藍藍小姐，妳怎麼會跟著我家夫人回來？」

芥藍眼眶紅了紅，哽咽道：「桃兒姐姐，我……」

桃兒臉色變得難看起來，氣憤道：「是不是她又欺負妳了？」

芥藍使勁的搖頭。「不是的，不是的，是我自己願意跟姜夫人回來的。」

芥藍將宴席上發生的事情告訴了桃兒，桃兒氣道：「真不要臉，竟然敢打我們大人的主意，還好夫人拒絕了。」說完，她拉著芥藍的手道：「妳跟我去見夫人，我跟夫人稟告，妳根本不是靳于家的奴婢，讓夫人替妳做主。」

芥藍縮了縮手，害怕道：「桃兒姐姐，算了吧，能留在姜家已經很好了，而且這裡還有妳。」

桃兒看了她一眼，有些恨她不爭氣。

「就算妳不想回靳于家，我也得稟報夫人啊，不然哪天外面的人誣衊大人和夫人逼人為奴為婢怎麼辦？」在姜家待了兩年，桃兒再也不是當初那個什麼也不懂的農家女了。

「桃兒姐姐……」芥藍遲疑了，最後點了點頭。「好，我聽桃兒姐姐的。」

桃兒拉著芥藍去找顏娘，誰知剛好在路上碰到了要回屋的姜裕成，姜裕成看見芥藍後，有些不豫道：「桃兒，妳拉著這丫鬟來幹什麼，還不趕緊退下。」

雖然姜裕成看著溫和有禮，桃兒卻很怕他，尤其是被他訓了後，也顧不得還要跟顏娘稟報芥藍的身分，在姜裕成的注視下，連忙拉著她跑了。

姜裕成見兩個丫鬟跑遠，搖了搖頭，第一次覺得府裡下人太少，看來是時候添些人了。跟他持有一樣想法的人還有顏娘。

丈夫回來後，她拉著他道：「夫君，我們還是得多雇一些人才是，今日我跟娘去吃宴席，文硯和文博兩個只能由桃兒看顧，娘身邊一個伺候的人都沒有，總覺得不成樣子。」

「妳說的對，這個問題我也想過。」姜裕成沈吟道：「除了娘，妳和滿滿也需要貼身伺候的，兩個小的也離不了人。這樣吧，明日我讓人去找牙婆，妳和娘好好的挑一挑，買幾個可靠忠心的。」

顏娘點了點頭。「好，明天我就去跟娘說。」

說完買人的事情後，顏娘有些氣憤地提起宴席上發生的事情。「那個靳于太太真過分，當著我的面就給娘灌迷魂湯，想要把她那女兒送到咱家來做妾，還好娘沒聽她的。」

「就妳帶回來的小丫鬟？」姜裕成笑了笑。「那也太小了吧，她怎麼狠得下心？」

顏娘道：「不是她，跟著回來的這個是伺候那個靳于青青的，我氣不過才故意要了她的丫鬟。」說完又對丈夫道：「那靳于青青長得挺好看，可我知道她覬覦你的時候，就覺得她難看至極。」

「好啦，別氣了，我答應過妳不會納妾的。」他輕輕的捧起她的臉，鄭重道：「我姜裕成承諾過的事，不管多難，都會做到的。」

顏娘自然不會懷疑他會哄騙自己，但再一次聽到他的保證時，心裡還是免不了開心和感動。將頭慢慢靠近他的胸口，她由衷感嘆道：「也許是我上輩子做了許多好事，這輩子才能嫁與你為妻，夫君，謝謝你對我這麼好。」

姜裕成抱著她的手臂緊了幾分，柔聲道：「傻瓜，應該是我謝謝妳才對。」

要不是妳，我哪裡能擺脫剋妻的名聲？要不是妳，我娘怎麼會活得那麼開心？要不是妳，我怎麼會有三個可愛的孩子？要不是妳，我怎麼會有一個這麼幸福的家……

第二日，牙婆帶著人進了縣衙後宅，顏娘請婆婆先挑，姜氏擺了擺手道：「我一把年紀了，有桃兒伺候我就行了，用不著那麼多奴婢。」

顏娘勸道：「娘，現在不比從前了，再怎麼著也得兩個人伺候您。桃兒年紀小，得給您挑一個穩重點的，這樣也有人陪著您說話。」

聽了這話，姜母也覺得似乎挺在理的，於是起身去挑人了。牙婆帶來的這批人裡，只有兩個四十左右的婦人，一個老實勤快，一個心思活泛。姜母將她們比較了一番，最終選了那個活泛的。

那老實勤快的婦人見自己落選，不由得有些失望，但還是老老實實的退下了。

接下來該顏娘選人了，她給滿滿選了一個十二歲的貼身丫鬟，平日裡負責照顧滿滿的起居和守夜；兩個兒子還小，就沒有選小丫鬟，和婆婆商量了一下，選了兩個二十多歲、生過孩子的年輕媳婦。

最後才輪到她，她圍著那些人走了一圈，目光鎖定在一對母女身上。兩人穿著破舊的衣裳，背脊卻挺得筆直，跟其他埋著頭畏畏縮縮的人相比，兩人看著淡定自若多了。顏娘問了那對母女幾個問題後，決定就選她們了。

牙婆見顏娘選了那對母女，猶豫道：「夫人，這戚氏和她女兒是罪臣家眷，恐怕伺候不來人。」

聽了牙婆的話，那母親連忙拉著女兒跪了下來。「夫人，我們母女雖是罪臣家眷，但洗衣燒飯、縫縫補補的活兒都會做，還請夫人留下我們。」說完還攤開自己的雙手讓顏娘看。

那是一雙粗糙、黝黑的手，手背上佈滿了大大小小的傷痕，手心上還有一層厚厚的繭子。相比之下，戚氏女兒青楊的手雖沒有那麼多傷痕，但也是又乾又瘦，骨節突出，看著一點也不像女孩子的手。

看來她們吃過不少的苦。

顏娘對牙婆道：「就她們了。」說完又問：「一共多少銀錢？」牙婆報了個數字，顏娘如數付給她，拿到了所有人的賣身契。牙婆走後，顏娘讓桃兒將新進的人都領下去梳洗，過幾日再統一安排。

過了一會兒，桃兒拉著芥藍過來了。「夫人，奴婢有事要向您稟報。」

「什麼事？」顏娘看了她們倆一眼。

桃兒道：「夫人，芥藍並不是靳于家的丫鬟，她是靳于老爺最小的女兒，靳于藍藍。」

「此話當真？」顏娘擰眉問道：「妳又如何得知？」

她的視線在芥藍身上來回了好幾遍，怎麼看都覺得她不像靳于家的小姐。

一提起這個，桃兒就非常氣憤，她道：「夫人，奴婢從前正是被叔叔賣到了靳于老爺府上，被派去伺候藍藍小姐的姨娘。後來姨娘去世後，又被靳于太太發賣了，最後才被大人買回來伺候老夫人。奴婢親眼所見，姨娘還在的時候，靳于太太就經常苛待她們母女。姨娘去了後，靳于太太便無視藍藍小姐的身分，逼著她去當丫鬟伺候嫡姐。」

桃兒替芥藍打抱不平的時候，芥藍巴掌大的小臉上已經佈滿了淚水。顏娘嘆了嘆氣，這個可憐的小姑娘。

「罷了，先讓她留在縣衙吧，過幾日再送回去。」

桃兒愣了一下，還想說什麼時，顏娘道：「桃兒，今日買的那些人就交給妳了，妳給她們講一講咱們府上的規矩，免得出亂子。」

「奴婢遵命。」桃兒連忙應道。

顏娘將芥藍的身世告訴了姜母，姜母聽了也很氣惱。「沒想到那靳于氏那麼狠毒，好好的一個小姐弄成了丫鬟不說，還要去伺候嫡姐，靳于老爺難道不管嗎？」

顏娘搖頭。「靳于家妾室庶女一大堆，靳于老爺又是個喜新厭舊的，芥藍的姨娘去了後，靳于老爺哪裡還記得有這樣一個女兒。」

姜母哼了一聲。「成兒回來我要跟他說，這樣狠心絕情的人，不能再讓他跟著商隊賺錢。」

果然，等姜裕成回來後，姜母告了靳于老爺一狀。聽說芥藍是靳于老爺的小女兒後，姜裕成也有些吃驚。

「娘，這事明日我會找機會跟靳于老爺提一提。」他道：「至於讓他退出商隊的事，就看他怎麼做了。」

第二日，戚氏帶著女兒來顏娘身邊伺候，顏娘想起她曾是大戶人家的家眷，就芥藍的事情讓她說說該怎麼解決。

戚氏聽了，沒有急著回答，而是細細的向桃兒問了一遍靳于家的情況後才緩緩開口：「靳于老爺的寵妾胡姨娘乃靳于老太太的娘家姪女，這些年在後院一直跟靳于太太分庭抗禮。胡姨娘無一兒半女，不妨讓芥藍認胡姨娘為母，有了胡姨娘的看顧，想必靳于太太也不敢再輕易磋磨芥藍了。」

聽了這話，顏娘也覺得這是個好辦法。她問芥藍願不願意認胡姨娘為母，芥藍猶豫了一陣，怯怯道：「胡姨娘願意認我這個女兒嗎？」

顏娘柔聲道：「這個妳不用擔心。」

芥藍乖巧的點了點頭。

而另一頭，姜裕成跟靳于老爺順口提了一句，靳于老爺聽到自己女兒在姜府，大吃了一驚，心中暗道：我那太太不是說送了個丫鬟嗎，怎地是小十二？

他連忙跟姜裕成賠罪，姜裕成道：「你只需將你那女兒領回去即可，別的不用多說。」

靳于老爺連忙去縣衙接女兒，顏娘讓桃兒和戚氏一起送芥藍回去，在路上，戚氏順道轉達了顏娘的意思，靳于老爺忙不迭的應道：「好的好的，從今日起，小十二就是雲琴的女兒了。」

靳于府後宅，靳于太太聽到靳于老爺親自將芥藍接了回來，還讓她認了胡雲琴那個賤人為母，氣得摔碎了手上的茶盞。

「賤人，賤人，全都是賤人！」她忍不住破口大罵。

靳于青青聽到消息後也趕了過來，恨恨道：「都是那聶氏搞鬼，不然爹根本不知道那小賤人被送到了縣衙。」

靳于太太鐵青著臉道：「那聶氏就是個妒婦，可惜了我兒這一副好容貌，若是有機會讓姜大人見一面，他包準被我兒迷得暈頭轉向。」

靳于青青聽了有些害羞。「娘，女兒倒是有個主意，能讓姜大人注意到女兒。」

「我兒，妳快說說有什麼辦法？」

靳于青青湊到母親耳邊，低聲說了自己的主意。靳于太太聽了以後，拍手笑道：「還是我的青青聰明。好，想做什麼妳就大膽的去做，有事娘給妳撐腰。」

另一邊，胡姨娘聽到靳于老爺要她認芥藍為女兒的時候，下意識就想反對。但當靳于老爺抬出顏娘這個知縣夫人時，她思索了一陣後笑著應了。

她輕輕的靠在靳于老爺的肩頭，嬌嗔道：「老爺，現下我已經有了一個女兒，老爺什麼時候再給我一個兒子呢？」

聽了愛妾的話後，靳于老爺有些為難。「雲琴啊，妳也知道，整個靳于府只有太太生下大少爺一個兒子，我總不能……」

胡姨娘白了他一眼，氣道：「我又不是要你把大少爺記我名下，要是真這樣做了，那女人還不吃了我？而且女兒便罷了，兒子還得自己生才好，別人生的我才不稀罕。」

靳于老爺見她生氣了，連忙道：「好好好，我們自己生。」說完湊到她耳邊耳語了幾句，聽得胡姨娘眼睛發亮。

她嬌笑著在他額頭點了一下。「老爺，你說話要算話啊，不然以後別進我的屋。」

靳于老爺笑呵呵的應了。

等他走後，胡姨娘收斂了笑容，喚來貼身丫鬟綠籬道：「去，開了我的小庫房，隨意挑幾件首飾給我那女兒送去，就當是我這個當娘的送與她的見面禮。」

「是。」綠籬領命。

剛要去時，胡姨娘又道：「再挑兩疋顏色鮮嫩的布料送過去吧。」

待綠籬退下後，一個穿著綠色比甲的圓臉丫鬟進來了。「姨娘，剛剛勺兒來報，說正院那邊似乎在打縣衙那位姜大人的主意。」

胡姨娘聽了，鄙夷的笑了笑。「咱們家這位太太啊，平素最瞧不起做妾的女人了，沒想到現在卻巴巴的把自己的女兒送去與人為妾，真是我聽過的最好笑的笑話。」

過了一炷香的時間，綠籬回來了。

「姨娘，這是十二小姐給您的謝禮。」說著將一個繡了「萬事如意」字樣的荷包遞了過去。

胡姨娘拿著荷包把玩了幾下。「針腳細密，選的圖案合我心意，顏色搭配的也不錯，看來咱們這十二小姐並不是表面那般木訥。」說完又感嘆：「也是，有那樣一個精明的姨娘，怎麼會生出蠢笨的女兒？」

若是文姨娘還活著，正院那位怕是早就嘔得吐血了，哪裡還有機會去算計這算計那的。

哎，算了，敵人的敵人就是朋友，看在文姨娘活著時與靳于氏水火不容，間接幫了自己的分上，還是對她那女兒好一些吧。

新買的下人都算安分，尤其是戚氏和她的女兒青楊。或許是在別的府上受到的磋磨太多，母女倆特別珍惜跟著顏娘的平和安穩時光。她們做事勤懇忠心，慢慢的，顏娘越來越倚重兩人。

顏娘將戚氏提為姜府的管事娘子，內宅裡的丫鬟婆子都歸她管，還讓青楊做了自己的貼身丫鬟。伺候滿滿的那個丫頭原先叫大妞，跟了滿滿後，顏娘替她改名為木香。木香為人老實穩重，有她跟著滿滿，她很放心。

姜母那裡有桃兒鎮著，新來的秦嫂子也是個會看臉色的，每日裡除了同桃兒一起負責姜母的起居，其餘時間就是陪著姜母嘮嗑閒聊。

唯一讓顏娘有些不舒服的是照看兒子的兩個婦人，兩人分了工，一人照看一個，但總是在話裡話外貶低對方的小主子。一開始顏娘還不知道，若不是那日去看兒子時，聽到了兩人的對話，可能還一直被瞞在鼓裡。

現在文硯和文博還小，聽不懂她們的話語，但如果一直留著她們，等兄弟倆長大了，還不被兩人挑撥了關係？顏娘當即喚了牙婆來，將兩人退了回去，另選了一個老實溫柔的婦人和兩個十二、三歲的小丫頭。

在她們進府後，顏娘沒有急著安排她們去伺候兄弟倆，而是讓戚氏教她們規矩，什麼時候規矩學好了，什麼時候到主子身邊伺候。

新來的婦人吉娘子話不多，做事卻麻利穩重，照看孩子是一把好手。顏娘細問之下得知，她原本有過一個女兒，養到兩歲多時被大伯家的姪子推到水裡淹死了，一氣之下點火燒了大伯家的房子，結果被婆婆和丈夫賣給了人牙子抵帳賠償大伯家的損失。

顏娘雖然對她有憐憫之心，但還是嚴厲的警告她。「不管妳以前遇到過什麼不公的待遇，那都是過去的事了。現在來到這裡，希望妳能夠好好的照看兩位小少爺，不要像之前那兩個一樣挑撥他們兄弟倆的關係，若是被我知道了，絕對沒有好果子吃。」

吉娘子連連點頭。「夫人，請您放心，從今天起，兩位小少爺就是奴婢的命，奴婢一定會盡心盡力的照顧他們。」

聽了她的保證，顏娘還算滿意，她將目光轉到兩個小丫頭的身上，厲聲道：「鈴蘭石竹，妳們兩個平日裡就給吉娘子打下手，若是吉娘子不在，妳們倆要時時刻刻守在小少爺身邊，知道了嗎？」

鈴蘭和石竹兩個戰戰兢兢的應了。

在吉娘子和兩個丫鬟面前立了威，顏娘心情大好。這還是戚氏跟她提議的，戚氏在夫家未獲罪前，也是當家理事的好手，自從有她跟在身邊，教了她很多以前不知道的事務。

戚氏看人的眼光一向很好，她在內宅見過姜裕成幾面，只一眼就覺得這位大人日後定會有大造化，再加上他的後宅只有一位夫人，沒有妾室通房，想必是一個重情重義之人。

夫人聶氏外貌出眾，雖出自小戶之家，卻溫和善良識大體，與姜老夫人這個婆婆處得跟親母女似的，更別提膝下還有一女二子。很明顯，就算姜大人以後納妾蓄婢，她正房夫人的地位也不會動搖。

戚氏母女是罪臣家眷，正常情況下要第四代後人才可以自贖或被贖，擺脫為人奴婢的命運。還有一種情形，就是主家願意放人，在官府申報通過後，第三代後人就能自贖為平民。

戚氏盡心盡力的伺候顏娘，為的就是替女兒掙一個光明的前程，讓她能夠嫁給一個平頭人家做正妻，日後不再受為奴為婢的苦。

日子一晃而過，姜家人已經在竭綏待了三個月。剛來的時候，姜母經常扳著指頭算還有多久才能離開，現下除了偶爾思念冷茹茹和長生外，絕口不提離開的事情。用她的話來說，竭綏山青水秀，又有兒子媳婦陪著、孫女孫子承歡膝下，留在這裡比在陵江鎮強多了。

三個月說長也長、說短也短，姜裕成終於在竭綏站穩了腳跟，前兩任知縣留下來的爛攤子他也處理完了。夏初販賣紅玉湯藥草到京城，竭綏的百姓和商戶都嘗到了賺錢的甜頭，兩族之間的矛盾有所緩和，但還沒有從根本上解決問題。

兩族之間的矛盾由來已久，究其根源在於田地之爭。田地少、收的糧食少，百姓吃不飽肚子，跟田地有關的糾紛就會擴大至流血死人的械鬥。

臨近七月底，姜裕成想方設法的在竭綏新開拓了一百來畝田地，但品質不算好，只能歸於二等田。他將這部分二等田一分為二，漢民和夷族各得一份，讓很多沒有田地或者是之前被侵佔了田地的人有了保障。

除此之外，他翻閱了竭綏近幾十年來的縣誌，又大量走訪了當地的老農，打算從提高糧食產量下手。他向恩師張元清求助，從朝中調來了一位善農事的官員，任命其為竭綏農事特派使，專門負責協助姜裕成這個竭綏知縣提升竭綏的糧食產量。

竭綏農事特派使宋休宋大人來到竭綏時已經九月初了，除了農事方面的書籍，還帶了大宴朝屬國雲澤國進貢的一種名為「金薯」的農作物。

金薯的由來源於雲澤國王室子弟出海遊玩時，遇到了一艘自遠洋而來的船，船上的鷹鼻人想要用他們的金薯與雲澤國交換一些他們國家沒有的糧種和器具。

雲澤王也是初次見到金薯，好奇之下便應允了他們的要求，用一些糧種和瓷器換了半船金薯回來。

金薯耐旱耐寒，收成產量比稻米和小麥的收成畝產量高了相近兩倍，在青黃不接的時節，金薯養活了雲澤國的大半百姓。雲澤王獻上此物，蓋因雲澤國北靠靳國，經常被靳國的水兵騷擾，他懇請顯慶帝在雲澤國邊境派駐一支軍隊，保衛雲澤國的邊境安全。

顯慶帝應允了，恰好這時姜裕成又寫信跟張元清求助，張元清便提議一部分金薯留在京郊皇莊試種，另一部分讓宋休帶去竭綏。

據鷹鼻人說，金薯種植無需良田，只要有泥土且向陽處就能栽種，姜裕成和宋休在竭綏境內查勘了好幾日，才將選定的好地方圈了出來，栽種後又派了專門的護衛看顧。

在他們忙著解決竭綏民生問題的時候，有一個人也沒閒著，她就是靳于青青。自從上次與母親計劃著在姜裕成面前露面後，她一直在等機會。

第十三章

九月初，姜裕成召集了全縣的富商豪紳，想以竭綏市價的標準從他們手中收購糧種，但作為無利不起早的商戶，哪這麼容易就同意？哪怕你是縣老爺也不行。

以靳于老爺為首的竭綏商戶提出，要姜裕成將紅玉湯販賣權移交給竭綏商會，不然他們是不會答應賣糧種的。

姜裕成聽了自然不允，他當初把紅玉湯的販賣權抓在手上，怕的就是遇到今天這個局面。若是將販賣權移交給商會，他們一定會壓低收購價、哄抬京中售賣價。這樣一來，竭綏的百姓掙不了錢，京中百姓也會被坑。

姜裕成一直將紅玉湯作為竭綏百姓的重要收入來源，絕對不會將它送到商會手上。既然商會不肯賣糧種，姜裕成便派人連夜去鄰縣買，當然價格高出市面價格一倍，他自己還貼了一部分銀錢。

宋休見這位同自己年齡差不多的知縣大人，確實是一位心繫百姓的好官，心裡不由得對他生出了一股敬佩之情。

秋播過後，宋休和姜裕成才有了閒時。姜裕成想著，宋休這位特派使大人自來了竭綏後，就一直跟著自己忙前忙後，連個像樣的接風宴都沒有。於是便在縣衙置辦兩桌酒席，請了鄧縣丞、吳主簿等縣衙屬官一起為宋休接風洗塵。

宴席進行到一半，有說有笑的氣氛被突然響起的琴聲打斷，眾人不由得望向琴聲傳來的地方，只見五個臉蒙白紗、身姿纖弱的女子緩步而出，所有人都訝異的朝著姜裕成看去。

自從上次顏娘在宴席上拒了靳于太太後，大家都一致認為姜大人懼內。現如今，懼內的姜大人竟然請了舞女來助興，真是難得一見的奇景。

姜裕成臉上沒了笑容，眉頭緊緊皺著，視線落到吳主簿身上。吳主簿此時也是被驚得滿頭大汗，他之前跟姜裕成提過要請舞女助興，但被姜裕成嚴詞拒絕後，就不敢再提了。他又想起自家妻子貪財的脾性來，怕是她跟那靳于太太搞的鬼。

「大人，我……」他一邊擦汗一邊試圖解釋。

誰知姜裕成擺了擺手。「吳主簿還是好好欣賞歌舞吧，有什麼事明日再說。」

明日再說就來不及了，吳主簿在心中叫苦。若是在姜裕成剛來的時候，他還能安慰自己沒事，可經過三個多月的相處，他知道自己這位上司根本不是好惹的。

見其他人也看向自己，他只好按捺住焦急的心情，坐在席上苦捱。一刻鐘後，歌舞終於結束，他看著其中一個舞女邁著輕盈的腳步走向姜裕成，吳主簿的心一下子提到了嗓子眼。

那舞女扭動著纖細柔軟的腰肢，一步一步走近主桌，姜裕成端坐著，目光一直盯著她。只見她慢慢拿起酒壺，俯身替他斟酒，然後又捧著酒杯朝他靠近。

舞女紅唇輕啟道：「姜大人自從來了竭綏，一心為竭綏百姓謀福祉，實在是我竭綏百姓之福。奴雖在閨中，卻早已耳聞姜大人愛民如子的賢名，今向大人奉上這杯酒，以表奴對大人的敬佩之情。」

說話間酒杯已經挨近姜裕成的嘴唇，這時，舞女忽然趔趄了一下，身子軟軟的朝著他的懷裡倒去。

「啊呀……」

彷彿早就料到了這一幕，姜裕成飛快地往旁邊一躲，舞女竟連人帶酒杯摔在了案桌旁，發出一聲重重的悶響。

這一幕發生得十分突然，在場的眾人都驚住了，視線齊齊的朝著摔倒在地的舞女看去，只見她趴在地上一動也不動，先前拿在手上的酒杯滾了半公尺遠。

姜裕成冷笑著喚來長隨，道：「止規，你將這舞女送到夫人那邊，交給主簿太太處理，就說吳主簿觀歌舞時看上了她，要將她納進自家後院。」

止規連忙領命，扛起那摔暈了的舞女直奔後院而去。

吳主簿這下是急得話都說不出來了，他跺了跺腳，從席間下來。「大人，萬萬不可啊！那舞女是靳于宏的嫡女靳于青青，這事全都是靳于家搞的鬼，真的與我無關啊。」

姜裕成冷眼看著他，並不接話，一旁的鄧縣丞道：「老吳啊老吳，你真是昏了頭，大人一早就拒絕了喚舞女來助興，你怎麼就不聽呢？」鄧縣丞絕口不提那舞女的身分，只責怪吳主簿不聽勸。

吳主簿搖頭辯解：「大人，這事真的與我無關啊，都是靳于氏，她一直想將女兒送與大人做妾。上次被夫人拒絕後，就找到了我那婆娘頌氏處，瞞著我許了她一些好處，這才讓她帶著混進了縣衙。」

不管吳主簿怎麼解釋，姜裕成都置之不理，好好的一個接風宴被折騰成了這般模樣，眾人也沒有再待下去的心思了。

男客這邊散了席，女眷那邊才正熱鬧著。

止規將靳于青青扛到了後院，正說笑的女眷們都被嚇了一跳。姜母好奇的看向止規，問道：「止規，你不在前院伺候你們大人，怎麼扛了一個女人過來？」

止規對姜母和顏娘朗聲道：「老夫人、夫人，吳主簿觀歌舞時看上了此女，說是要納進後院做二房太太，大人命我將她送過來交予主簿太太。」

頌氏聞言後，騰地起身尖聲反駁：「你胡說，我家老爺怎麼會看上一個舞女？」

止規攤了攤手。「主簿太太要是不信，大可去前面問問吳主簿。」

「你……」饒是平日裡頌氏再牙尖嘴利也找不到話來反駁，當著這麼多人的面，她不可能去前院找吳主簿對質。

這時，趴在地上的舞女動了動身子，悠悠的醒了過來。她揉著頭，掙扎著坐了起來。頌氏這才看清她的面容。

「哎喲……」

「哼，我還真當是我家老爺看上了一個舞女呢，原來是姜大人自個看上了，不敢跟夫人明說。」

她當然知道靳于青青為何要來這裡，說話時眼睛一直盯著顏娘。

顏娘臉色變得鐵青，問止規：「你家大人到底怎麼說的？」

止規又大聲將先前的話重複了一遍，這一次在吳主簿三個字上更加重了語氣。顏娘臉色緩和了下來，看著頌氏道：「主簿太太這一次想必是聽清了吧，若是不清楚，在場的太太們可以為她複述一遍。」

鄧縣丞太太立即附和道：「是是是，我們都聽清了，這舞女是吳主簿看上的，要帶回家裡做二房的。」

頌氏指著她大怒道：「赫連氏，妳別胡說八道。」

鄧縣丞太太噗哧笑了，甩了甩帕子問典史太太：「蘭芝，妳來說說看，剛剛止規小兄弟是不是說過，吳主簿想要納此女為二房？」

典史太太笑咪咪的點了點頭。

頌氏被她們兩人氣得差點吐血，她看了一眼還木愣愣的靳于青青，猛地抬手給了她一巴掌。「不要臉的賤貨，竟敢把主意打到老娘身上。」

靳于青青被打懵了。「吳太太，妳……」

「妳什麼妳，老娘今天就要看看，妳到底會什麼狐媚功夫，勾得男人魂都沒有了。」一邊罵著，一邊去扯靳于青青的衣裳。

靳于青青奮力反抗，大力之下將頌氏推倒在地，頌氏作勢又要去打她。顏娘看著眼前混亂的一幕，大聲呵斥道：「夠了！這裡是知縣府後院，不是吳家，頌氏，妳要整治妾室，煩請帶回家去整治。」

頌氏一聽不幹了，嚷嚷道：「夫人，這靳于青青可是衝著大人來的，怎麼能讓我把她帶回去呢？」

顏娘正要開口，就聽姜母道：「明明是妳男人要納妾，妳反倒往我兒子身上推，老婆子活了幾十年，就沒見過這樣的怪事。」

說完又對止規道：「快去將吳主簿請來，把這兩個女人都帶走，老婆子多看一眼都覺得心煩。」

止規大聲答了一聲是，然後一溜煙跑了。

過了不到一盞茶的時間，姜裕成和吳主簿來了後院。一看到兒子，姜母對他指著吳主簿道：「兒吶，你快讓他把他家的妻妾帶回去，在我們家又哭又鬧的像個什麼樣。」

姜裕成笑了笑。「娘，您放心吧，吳主簿馬上就帶她們走。」說完看向臉色慘白的吳主簿。「吳主簿，是不是？」

吳主簿連連點頭。「是是是。」

頌氏還想大鬧，在看到吳主簿刀子一般凌厲的眼神後，頓時不敢再言。然而靳于青青不肯走，她一改先前軟綿綿的樣子，飛快的衝到姜裕成面前跪下。「大人，求您留下我吧，不管是為奴還是為婢我都願意，只要能留在大人身邊就好。」

姜裕成往旁邊挪了兩步，彷彿跪在自己面前的是什麼髒得不得了的東西。顏娘氣不打一處來，靳于青青這女人年紀不大，臉皮卻不薄，當著這麼多人的面自薦枕席，真是沒教養的東西。

「靳于小姐，我不管妳今天穿成這樣混進縣衙有何目的，但吳主簿已經承認要納妳為妾，還請妳給靳于老爺和吳主簿留點臉面，不然……」

後面的話她沒說出來，如果靳于青青聰明的話，她就會順著竿子爬下去。可靳于青青不是個聰明的人，非但不聰明，還喜歡妄想不屬於自己的東西。

看著顏娘那張盛氣凌人的漂亮臉蛋，心裡的仇視與嫉妒在這一刻生根發芽，頃刻間便長成了參天大樹。

「聶氏，妳這個不要臉的妒婦，嫉妒我年輕貌美，怕我進了府姜大人迷戀我，所以想方設法將我趕到吳主簿府上去。」她恨恨地指著顏娘罵道：「妒婦，妳不得好……」

「啪！」

戚氏繃著臉上前給了她一巴掌，最後那一個還未說出口的「死」字被那一巴掌打散了。

姜裕成怒不可遏的看向吳主簿。「怎麼，還要等著本官親自將人送到你府上去？」

吳主簿冷汗連連的搖頭。「大人息怒，我這就帶她們走、這就帶她們走。」

吳主簿帶著頌氏和靳于青青走了，其餘的人也乘機散了去。等後院只剩下姜家人時，顏娘瞪了丈夫一眼，怒氣沖沖回房了。

姜裕成有些無奈，自始至終他都沒讓那靳于青青靠近過自己啊。

姜母嘆了口氣。「成兒，咱們這個家好不容易才旺了起來，你可別學其他當官的，什麼不三不四的人都去招惹。」

姜裕成更無奈了，好吧，親娘發話他只有聽著。

姜母又催他去看顏娘，說些好話哄哄她，不要為了外人鬧得家裡不睦。不用她提醒，姜裕成也會去的。

顏娘這會在屋裡生悶氣，卻不是生姜裕成的氣。靳于青青那些話實在是讓她難受極了，她倒不是擔心姜裕成變心，而是覺得這個世道對女人太不公了一些。

她不能理解，為什麼有錢有權的男人都必須三妻四妾，他們的妻子就只能默默的忍受著姜室來分自己的男人？

姜裕成進來時，她快快不樂的趴在桌子上，看也沒看他一眼。姜裕成勾了勾唇，沒想到一向溫柔嫻淑的妻子也會使小性子，這倒是讓他有些驚訝了。

姜裕成將接風宴上發生的事情沒有絲毫隱瞞的告知了顏娘，顏娘扭過頭道：「我並沒有生你的氣，我氣的是靳于青青不檢點，氣的是你們男人總是貪心不知足。」

「好了，別氣了。」姜裕成從身後輕輕擁住她，柔聲道：「別的男人怎樣妳不用管，妳只要管好我就可以了。」

顏娘轉身回擁他，將頭靠在他的胸前，嘆氣道：「你知不知道外面的人怎麼說你的？」

「他們說什麼了？」

「說你懼內。」顏娘有些不滿道：「還說我是母老虎，管著你不讓你納妾，連家裡伺候的丫鬟婆子都挑醜了買。」她續道：「今天請了那些屬官太太們來，我把桃兒和青楊特地叫出來伺候，就是為了讓她們看看，我們家的丫鬟到底醜不醜。」

聽到這裡，姜裕成不由得啞然失笑。剛剛還在意外她使小性子，這會又見到她孩子氣的一面，這樣的她比平日裡鮮活了許多。

他喜歡這樣的鮮活。

京城

凌績鳴下值後正準備回家，勇毅侯派人叫他去侯府一趟，他讓長隨回凌家知會范瑾一聲，然後上了勇毅侯府的馬車。

到了勇毅侯府，他被領到了勇毅侯的書房，上一次他在此被勇毅侯罵得狗血淋頭，這一次踏足讓他不禁回想，自己近段時間有沒有犯過什麼大錯。

就在他忐忑不安的時候，勇毅侯開口道：「聽說你娶瑾兒之前成過親？」

不知勇毅侯此言何意，淩績鳴硬著頭皮點了點頭。

勇毅侯又道：「你與前妻聶氏育有一女，她同你和離後又嫁給了你的同窗姜裕成是不是？」

淩績鳴再次點了點頭。

他鼓起勇氣問勇毅侯。「不知道外祖父為何提起聶氏？」

勇毅侯瞥了他一眼，不疾不徐道：「宮裡傳來消息，祥嬪已經有兩個月身孕了。」

淩績鳴詫異的抬起頭，很快反應過來，朝著勇毅侯道：「恭喜外祖父，祥嬪娘娘這一胎定會得償所願。」

勇毅侯很滿意淩績鳴的態度，第一次對他和顏悅色的笑了。淩績鳴頓時受寵若驚，但他心裡還有疑惑，想知道勇毅侯為何要提起聶氏和姜裕成。

勇毅侯很快解了他的疑惑。「祥嬪娘娘這一胎懷得辛苦，再無力分心照顧二皇子，便想著從娘家選一個四至五歲的女童進宮陪伴二皇子，如果我沒記錯，你與聶氏生的長女如今正好五歲吧。」

聽了這話，淩績鳴思索了一會兒才明白了勇毅侯的意思。陪伴二皇子是假，藉著陪伴二皇子之名將張元清拉到他們的陣營來才是他的最終目的。畢竟張元清是姜裕成的老師，滿滿又被聶氏帶到了姜家。

他心裡變得五味雜陳，原來自己在勇毅侯這裡只能算是一個在中間傳話的棋子。

「外祖父，實不相瞞，當初我與聶氏和離時，允許她帶著女兒離開，如今女兒已經改姓姜了。」

勇毅侯冷哼一聲。「子隨父姓天經地義，你的女兒怎麼能冠上別家的姓氏？我給你一個月的時間，一個月後，我要見到你的長女。」

凌績鳴垂頭喪氣離開勇毅侯府，回到家裡後將自己關進了書房。范瑾覺得丈夫去了勇毅侯府一趟變得不對勁，以為是外祖父斥責了他。

她端著雞湯去了書房，凌績鳴正提著筆發呆，面前的紙張被墨汁染黑了一大片。

「夫君，如果外祖父說了什麼不中聽的話，你不要放在心上。」她放下托盤，輕聲道：「外祖父是武將，說話直白了些，但總歸是為了你好。」

凌績鳴聞言看向她，神色淡淡道：「妳知道他今天把我叫到侯府說了什麼嗎？」

范瑾當然不知。

凌績鳴自嘲的笑了笑，瘋狂的將面前的紙張揉成團，氣憤道：「他一直都瞧不起我，一個從七品的小官當做對我的施捨，現在還把我當成一個傳話筒，我就真的那麼不堪？」不堪兩個字幾乎是從牙縫裡吐出來的。

范瑾被他這副樣子嚇了一跳，連忙安撫道：「夫君，到底發生什麼事了，外祖父……他要給誰傳話？」

凌績鳴如同被霜打了的茄子。「在大宴朝的官場，我還能認識誰？」

「張元清？」范瑾試探的問道。

凌績鳴搖了搖頭，接著又點了點頭。「差不多吧。」

范瑾更糊塗了。

凌績鳴道：「外祖父要我將聶氏的女兒接回來。」

這句話如同驚天響雷般炸在范瑾耳邊，她不敢置信的後退了幾步。「你……你說什麼？」

凌績鳴將勇毅侯的意思複述了一遍，范瑾不相信的搖頭。「不會的，外祖父不會這麼做的。」

凌績鳴面無表情的看著她。「如果妳不信，可以親口問他。」

范瑾失魂落魄的走出書房，第二日一早便去了勇毅侯府，勇毅侯的意思跟凌績鳴說的相差無幾，她不能接受，回去後就病了。

凌績鳴看著妻子憔悴的面容，有些於心不忍。「瑾兒，外祖父發了話，咱們只能聽從。妳別多想，早點養好身子才是。」

范瑾木然的盯著床頭，低聲問：「必須接回來嗎？」

凌績鳴沒回答，但沈默代表了肯定。

范瑾捂著臉哭了起來。「聶氏的女兒回來，我算什麼，琬琬和珺珺又算什麼？」眼淚從她的指縫間流下來，淒切道：「外祖父為何非要這樣做，讓勇毅侯府的姑娘去宮裡陪伴二皇子不行嗎？」

當然不行，凌績鳴在心裡回答道。勇毅侯的目的是拉攏張元清，而不是心疼那個出生便有腿疾的曾外孫。

大哭一場後，范瑾將心中的委屈發洩了一通，加上丈夫凌績鳴的安撫，她的病也就好了。

她對凌績鳴道：「聶氏那女兒回來後，只能作為庶女寫入族譜，不管怎樣，我的琬琬才是凌家的嫡長女。」

凌績鳴點頭應允。

他寫了一封信，讓凌三娘夫妻藉著探親的名義帶去竭綏給姜裕成。

另一邊，遠在竭綏的顏娘還不知道勇毅侯打起了滿滿的主意。姜裕成正跟她商量，準備親自給滿滿開蒙。

有兩榜進士出身的姜大人親自為女兒開蒙，顏娘只覺得大材小用。姜裕成第一次反駁了她，說再鋒利的刀也需要有用武之地才算利器，他這滿腹的學識，來到竭綏後已經沈積許久，若是再不拿出來用用，怕是要退步了。

顏娘當然不信，那個每晚睡前都還要溫書的人是誰？姜裕成對滿滿的心思還是讓她很感動，恐怕親生的也就如此了。

滿滿很喜歡描紅，小丫頭是個跳脫的性子，顏娘以為她會坐不住，誰知姜裕成佈置的作業，她每日都用心完成了。

顏娘見狀，本打算讓她連女紅也一起學了，但滿滿似乎沒有刺繡的天分，顏娘便只教她一些基礎的東西。

幾天過去，姜裕成的開蒙初見成效，她學會了寫自己的名字和弟弟們的小名，爹娘、祖母幾個字會寫也會認，雖然寫得歪歪扭扭，但也算是很好的了。

顏娘跟姜裕成感嘆。「幸好有你在，不然她就被耽擱了。」

姜裕成笑著道：「不會的，日月光輝永遠不會被螢火之光取代。」說完又道：「滿滿做事有股子堅韌勁兒，這倒跟她的生父有些相似。」

提到凌績鳴，顏娘心裡有些複雜，埋怨道：「你提他幹什麼，他哪裡能做滿滿的父親。」

姜裕成拍了拍她的手。「別生氣，我不提他就是。」

顏娘小聲嘀咕。「你這人也真是的，幹麼提起他呀，難道不覺得彆扭嗎？」

「彆扭什麼？」姜裕成有些不明白。

顏娘瞪了他兩眼，他想了想忽然懂了，拉著妻子的手笑著道：「彆扭是沒有，但嫉妒和吃味還是有的。」

他笑容淡了下來。「都是造化弄人，若當初與妳自小訂親的人是我，我們也不會兜這麼大一個圈子。」

顏娘第一次聽他說起這些，好奇道：「照你這樣說，如果我們訂親了，冷姐姐怎麼辦？」

姜裕成道：「嬌嬌幼時體弱，算命的說她須得找一個虎年臘月生人訂親，不然會夭折。我爹心疼她，便讓我跟她訂了親。我與嬌嬌雖為夫妻，實則為兄妹。她一直覺得是她拖累了我，本不願與我成親，是表姐哭著逼她，她才同意了。婚後她就開始託人打聽合適的姑娘，都被我拒絕了，因為那時我不願隨意找個人將就。」

顏娘驚訝的看著他，姜裕成繼續道：「我們成親那晚，我夢到了嬌嬌。她在夢裡跟我說，看到我成親她很開心，還要我好好待妳。」

「這是真的嗎？」顏娘不敢置信的問道：「你真的夢到她了？」

「是真的，我醒了後也覺得很不可思議。」姜裕成點了點頭，認真道：「娘子，以後妳跟著我叫嬌嬌表妹吧，我相信她更喜歡這個稱呼。」

顏娘愣住了。「夫君，這不合規矩。」

姜裕成知道她要顧及母親與表姐的感受，隨即提議道：「這樣吧，在我面前妳可以稱呼她為表妹，當著娘和表姐的面妳照常即可。」

顏娘點了點頭，輕輕摟住他的腰呢喃：「夫君，你真好。」

姜裕成輕輕的摸了摸她的頭，低頭在她眉間印上親吻，兩人就這樣靜靜的擁在一起，享受難得的靜謐時光。

從雲澤國遠道而來的金薯長勢喜人，從短短的嫩芽長到鬱鬱蔥蔥的藤蔓，約莫用了一個月的時間。宋休用筆將其生長情況記錄下來，從播種、發芽到成株都記錄得一清二楚，後面畫了相應的植株形態。

姜裕成朝他拱手道：「依宋兄這架勢，我大宴遲早要出一位農事大專家。」

宋休坦然的受了他的禮。「承蒙誇讚。」他眺望著遠處的農田，朗聲道：「我宋休最大的願望是，普天之下，百姓人人能飽腹，官倉粒粒皆良種。」

聽著他的豪言壯志，姜裕成也生出了一股自豪之感，他在心裡道：若為官者皆能為民著想，有生之年，說不定我能目睹這一切。

兩人視線相交，均是一笑。

這時止規來報：「大人，家中有客來訪，夫人請您回去一趟。」

衛枳坐在輪椅上，衛杉站在一旁，兩人身後跟了十來個虎背熊腰的護衛。衛枳望了一眼縣衙大門上方高懸的幾個大字，輕聲呢喃：「不知這竭綏知縣是個什麼樣的人？」

衛杉上前一步。「待見過後不就知道了嗎？」說完吩咐護衛道：「金一，去吧。」

金一立即領命。

縣衙的守衛見來人出示了恭王府的權杖，也不知道真假，兩人相視一眼後，其中一個道：「請貴客稍等，大人今日不在縣衙，待我去稟報夫人再說。」

金一沒有為難他們，迅速退回到主子身後。

縣衙後院，顏娘正在教女兒女紅，戚氏從外面進來。「夫人，縣衙守衛來報，說是恭王府的人來訪。」

顏娘愣了一下，繡花針不小心扎到了手指，疼痛讓她回過神。「恭王府？」

戚氏點頭。「恭王世孫帶著護衛正在外面等著。」

顏娘立即起身。「趕快隨我去迎接。」說完又對青楊道：「妳去尋止規，讓他趕緊去將大人找回來。」

青楊哎了一聲連忙去了。

顏娘換了一身見客的衣裳，然後帶著女兒出去迎接恭王府來客。

時隔一年多，衛枳再一次見到了當初與自己一同落難的小女娃，他笑著朝她招了招手。「滿滿，到哥哥這裡來。」

滿滿藏在顏娘身後好奇的盯著他，這個好看的哥哥是誰啊？她好像不認識他呀。

顏娘蹲下身摸了摸女兒的頭，柔聲道：「滿滿，當初妳被拐子捉了去，還是世孫救了妳呢。」

滿滿疑惑道：「可那個哥哥沒有坐輪椅啊。」

這話一出，衛枳沈下眼皮，衛杉的臉色也有些晦暗不明。顏娘也察覺到了空氣中瀰漫的尷尬氣氛，連忙替女兒向衛枳賠禮。「小女無心之言冒犯了世孫，還請世孫見諒。」

衛枳搖了搖頭。「無事，姜夫人不必緊張。」說完又朝滿滿笑道：「哥哥那時候也有輪椅，只是被拐子搶了去。」

滿滿眨了眨眼。「真的嗎？」說完又哼了一聲。「拐子太壞了，哥哥你別怕，我爹是官，他會保護我們的。」

衛枳笑著點頭。「好，我不怕。」

顏娘見氣氛緩和了，心裡鬆了口氣。恭王世孫乃皇家血脈，她還真怕女兒說錯了話得罪人家，只盼著丈夫早些回來。

姜裕成聽止規說恭王世孫來訪後，儘管心存著疑惑，還是急忙趕了回去。他們到時，就聽說恭王世孫一行正在老夫人那裡呢。

姜母很喜歡這個長得俊俏、嘴巴又甜的恭王世孫，見他年紀輕輕就廢了雙腿，不免覺得可惜。她道：「世孫，你儘管在這裡住著，住多久都沒事。」

姜裕成回來時，正好聽到這句話。他有些不明白，恭王世孫為何要在竭綏長住？很快衛枳就替他解開了疑惑。

衛枳是來竭綏休養的，御醫說京城冬日嚴寒，留在京中只能受罪，最好選一處溫暖之地休養。恭王給孫兒選的原本是陵南，那裡要比竭綏繁華許多，但衛枳非要來竭綏，御醫也說竭綏要比陵南暖和得多，恭王這才願意放人。

衛杉是自願跟隨衛枳來竭綏的，當初他母親也就是原江東王繼妃翁氏，在江東王被降爵為鎮國將軍後，讓他帶著大量禮品南下去虞城縣跟恭王賠罪。

他見到衛枳後，才知道大哥衛櫧多麼可惡，一個隨意的動作就毀掉了衛枳的一生。恭王因為衛櫧和父王的事遷怒於他，讓人押著他親眼看著衛枳在床上痛苦掙扎，看著他因為疼痛而變得扭曲猙獰的面容。

才十歲的衛杉受到了前所未有的衝擊，藏在長袍下的雙腿因為震驚和害怕不停顫抖著。那一刻，他痛恨自己是衛錦誠的兒子，更痛恨毀掉衛枳雙腿的長兄衛櫧。

他決定留下來陪他。

在徵得恭王的同意後，衛杉給母親翁氏寫了封信，告訴她自己要留在虞城縣，讓她不要擔心。但作為一個母親，翁氏哪能不擔心？第二日便坐船往虞城縣趕，等她到了王府別院，看到兒子同衛枳一起讀書寫字時，一顆緊張的心才落了下來。

她覺得兒子留在衛枳身邊也好，丈夫衛錦誠已經廢了，自從降爵後整日裡喝得爛醉如泥，衛櫧更是將鎮國將軍府攪得一片荒唐。

從虞城縣回去後，翁氏便搬到了陪嫁的莊子上去了，把亂糟糟的鎮國將軍府留給衛錦誠父子倆折騰。

衛枳雖然恨衛櫧，但不至於遷怒無辜的衛杉，所以兩人相處很融洽，久了竟然還生出幾分親如兄弟的感情來。

衛枳要去蝎綏休養，衛杉也一路跟著。他曾好奇的問衛枳，大宴那麼多適合他休養的地方，為何偏偏要選這麼一個偏遠的小城。

衛枳笑了笑，沒有回答他的問題。

當他看到他和顏悅色的跟一個小女娃說話時，才明白他為什麼會選擇來這裡。活潑可愛、天真爛漫，跟他們這些一出生就懂得勾心鬥角的宗室子弟簡直是天壤之別啊。

衛枳不嫌棄縣衙條件簡陋，拒絕了金一另尋住處的請求，打算休養的這段時間就住在縣衙。顏娘只好帶著家中下人迅速的收整幾間屋子出來，卻只夠衛枳、衛杉、金一以及隨行的大夫住，其餘的護衛只能跟著衙役們擠大通鋪了。

衛枳和衛杉都沒帶伺候的丫鬟，顏娘打算讓青楊過去伺候，衛枳婉拒道：「多謝夫人好意，自從我雙腿廢了以後，就不再用丫鬟了。平日裡伺候我的兩個小廝明日就到，還請夫人替他們安排個住處。」

顏娘點了點頭，讓他放心。

讓顏娘沒有想到的是，衛枳的小廝來時，還帶了一大批伺候的人和好幾馬車的東西，他們進來後，縣衙顯得十分逼仄。

衛枳面上帶了幾分歉意，他也沒想到祖父會送這麼多的人和物來。只好臨時拜託姜裕成出面，將縣衙斜對面街上的那座宅子買下來，將那些人都安排到宅子裡去。

恭王還給姜裕成寫了一封信，在信中懇請他照看自己的孫兒，他沒有用恭王的身分命令他，而是以一個疼愛孫子的祖父的口吻拜託他。

恭王府人丁單薄，恭王又已年邁，膝下只剩這麼一根獨苗苗，怎麼能不珍之重之呢？

衛枳和衛杉在竭綏待得很開心，他們慢慢的放下心中的防備，像真正的孩子一樣無憂無慮的笑著。

衛枳喜歡跟滿滿玩，姜裕成沒空的時候，都是他在教她描紅。跟他不同，衛杉特別喜歡雙生子，文博文硯兄弟倆快滿周歲了，又正處於長牙的階段，跟他們玩鬧時，經常糊得他一臉口水。

衛杉並不嫌棄，顏娘有時候都看不過去了，衛杉卻道：「夫人別怪他們，我喜歡他們。」一說著鼻子有些發酸。「當初我娘也懷過雙胎，只不過沒有生下來，我一直在想，如果我娘把弟弟妹妹們生下來了，也許就跟文博文硯一樣可愛。」

顏娘連忙安慰道：「你別想太多，如果願意的話，你可以把他們當做自己的弟弟。」

「謝謝夫人。」衛杉開心的點了點頭，過了一會兒他又問：「夫人，聽說宋休宋大人也在這裡，為何我從未見到他？」

宋休？

顏娘道：「宋大人不住縣衙，又喜歡整日待在田間，你們沒見到也是正常。」

「那他可有娶妻，身邊有沒有人伺候？」衛杉繼續追問。

宋休有沒有娶妻顏娘是真不知道。「宋大人來這裡只帶了兩個老僕，平日裡生活起居也是由他們照顧，其他的事……我就不知了。」

聽了這話，衛杉若有所思的點了點頭，沒再繼續問下去。

竭綏的冬日從不嚴寒蕭條，清晨濃霧散去後，太陽自東方緩緩升起，照在人身上暖意洋洋。原本是美好的一天，但兩位不速之客——凌三娘和杜大郎夫妻的到來，打破了這份安寧。

夫妻倆從京城一路往南，走了水路換陸路，終於在冬至前趕到了目的地。他們在竭綏城裡找了一家客棧，顧不得休息，直接上門求見。

顏娘本不想搭理他們，但看在凌三娘以往對她不錯的分上，還是讓他們進來了。

凌三娘盯著顏娘看了許久，壓根不敢相信面前這個美貌纖細的婦人是她前二嫂，若不是她說話時的語氣和嗓音未變，她都要懷疑姜裕成是不是休妻另娶了。

明明上一次見面她還不是這樣啊。凌三娘心裡是五味雜陳，她不禁設想，若當初她就是這副樣貌，二哥還會捨得與她和離嗎？

杜大郎見妻子愣愣的，連忙扯了扯她的袖子。

凌三娘這才回過神來。「顏娘姐姐，好久不見，妳變了很多。」

「嗯。」顏娘淡淡的應了一聲，問：「你們千里迢迢來這裡，應該不是為了說這句話的吧。」

凌三娘欲言又止，一旁的杜大郎上前遞給她一封書信。「姜夫人，這是我二舅哥給妳的信，有什麼話，不妨看完信再說。」

顏娘沒有接，皺眉道：「我跟他已經毫無瓜葛，這封信我不會看的。」

杜大郎道：「姜夫人還是先看信吧，不然誤了滿滿的前途，日後後悔可就來不及了。」

聽到滿滿兩個字，顏娘立刻警戒起來，連忙讓人去叫姜裕成。

姜裕成很快前來，拿過信快速瀏覽了一遍，臉色變得非常難看，合上信後對杜大郎厲聲道：「你回去告訴凌績鳴，只要我姜裕成在一天，他就別想打我女兒的主意。」

杜大郎嚇了一跳，大聲道：「姜大人，滿滿是我們凌家的孩子，你可沒資格決定她的去留。」

「沒資格的是他凌績鳴才對。」顏娘雖不知信裡寫了什麼，但聽了杜大郎的話後氣得發抖。「滿滿是我和夫君的女兒，她姓姜，跟你們凌家沒有任何關係！」

她又看向凌三娘。「你們凌家是如何對我們母女的，妳應該最清楚不過。當初我大著肚子，范瑾逼上門來害得我早產，疼了一天一夜才生下滿滿。結果呢，妳娘嫌棄她是女兒，看都不願看一眼；妳大姐罵她是賠錢貨，還險些下毒害死了她；妳二哥從未把她當做自己的女兒，和離時沒有絲毫不捨；妳爹把她當成是討價還價的籌碼，在他眼裡，滿滿這個孫女還比不上幾抬嫁妝。

「我與凌績鳴和離時，說好了滿滿跟著我，從此以後與你們凌家無任何干係，他也是在和離書上按了手印的。想反悔，絕不可能。」

凌三娘連忙勸道：「顏娘姐姐，妳先聽我說，我二哥讓滿滿回去，也是為了她好。「宮裡的祥嬪娘娘是我二嫂的表姐，想要選一個四至五歲的女娃去宮裡陪伴二皇子，二哥想要補償滿滿，所以才決定送她去。」凌三娘一邊觀察她的神情，一邊道：「顏娘姐姐，滿滿要是得了二皇子喜歡，日後說不定還有大造化呢。」

聽了這話，顏娘氣極反笑。「范瑾不是有兩個女兒嗎，這麼好的事她會讓給滿滿？」

凌三娘剛要開口，就聽她嘲諷道：「我從來不相信你們凌家人會那麼好心。三娘，當初的妳是多麼善良啊，如今也變得面目可憎了。」

顏娘還記得，初嫁時在婚房裡她是怎樣維護自己的；滿滿出生時，她有多麼心疼小姪女；和離時，她哭著阻攔自己的家人。那些畫面彷彿就像是發生在昨天，但如今，站在她面前的人已經不是以前那個是非分明的小姑娘了。

凌三娘知道今日要無功而返，心裡湧上一股深深的無力感。她能怎麼辦？公婆嫌棄她丟人，爹娘偏疼大姐，她只能靠著二哥過日子，二哥交代的事，她不能不答應。

顏娘和姜裕成可不管她有無苦衷，不客氣的將他們趕了出去。

離開縣衙前，凌三娘向顏娘提出見滿滿一面，顏娘沒有答應，她與杜大郎只得先回客棧去。

臨走前，杜大郎放狠話道：「姜大人、姜夫人，我們凌家是奈何不了你們，但勇毅侯府呢？我們夫妻表面是聽了我二舅哥的差遣，實則是為勇毅侯辦差的。你們要是識趣，就應該好好配合。」

這番話讓顏娘氣極，等他們離開後，她再也支撐不住，眼前一黑，身子朝一旁倒去。姜裕成眼疾手快急忙扶住了妻子，擔憂道：「娘子，妳沒事吧？」

顏娘搖了搖頭。「我沒事，只是被他們氣狠了，扶我回屋吧。」

姜裕成還是不放心，特別商請恭王世孫隨行的葛大夫過來看看。葛大夫替顏娘把完脈後道：「夫人身體並無大礙，暈眩是氣急攻心所致，靜養幾日便好。」

姜裕成點了點頭，親自將葛大夫送了出去。臨走時，大夫又道：「氣大傷肝，大人應勸夫人平日裡少動怒。」

姜裕成朝他拱手道：「多謝葛大夫，這話我一定會傳達給內子。」

顏娘請了葛大夫瞧病，姜母也知道了，她來正院看顏娘，道：「妳這孩子，那些不相干的人本就不該見，這下倒好，還把自己給氣壞了。」

顏娘苦笑道：「我也沒想到凌家人那麼無恥，竟然把主意打到滿滿身上來了。」

「妳就放寬心吧，有我在，有成兒在，他們不敢來搶孩子的。」姜母替她掖了掖被角。「再不濟還有世孫呢，他挺喜歡我們滿滿的，到時候請他出頭替滿滿撐腰，我就不信，那凌績鳴還能跟恭王世孫搶人。」

聽了這話，顏娘無奈道：「娘，我們家的事，怎麼能麻煩世孫呢，還是別打擾他休養才是。」

姜母才不管這些，徑直去找了衛枳，將凌家的企圖告知衛枳，請他出手幫一幫自己的孫女。

一聽見勇毅侯府打算將滿滿送到宮裡去陪伴二皇子，衛枳動怒了。他把滿滿當成妹妹看待，絕不允許有人打她的主意。

衛枳讓護衛快馬加鞭給祖父恭王送信，請他出面幫忙解決。與此同時，姜裕成也給恩師張元清與師兄郭侍郎傳了信。

於是在顯慶十三年冬至那日，顯慶帝的龍案上擺了十來本彈劾勇毅侯的奏摺，除了幾樁稍顯嚴重的罪名外，其餘的都是雞毛蒜皮的小事。

顯慶帝看完最後一本彈劾奏摺後，問梁炳芳：「這勇毅侯與皇叔、張太傅有何過節，他們兩人怎地也寫了彈劾的摺子？」

梁炳芳躬身道：「奴婢聽聞，勇毅侯打算送一名四至五歲的女娃進宮陪伴二皇子，最後的人選乃姜裕成大人之妻聶氏的長女。」

顯慶帝有些摸不著頭腦。「你是說，勇毅侯看中了姜裕成的女兒？」

「陛下有所不知，姜大人之妻聶氏的長女並非姜大人親生，而是聶氏與前夫通政司經歷凌績嗚凌大人所生，兩人和離後，聶氏帶走了長女，凌大人後來又娶了勇毅侯庶女所出的女兒范氏。」梁炳芳簡單的解釋了一下幾人的關係。

顯慶帝聽了後笑容漸漸淡了。「祥嬪肚子裡的孩子還不知是男是女，勇毅侯這老匹夫就開始拉攏朝臣，到時候可別賠了夫人又折兵。」

張元清是他專門請回來壓陣的，誰也不能打他的主意。

「梁炳芳，凌績鳴還有沒有其他的孩子？」

「回陛下，他與范氏育有兩個女兒，大的四歲，小的兩歲。」

顯慶帝道：「傳朕旨意，宣凌績鳴與范氏長女即日起進宮陪伴二皇子。」

梁炳芳抬眼看了顯慶帝一眼，連忙命人前去凌家宣旨。

凌家

小黃門宣讀完聖旨後，尖聲道：「凌大人，接旨吧。」

凌績鳴連忙謝恩領旨，隨後他讓梅枝給兩個小黃門一人塞了一個荷包，待他們離開後，才發覺後背已是冷汗涔涔。

「夫人、夫人……」

「不好了，夫人暈過去了。」

他捧著聖旨將其親自供奉在香案上，剛一放好，就聽見丫鬟們驚慌失措的聲音。他急忙跑了出去，看到范瑾躺在地上，半個身子被梅枝抱著。

「瑾兒，妳怎麼了？瑾兒！瑾兒……」見妻子沒有反應，他立即將妻子打橫抱起，吩咐梅枝道：「快去請大夫。」

梅枝連忙去了。

過了一炷香的時刻，大夫終於到了，替范瑾把完脈後道：「夫人已經有了兩月身孕，先前是受了刺激導致暈厥，待老夫扎上兩針後便能醒來。」

聽見妻子有孕，凌績鳴又是欣喜又是憂心。「大夫，突然暈厥對孩子有礙嗎？」

大夫一邊扎針一邊道：「目前尚無大礙，懷孕期間，要避免大喜大怒才是。」

凌績鳴這才放心了。

大夫幾針扎下去後，范瑾悠悠轉醒，看到守在床邊的凌績鳴，眼淚一下子流了出來。「夫君，琬琬她……」

凌績鳴替她擦淚道：「瑾兒，妳現在不能太激動，不然對孩子不好。」說著，視線落到了她的腹部。

「孩子？」范瑾愣愣的看著他。「你是說我有身孕了？」

凌績鳴點了點頭。

盼了這麼久總算有了身孕，但過幾日卻要將長女琬琬送進宮去，范瑾不知道自己是該哭還是該笑。

凌琬琬被顯慶帝下旨招入宮中陪伴二皇子，勇毅侯知道這個消息後一下子沈了臉。他對長子道：「看來皇上已經看穿我的意圖了，讓琬琬進宮就是給咱們勇毅侯府的警告。」

勇毅侯世子道：「為今之計咱們得韜光養晦，等祥嬪娘娘肚子裡的龍胎出生後再來圖謀。」

勇毅侯點了點頭。「待會兒讓你媳婦去凌家把琬琬接過來，教一教她宮裡的規矩，免得不知禮數丟了祥嬪娘娘的臉面。」

勇毅侯世子夫人遵循公公的命令將凌琬琬接進侯府，安排了兩個小丫鬟和一個老嬤嬤伺候，除了學規矩的時候，平時幾乎不管她。

她一直看不上小姑子范柳氏，一把年紀了還拈酸吃醋，逼得丈夫不敢納妾，連個傳承香火的後人也沒有。更看不上范瑾，什麼樣的男人嫁不得，非得嫁一個娶過妻的二手貨，婆家還有一堆粗鄙丟人的親戚。

凌琬琬進宮陪外孫二皇子，世子夫人是一百個不願意，若不是皇上下了旨意，她定會堅決反對。儘管凌琬琬看著乖巧聽話，世子夫人依舊不喜歡她。

勇毅侯府的當家夫人不喜歡一個人，那麼底下的下人也會看人下菜碟，在侯府那幾日，凌琬琬幾乎是哭著睡著的。

范瑾來了侯府幾趟，每次一提出要見女兒，世子夫人總是用「琬琬正在學規矩，咱們別去打擾。」這句話來搪塞她。見不到女兒，范瑾憂思成疾，肚裡的孩子也差點沒保住。

大夫嚴厲告誡她，若是再折騰的話，孩子就別想要了。范瑾只好暫時不去想女兒，專心留在家裡保胎。

顯慶十三年臘月初五一大早，祥嬪便派了人來勇毅侯府接凌琬琬進宮，幼小的她，忐忑不安的拉著興慶宮女官的手，一頭投入了未知的命運河流中。

第十四章

遠在竭綏的姜裕成收到恩師的來信，信中告訴他不需要再擔心滿滿會被送進宮了，因為進宮的人選已經確定。他將書信折好，準備回後院跟顏娘分享這一個好消息。

回房後，顏娘卻不在房裡。戚氏告訴他，姜母前一刻才將顏娘叫了過去，姜裕成又轉身去了母親院子裡。

還未進去，就聽見裡面傳來姜母開心的聲音。「世孫真是好本事，我們滿滿這下可不用進宮陪那勞什子二皇子了。」

姜裕成聽了，摸了摸懷裡的信，沒想到母親和妻子已經提前知道這個消息了。

他大步走了進去，先朝著衛枳拱了拱手。「多謝世孫出手相助，姜某感激不盡。」

「姜大人言重了，這些都是我該做的。」衛枳偏了偏身子，沒有受他的禮。見他一臉探究的望著自己，衛枳知道他是誤會了，連忙道：「我沒有兄弟姐妹，滿滿天真可愛，我一直拿她當自己的妹妹，絕不會讓人打她的主意。」

聽了這話，姜裕成才笑了。

姜裕成想起他娘先前對二皇子的不敬，不由得出言道：「娘，皇家的事情不是我們能多嘴的，您以後還是注意一些。」

姜母最不喜歡兒子說教，沒好氣道：「知道了，知道了，年紀輕輕的怎麼那麼囉嗦。」

姜裕成很無奈，顏娘笑著道：「夫君，娘也是太過開心了，以後定會注意的。」

姜裕成並沒打算在這個問題上繼續下去，前院還有事情要做，不能在後院久留。正要走時，衛杉忽然叫住了他。「姜大人，請問宋大人今日也在嗎？」

姜裕成頷首。「應該在吧。」以往這個時候宋休都在縣衙。

衛杉請求道：「我能跟著去前面嗎？我想見一見宋大人。」

「你跟我來吧。」姜裕成想了想，點頭應了。

看著兩人走遠的背影，衛枳有些疑惑，衛杉跟宋休認識嗎？他沒把這事放在心上，轉頭又關心起滿滿來。

「她啊，就是個小饞貓，昨日貪吃馬蹄糕吃壞了肚子，我過來前才喝了藥睡著了。」顏娘有些無奈，女兒比兩個兒子還難帶，一點也不讓人放心。

聽了這話，衛枳有些不自在的咳了兩聲。如果他沒記錯的話，那馬蹄糕還是他給她吃的，害得小姑娘吃壞了肚子，他有很大的責任。

「夫人，我想去看看滿滿，不知是否方便？」

顏娘點了點頭。「正好我也要回去了，世孫跟我一道吧。」說完又對婆婆道：「娘，今天我要理帳，待會兒把文硯和文博送過來，煩勞您受累照看一下。」

姜母擺手道：「一家人這麼客氣幹啥？何況有吉娘子和桃兒她們在，我有什麼受累的？」說著又嘆息道：「要不是我這身子不爭氣，還真想親自帶孫子哩。」

也許是年輕時太過勞累虧了身子，入冬以來，姜母已經病了兩次，最近這次前兩日才好，怕把病氣過給孩子們，她已經好久都沒見過孫輩們了。

回正院的路上，顏娘忽然問道：「世孫，入宮陪伴二皇子的人選是誰？」先前只顧著高興了，壓根沒記起問這個。

衛枳沒有隱瞞。「是通政司經歷凌績鳴長女凌琬琬。」

顏娘愣了一下，又問：「那二皇子好相處嗎？」

衛枳搖頭。「二皇子雖然才六歲，但因被人所害廢了雙腿，陛下和祥嬪娘娘憐惜他，對他一直很縱容，就連太子殿下有時也會避讓著他。」

衛枳沒有明說二皇子脾氣不好，顏娘卻聽明白了，爹娘慣著，長兄讓著，就算年紀再小，也會養成霸道的性子。再大一些，可能就更難相處了。

凌績鳴和范瑾打著滿滿的主意，沒想到最後卻將自己的長女送進了宮。她雖然看不起這兩人的做派，但孩子是無辜的，那個比滿滿還小一歲的女孩兒，不應該承受這些。

而此時，她覺得可憐的凌琬琬正縮在簾子後面小聲哭泣著，宮裡太可怕了，二皇子太可怕了，她想回家。

進宮前，舅祖母告訴她，一定要好好照顧二皇子，就算他朝她發脾氣也要忍著，不然以後不許她回家見爹娘。
進宮後，她見到了二皇子衛樺，一個坐在輪椅上的瘦弱男孩兒，正惡狠狠的瞪著自己。她害怕的往女官姑姑旁邊躲了一下，就聽那二皇子下令，讓小太監將一盒蠕動的蟲子全部倒在她的身上。
凌琬琬害怕極了，尖叫的在大殿內狂奔，二皇子卻放聲大笑起來，一邊笑還一邊指著她不滿道：「余姚姑姑，妳看她那樣子好蠢，父皇也真是的，怎麼能讓這麼蠢的人來陪我。」
余姚看著女孩狼狽的模樣，不禁心生憐憫，柔聲勸道：「殿下，琬琬姑娘是皇上下旨召進宮來的，請您看在皇上的面上不要捉弄她了。」
二皇子聽了卻變了臉，他大怒著對伺候的人道：「憑什麼她能在地上跑來跑去，我卻要坐在這輪椅上？小鬍子，讓她跪到簾子後面去，跪滿一個時辰才許起來！」
名為小鬍子的小太監立即領命。
余姚看著二皇子突然變臉，暗暗責怪自己不該開口相勸。回到興慶宮正殿後，祥嬪正躺在美人榻上歇息，見她進來後，問：「樺兒還好嗎，見著小姑娘後發脾氣沒有？」
余姚不敢隱瞞，一五一十的稟報了二皇子的所作所為。
祥嬪不甚在意道：「由他去吧，心中有不痛快，總得發洩出來。」絲毫不管凌琬琬是不是受了委屈。
余姚不由得擔心起凌琬琬的處境來。

與她一樣，范瑾也在擔心凌琬琬，自從被大夫警告後，她一直強迫自己不要去想長女。如今她身孕已滿三個月，終於可以下床走動了。

下床後第一件事，就是去勇毅侯府打聽女兒的消息，世子夫人告訴她，琬琬在宮裡很好，讓她不要擔心。

沒親眼見到女兒過得很好，范瑾根本不相信她的說辭，但自己無權無勢，只能在心裡安慰自己，女兒是皇上下旨進宮去陪伴二皇子的，沒有人敢讓她受委屈。

走出勇毅侯府那一刻，范瑾不由得後悔了，當初她為何硬要嫁給一個無權無勢的小官？遇到事情後連親生女兒都保不住，還要被人輕視和嘲諷。這種悔恨一直伴隨著她回到家，當她看到溫氏和凌元娘母女在自己家裡指手畫腳時，那種悔恨升到了最高點。

「妳們來我家幹什麼？」她推開扶著她的梅枝，怒氣騰騰的上前呵斥道：「馬上給我滾出去，滾啊！」

溫氏和凌元娘被她的舉動嚇了一跳，回過神後的溫氏怒道：「范氏，妳的教養哪裡去了？怎麼跟婆婆和大姑姐說話的？」

凌元娘跟著在一旁嘲諷。「是不是女兒攀上了二皇子，就不把我們這些婆家人放在眼裡了？」

范瑾被她們母女氣得頭暈，梅枝趕緊上前扶著她。范瑾狠狠的瞪了溫氏母女兩眼，撐著梅枝的手吩咐小丫鬟道：「去叫柳嬤嬤來，將這兩個厚顏無恥的女人給我趕出去。」

「范氏，妳罵誰呢，我看妳才是厚顏無恥的賤人，當初不顧我弟弟已經娶了妻，還做出勾引有婦之夫的醜事來。」凌元娘怒不可遏道：「妳才是最不要臉的女人。」

溫氏也陰沈著臉。「當初妳婚前失貞，要不是我家二郎娶了妳，妳這會兒早就成了千人罵萬人唾的破鞋，哪裡還能在這給我擺官夫人的款。」

「妳們胡說八道！」梅枝惱怒道：「當初也不知道是誰，為了攀上我家姑娘，不顧聶氏剛生產完，就迫不及待的將人趕出了凌家，這會又來欺負我們姑娘，難道忘記我們姑娘的外家是誰了？」

梅枝搬出勇毅侯府這座大山後，溫氏和凌元娘的氣焰便沒之前那麼囂張了，但言語之中的蔑視還是氣得范瑾肺管子疼。

凌元娘不知想到了什麼，道：「勇毅侯想必是看不上妳這外孫女吧，不然為什麼只給我弟弟安排個芝麻大的官職，連一個投靠勇毅侯府的外人都比不上？」

范瑾按捺住惱意，不客氣的反駁。「怪不得會被人休回家，拋開妳不守婦道不說，這腦子也是蠢笨如豬。妳先搞清楚通政司經歷一職是什麼再說吧，免得惹人笑話。」

「妳……」凌元娘被噎得無顏反擊，她拉著溫氏的袖子告狀：「娘，妳看她一點也沒將我這個大姑姐放在眼裡，再這樣下去，沒人能管得了她！」

范瑾的態度讓溫氏也感到很氣惱，她指著范瑾道：「妳這個不賢不孝的東西，我要讓二郎休了妳。」

溫氏話音剛落，一道充滿怒火的聲音響起。「我倒要看看，誰敢休了我的女兒。」

屋內眾人朝著聲音來源處看去，只見一個穿得富貴逼人、滿頭珠翠的中年婦人從外面走了進來。

「娘！」看到中年婦人那一刻，范瑾先是震驚，接著眼淚再也忍不住決堤而出。原來來人竟是范瑾的母親，勇毅侯庶出之女范柳氏。

范柳氏的氣場鎮住了溫氏母女，她們一向欺軟怕硬，知道范柳氏不像范瑾那麼好欺負，頓時慫了。溫氏訕訕道：「親家母，什麼風把妳給吹過來了？」

范柳氏充耳未聞，心疼的將女兒摟進懷裡，輕聲罵道：「臭丫頭，受了委屈也不早點給娘去信，還真當自己是潑出去的水啊？要不是柳嬤嬤給我傳信，我還不知我的女兒被人欺辱到了這個地步。」

范瑾抬頭看向柳嬤嬤，柳嬤嬤道：「姑娘，老奴實在是勸不住您，所以才給夫人送了信。」

范瑾知道柳嬤嬤是為了自己好，也沒有責怪她的意思。今天溫氏和凌元娘作妖，有她娘坐鎮，那兩人絕對討不了好。

溫氏被范柳氏落了面子，雖然氣惱，卻不敢發作，凌元娘卻不管那麼多，張口就道：「我就說弟妹為何平日裡總是一副眼高於頂的樣子，原來是得了親娘的真傳啊。」

范柳氏瞥了她一眼。「哪來的阿貓阿狗，吠得真讓人心煩。」

柳嬷嬷道：「夫人，這是姑爺的長姐。」

范柳氏當然知道凌元娘是誰，還聽說她因為背著夫君偷漢子被休回了娘家。這樣不堪的女人還有臉活在這世上？不屑道：「做了那等醜事不在家裡藏著，還敢出來拋頭露面，真真是半點廉恥心也沒有。」

范柳氏毫不將凌元娘放在眼裡，她的到來，讓溫氏和凌元娘不敢再囂張，母女倆灰溜溜的回到了槐樹巷的凌家小院。留在家裡的凌老爹見她們回來了，問道：「妳們不是去看兒媳婦去了嗎，怎麼這麼快就回來了？」

溫氏哼了一聲，氣道：「那范氏真不是個好東西，我和元娘去了板凳都沒坐熱，就嚷嚷著要趕我們走。我和元娘氣不過，與她理論了幾句，誰知她竟然把她娘給叫了回來。那范柳氏是什麼人，我和元娘哪裡招架得住，當然只有被人趕出來了。」

深諳老妻的脾性，凌老爹隨即道：「是不是妳或元娘又說什麼不中聽的話了？」

溫氏嚷道：「一開始我什麼都沒說，是她一回來就讓人趕我們走，我氣不過才說要讓二郎休了她的。」

聽了這話，凌老爹揚起手臂沒忍住朝她搧了過去，響亮的巴掌聲在屋裡響起，溫氏傻了眼。

「你打我？」臉上傳來疼痛的感覺，溫氏才醒過神，不敢置信的望著他。「凌福生，你竟然打我？」

凌老爹冷哼道：「我要是不打醒妳，妳還作青天白日夢呢。」他沈著臉道：「妳是不是要毀了二郎的前途才滿意？」

「我沒有。」這麼大的一頂帽子砸下來，溫氏連忙反駁。「我巴不得二郎能夠越來越好，怎麼會毀了他？」

凌老爹看著她。「妳知不知道，妳今天做的一切都是在害他。兒媳婦娘家勢大，二郎還需他們提攜，妳呢，天天和元娘那個孽女插針見縫的去找她麻煩。連唆使兒子休妻的話都放了出來，妳讓兒媳婦的娘家人怎麼想？」

溫氏想辯解，凌老爹根本不給她機會。「咱們來京城也有半年多了，這天子腳下，在街上隨便拉個人都是做官的，二郎那個芝麻大的官職在這裡連個屁都算不上。妳要是真為二郎好，明天隨我去跟兒媳婦和親家母道歉。」

「我不去，我是長輩，哪有長輩給晚輩賠禮道歉的。」溫氏不答應。

凌老爹冷眼看著她。「妳不去也得去。」說完又道：「還有那個孽女，趕緊找人把她給我嫁出去，免得一天到晚在家裡挑撥離間、惹是生非！」

……

凌績鳴下值後準備回家，剛從通政司衙門裡出來就看到凌老爹的身影。他快步上前問道：「爹，您怎麼來了，可是家裡有事？」

凌老爹將他拉到一旁。「沒事沒事，就是許久未見，你娘想你了，讓你回家一趟。」

凌績鳴有些不解，他前天才回去過，這才兩天時間，哪裡算得上許久不見。他正要問清楚時，凌老爹已經拉著他往槐樹巷的方向走去。

到了槐樹巷的家裡，他才知道他爹為什麼要守在通政司衙門外等他。

聽到母親和大姐又去招惹妻子，凌績鳴只覺得身心俱疲。他嘆了嘆氣，對溫氏道：「娘，瑾兒現在還懷著身孕，妳為何就不能消停些呢？」

溫氏不滿兒子的態度，嚷道：「你怎麼跟你爹一個樣，我哪裡做錯了？我也是見她懷著身孕辛苦，才去看看有沒有需要我幫忙的。」

「妳什麼都不做、什麼都不說就已經是幫了我們大忙了。」說完，又看向凌元娘，冷聲道：「大姐，看在咱們一母同胞的分上，我還叫妳一聲大姐。若妳再敢攛掇娘去挑瑾兒的刺，我凌家容不下妳。」

凌元娘聽了這話，指著凌績鳴鼻子道：「你還知道我是你姐姐啊，當初我受了那麼大的委屈，也沒見你替我出頭，怎麼，做了官腰桿硬了，當著爹娘的面就要趕我走？」

凌績鳴猛地揮開她的手，他的面孔十分嚴肅，簡直像生鐵般鑄成的一樣。

「妳沒回來前，這個家多和睦，自從妳回來了，三天兩頭的惹是生非，鬧得大家都不痛快。我今天當著爹娘的面把話撂這兒，要是妳還不知悔改，凌家再也不會有妳的容身之地。」

見凌績鳴絲毫不給自己留情面，凌元娘臉色變得十分難看，怒火在胸中翻騰了一圈後又默然的熄滅了。她不敢賭，自從弟弟做了官以後，這個家的主心骨就不再是爹了，如果他鐵了心要趕她走，爹娘也護不住自己。

凌元娘偃旗息鼓，凌績鳴不想久留，臨走前對凌老爹道：「爹，你們明日就別過去了。過兩日我休沐，到那時你和娘再上門吧。」

凌老爹應了。「二郎，你回去替你娘和大姐跟兒媳婦與親家母賠個不是，我就怕她們因此怪罪於你，影響了你的前途。」

見凌老爹為自己著想，凌績鳴心裡很感動。「爹，你放心吧，不會有事的。」

凌老爹哎了一聲，將兒子送到門口。

臨走前，凌績鳴對著父親道：「爹，您放心，總有一天兒子會出人頭地的，到那時再也不會讓您和娘受委屈的。」

凌老爹連連點頭，鼻子一酸，當場老淚縱橫。

凌績鳴拖著沈重的步子回到家裡，范瑾和范柳氏正在等他吃飯。見他回來，范瑾迎上前問：「夫君，今日為何回來的晚了些？」

凌績鳴強顏笑道：「衙門裡事多，耽擱了一會兒。」說完又對范柳氏彎腰拱手道：「岳母遠道而來，小婿未曾親自相迎，還望您見諒。」

范柳氏瞥了他一眼，陰陽怪氣道：「我算哪個牌面上的人，怎敢煩勞凌大人來接？」

凌績鳴很尷尬，一直保持著彎腰的動作。范瑾連忙打圓場。「夫君，娘趕路有些疲乏，你別把她的話放在心上。」說完又輕聲責怪范柳氏：「娘，您別添亂了行不行。」

范柳氏見女兒維護凌績鳴，心裡雖然不滿，但還是沒再繼續為難他，道：「等你老半天了，趕緊吃飯吧。」

凌績鳴這才直起身子入席。

臨睡前，范瑾裝作無意的提起白日裡溫氏和凌元娘來過的事情。凌績鳴脫衣裳的動作頓了頓，道：「我知道了，是她們不對，改日我讓她們來給妳賠禮道歉。」

范瑾跟他解釋。「夫君，我並不是這個意思。今日我去了勇毅侯府，舅母又拿舊話搪塞我，我是擔心琬琬在宮裡受委屈。這個時候，娘和大姐來了，也不知我說錯了什麼，娘說要讓你休了我，我聽了真的很難受。」

溫氏的脾氣，凌績鳴這個當兒子哪裡會不知道，氣急了什麼話都說得出來，況且還有凌元娘在一旁搧風點火，他一點都不懷疑范瑾話裡的真實性。

「娘也是被大姐攛掇的，妳放心，我已經警告過她了。」

范瑾點了點頭，想起了先前她娘給她出的主意。「夫君，大姐還年輕，早晚還得嫁人的，趁著我娘在的這段時間，不如請她為大姐尋一門親事吧？」

凌績鳴瞥了她一眼，她立即道：「我娘一定會選那些老實可靠的人家，不會害了大姐的。畢竟大姐嫁得不好，我們也會跟著受累。」

凌績鳴知道她是怕自己誤會。「這事就煩勞岳母了。」他思索了一下，沈吟道：「找一個規矩嚴謹一些的人家吧。」

范瑾聽出了凌績鳴話裡的不滿，便知道他也受不了這個總是作妖的大姑姐了。她在心裡冷笑，凌元娘，等著吧，我和我娘一定會為妳找一戶好人家的。

范柳氏回了京城，第二日就帶著潁川的土儀和一些禮品回了娘家。勇毅侯雖然不喜范柳氏這個庶出長女，但十多年未見，還是留她在府上多住了幾日。

范柳氏出嫁前就時常討好大嫂世子夫人，這一次回來後也不例外，帶回來的禮品大多進了世子夫人的院子。

禮多人不怪，世子夫人看在禮品的分上，按捺住心中的鄙夷，與多年未見的庶出小姑言笑晏晏。

等奉承話說得差不多了，范柳氏才開口問起外孫女凌琬琬來。世子夫人臉上的笑容頓了頓，道：「一定是瑾兒那丫頭讓妳來問的吧？放心吧，琬琬在宮裡好著呢，有娘娘看著，沒人敢欺負她。」

范柳氏訕笑著點了點頭。「有嫂子這句話在，瑾兒那孩子也該放心了。」說完又愁眉苦臉道：「嫂子，我這十幾年沒回京城了，有件事還得請嫂子幫幫忙。」

聽到「幫忙」兩個字，世子夫人笑容淡了幾分。「什麼忙？妳說說看。」

范柳氏提起凌元娘來。「瑾兒婆家的大姑姐，守寡後一直待在娘家，我那女婿託我替她尋一門親事。您也知道，我哪裡有合適的人選啊？這不還得託嫂子幫我尋摸一個。」

原來是這種小事，世子夫人笑容深了幾分，問道：「瑾兒那大姑姐年方幾何，想要找一個什麼樣的人家？」

「她是平武十七年生人，今年正好二十九歲。我那女婿說了，須得給她找一個規矩嚴謹的人家。」

世子夫人又問其他的要求，范柳氏擺手道：「家裡過得去就行。」

看在那些禮品的分上，世子夫人答應幫這個忙。待范柳氏走後，她身邊伺候的古嬤嬤湊上前道：「夫人，老奴這裡有個人選，包準符合大姑奶奶的條件。」

真是瞌睡來了有人送枕頭，世子夫人立即問道：「何人？」

古嬤嬤道：「咱們侯府本家的十九爺啊。」

古嬤嬤提起這人，世子夫人想了好一陣才有印象。「就是那個死了三房妻室的柳懷文？」

古嬤嬤道：「就是他。大姑奶奶不是說要給表小姐那大姑姐找一個規矩嚴的人家嗎？老奴看吶，十九爺家就很合適，他家的老太太是出了名的規矩嚴，前頭三個媳婦，被她調教得規規矩矩的，連大聲說話都不敢。」

聽了這話，世子夫人思索了一陣道：「那就他吧，嬤嬤，妳明日上門去問一問，若他家也有這個意思正好，若沒那個意思，咱們再找其他人。」

「老奴遵命。」古嬤嬤點頭。「有夫人出面，想必這事一定能成。」

果然如古嬤嬤所料想的一樣，柳懷文的母親柳老夫人聽說世子夫人親自為兒子作媒，女方是勇毅侯府表姑娘孀居在家的大姑姐，性子溫柔恬靜，最是持家有道，一聽就動心了，她想著世子夫人是絕對不會騙他們的。

柳懷文這一房是與勇毅侯府隔了三代的旁支，平日裡柳老夫人正愁無法與侯府嫡支親熱，現在機會送上門來，哪能不利用起來。

在她同意了這門親事後，世子夫人將范柳氏喚了過來，將男方家的情況大致說了一下。對於柳老夫人這位隔房嬸子，范柳氏未出嫁前也是知道的，聽說為人嚴苛刻板，最重規矩。

范柳氏很滿意這門親事，回去後跟范瑾交了底，范瑾又告知了凌績鳴。於是趁著休沐的時候，凌績鳴又將此事告訴了爹娘，凌老爹和溫氏老夫妻倆聽說給長女找了一門背靠勇毅侯府的親事，也顧不得打聽男方家的人品，連忙點頭應了。

凌家最後知道自己將要嫁人的是凌元娘，原本還想犯渾撒潑拒婚，但在聽到那人是勇毅侯府的旁支親戚時，憤怒的火苗漸漸熄滅了。

她還年輕，早晚都會再嫁，既然能夠跟勇毅侯府攀上關係，為何不同意呢？哼，等她嫁到柳家去後，她倒要看看，范氏這個狐媚子還有什麼好炫耀的。

凌元娘點頭後，凌柳兩家很快就訂下了親事。兩家走動的時候，凌元娘與柳懷文私下也見過幾面，凌元娘覺得柳懷文與之前見過的男人都不同，莫名的吸引她。

兩人都不是頭婚，成親那天只簡單的置辦了幾桌婚宴，宴請的也大多是柳家的本家親戚。凌元娘本來不滿柳家的輕視，但在世子夫人送了一盒添妝禮後，她又高高興興的當起新嫁娘來。

終於把凌元娘這個禍害嫁出去了，范瑾心裡不知多開心。范柳氏看著女兒，搖頭道：「妳也真是越活越回去了，這事早就該辦了，哪裡還需忍她那麼久。」

范瑾笑了笑，問：「娘，舅祖母能管得住她嗎？萬一她又跑回娘家怎麼辦？」

范柳氏拍了拍女兒的手。「放心吧，妳那舅祖母可是柳家出了名的規矩人，當初她可是先太后宮裡的掌事姑姑，得了先太后的懿旨嫁與妳柳家舅祖。幾十年來不僅將丈夫管得服服貼貼，就連懷文那三任妻室去世前，也得戰戰兢兢的在她手底下討生活。」

范瑾聽了柳老夫人的事蹟後，不由得打了個寒顫，頓時覺得溫氏這樣的婆婆實在是太好對付了。她在心裡暗道，凌元娘，妳就自求多福吧。

遠在竭綏的凌三娘夫妻還不知道凌元娘已經再嫁。自從第一次被顏娘和姜裕成趕出縣衙後，兩人隔三差五的總要上門來找罵。

眼看著身上的盤纏就快用完了，但凌績鳴交代的事情沒有絲毫進展。兩人心裡明白，要想從聶顏娘和姜裕成那裡得手無異於天方夜譚。杜大郎跟妻子商議了一番，決定偷偷將滿滿帶走。

接連蹲守了好幾日都沒有找到機會，杜大郎決定趁著晚上所有人熟睡之際，進入縣衙將人帶走。但他們兩個，一個是膽小怕事、弱不禁風的婦人，一個是肩不能扛、手不能提的書生，要想神不知鬼不覺的進入縣衙，簡直是癡人說夢。

杜大郎這個人讀書不行，但略有急智。在縣衙外蹲守的時候，發現了一個有趣的現象。每到酉時，後宅偏門處總會出來一個行色匆匆的中年婦人。這婦人不是別人，正是在姜母身邊伺候的秦嫂子。

秦嫂子從縣衙出來後，杜大郎一路尾隨她進了一個小巷子。小巷子名為青梔巷，這裡住的大多是大戶人家的奴婢家眷。

秦嫂子走到青梔巷第三處宅子門口，扣了扣門上的銅環，一個梳著雙丫髻的圓臉小丫鬟開了門，探出頭來望了望，然後將秦嫂子拉了進去。

杜大郎直覺這當中一定有什麼隱情，又連續跟了秦嫂子好幾天，終於被他發現了一些端倪。他打聽到秦嫂子進去的那一家，是竭綏富商靳于宏家奶娘養老的宅子。

在竭綏待了半個多月，靳于家與姜家的那些糾葛他打聽得一清二楚。不用猜，秦嫂子若不是被收買了，那就一定是靳于家安排在姜家的眼線。

這一日，等秦嫂子進了那處宅子後，杜大郎帶著凌三娘在門口守著，秦嫂子一出來，夫妻倆將她堵住了。

「秦嫂子，終於等到妳了。」杜大郎笑著道。

秦嫂子警惕的看著他們，問：「你們是何人，為何要攔著我？」

凌三娘道：「秦嫂子不必驚慌，我們夫妻倆有件事情想跟妳商量商量。」

秦嫂子後退了幾步。「我不認識你們，也沒什麼跟你們好商量的。若你們識相就趕緊讓開，我可是竭綏知縣姜大人家的奴婢。」

聽了這話，杜大郎笑得更大聲了。「秦嫂子，若是姜大人知道他家的奴婢私下跟靳于宏家的下人有來往，他會怎麼處置妳呢？」

他的話讓秦嫂子心裡咯噔了一下，背後忽然涼意頓生。「你們到底是誰，攔著我要幹什麼？」

杜大郎正色道：「如果秦嫂子不想被姜大人知道，就跟我們夫妻倆去一個地方。」

秦嫂子還想拒絕，杜大郎又道：「只要妳答應幫我們做一件事，妳來青梔巷的事情我們會讓它爛在肚子裡，絕不外傳。」

秦嫂子猶豫了一陣，最後還是跟他們走了。

杜大郎和凌三娘將秦嫂子帶到客棧，關上房門後開門見山的提出了自己的要求。秦嫂子聽了後嚇得冷汗直流。「不成不成，我真要是這麼做了，大人和夫人一定饒不了我的。」

凌三娘白了她一眼。「我們是讓妳悄悄的把人帶出來，又沒有讓妳大張旗鼓的做事，等妳把人帶回來了，我們立即帶著她離開，只要妳不露餡，誰知道是妳在中間搞鬼？」

秦嫂子還是搖頭。「我不敢，你們另找其他人吧。」說完打算離開。

凌三娘一把扯住她，警告道：「妳要是不幫我們，我們立即將妳和靳于家有來往的事情告訴姜裕成，到時候妳同樣落不了好。」

說完又道：「妳家大姑娘是我二哥與聶氏的親生女兒，與姜大人毫無血緣，只因聶氏和離時跟我二哥鬧翻了，偷偷帶走了我那姪女。我二哥思女成疾，若不是姜裕成和聶氏阻攔，我和夫君又何必出此下策？」

凌三娘的話讓秦嫂子驚呆了。她作夢也沒想到，原來她家夫人竟然與人和離過，就連大姑娘也是她跟前夫的女兒。如果這個消息被外人知道了，一定會讓人大吃一驚。

秦嫂子飛快的在心裡盤算，若是把這個消息傳給靳于太太，靳于太太一高興，說不定會賞她很多銀錢。

「秦嫂子，想清楚沒，跟不跟我們合作？」見她竟然發起呆來，凌三娘有些不耐煩的催促。

秦嫂子這才回過神來，她猶豫了一陣後咬牙道：「好，我答應你們。」

自從知道了滿滿不是姜裕成的親生女兒後，她的心思又活絡起來了。

她覺得，一個帶著女兒和離過的婦人，還能嫁給官老爺當正妻，一定是用那張狐媚的臉迷住了男人的心。大人不一定如表面那樣喜愛她的女兒，說不定心裡還非常厭惡呢。就算答應這兩人將大姑娘弄走，大人應該不會深究。

若是在一般人家或者是衛枳住進縣衙前，秦嫂子說不定還真能神不知鬼不覺的將滿滿帶出縣衙。但衛枳住進來後，除了明處的護衛外，恭王還派了一支精銳的暗衛隊暗中保護孫兒，那些暗衛奉了主子的命令，將縣衙保護得密不透風。

所以，秦嫂子剛將吸了迷藥的滿滿抱出屋子，暗衛就將消息傳給了護衛首領金一。金一知道世孫對小姑娘的看重，親自帶人將秦嫂子逮了個正著，連帶著將在外面接應的凌三娘和杜大郎也抓了起來。

半夜三更正是夜深人靜時，竭綏縣衙後宅卻是燈火通明，從主子到下人無一人安睡。滿滿被顏娘抱在懷裡，給衛枳治腿的葛大夫正在為她把脈。姜裕成、姜母以及衛枳、衛杉等人都在等結果。

葛大夫把完脈後，又翻了翻她的眼皮和嘴唇，道：「夫人請放心，大姑娘吸入的迷藥量不大，只因年紀小導致昏睡，其他並無大礙。」

聽了這話，顏娘揪著的心才落了下來。

她看向被捆得結結實實的凌三娘和杜大郎，眼裡閃著一股無法遏制的怒火，好似一頭被激怒的母獅子。「看來你們是看我太好欺負了，才敢一而再再而三的傷害我的女兒。」

凌三娘和杜大郎聽了這話使勁的搖頭，因嘴裡被塞了布團，咿咿呀呀的沒人能聽清楚在說什麼。

這時衛枳開口道：「金一，取下他們嘴裡的布團。」

金一照做了。

凌三娘大聲叫道：「如果不是妳一再的阻攔，我們也不會這樣做！」

顏娘怒極反笑，將滿滿交給姜裕成抱著，慢慢走到凌三娘面前，居高臨下的看著她。「當初妳二哥親手在和離書上按了指印，你們一家人親眼所見，是你們不要滿滿的，現在又有何臉面來要孩子？我一直覺得妳是個好的，所以才沒同妳計較，沒想到妳竟昧著良心做出傷害自己親姪女的事情來。凌三娘，這一次我不會小事化了，我要讓妳為今天的事情付出代價。」

凌三娘見過她怯懦時的眼淚，見過她忍讓時的苦笑，也見過她冷淡時的疏離，還見過她盛怒的暴躁，唯獨沒見過她現在這副恨不得將自己剝皮抽筋的仇恨神情。

她的直覺告訴她，這一次聶顏娘是真的不打算放過自己了。想到這裡，她像是失音了一般，嘴唇張張合合，就是說不出一個字。她看了她一眼，慢慢的垂下了頭。

杜大郎與妻子不同，他身上還有著讀書人的酸腐之氣，嘴裡沒了布團後，梗著脖子對姜裕成大聲道：「我身上有秀才功名，可以見官不跪，姜裕成，你這是動用私刑，回京後我一定不會放過你。」

姜裕成沒有理會。

「哈哈哈，我以為有多大本事呢，原來只是一個小小的秀才啊。」衛杉像是聽到了什麼不得了的笑話一般，嘲諷道：「我大宴的秀才多不勝數，有才學、性謙和者大有人在，你算什麼東西？也敢在這裡大放厥詞。」

姜母氣道：「就是，你算什麼東西？我兒可是正經的進士出身，你不過是靠著女人得了點好處，就拿出來到處炫耀。我看吶，你們一家都不是什麼好東西，那凌績鳴也是個慫蛋，只曉得靠女人往上爬。」

杜大郎被兩人氣得差點吐血，又找不到話來反駁他們。這時姜裕成開口道：「你仗著自己有秀才功名便胡作為非，我會遞摺子到吏部，好好的替你宣揚宣揚，看看你那引以為豪的功名是否還能保住。」

聽了這話，杜大郎臉色頓時變得慘白，之前光顧著逞口舌之能，忘記姜裕成的師兄正是吏部侍郎郭晉儀。

完了，這下真的完了。

杜大郎一臉灰白的垂下頭，夫妻倆如出一轍的動作，看著就像是沒了依靠的敗家之犬。沒有人同情他們，因為這一切都是他們自作孽。

接下來輪到吃裡扒外的秦嫂子了。金一抓住她的時候下意識的一掌將她打暈了，這會兒還沒有醒來。

一盆冷水潑下去，秦嫂子悠悠轉醒，大冷天的被澆了一身水，她張口就罵：「誰呀？活得不耐煩了，敢往老娘身上潑水，我……」

她很快就罵不出來了，昏迷前的意識如走馬觀花般在腦海裡過了一遍，腦子裡那根緊繃的弦一下子斷了。

完了，這下全完了。

「秦嫂子，這兩人許了妳什麼好處，妳竟然串通外人來擄我的女兒？」顏娘疾言厲色的問道。

秦嫂子急忙磕頭。「夫人饒命啊，奴婢真的是被逼的啊，奴婢真沒想過要害大姑娘。」

顏娘冷笑。「妳還敢狡辯，若不是金護衛，我的女兒就被妳神不知鬼不覺的送走了。妳以為妳不承認便沒事了？妳是我姜家花錢買來的奴婢，依照大宴律法，奴婢背主可棒殺之。」

一句棒殺嚇得秦嫂子渾身打哆嗦。「不、不會、會的，殺人……殺人可是犯法的。」

顏娘盯著她道：「殺害無辜之人當然犯法，但對於妳這種背主的奴才，就算是砍了餵狗也無人說什麼。進我姜家第一日，我就跟大家說過，若遵守姜家的規矩，老實做事，自然不會虧待妳們，若不老實，絕對沒好果子吃。」

「老夫人，看在奴婢伺候您一場的分上，求您救救奴婢吧。」秦嫂子知道顏娘動了怒，只好把希望寄託在姜母身上，她爬到姜母腳邊，哀求道：「老夫人，您不是最喜歡聽奴婢講那些戲文嗎？只要您饒了奴婢，奴婢一定會更加盡心盡力的伺候您。」

姜母一腳將她蹬開，嫌惡道：「不要臉的東西！竟然敢勾結外人害我的孫女，枉老婆子平日裡對妳那麼好，真是良心餵了狗。」

秦嫂子趴在地上沒吭聲，姜母話音剛落，她忽然抬起頭嘲笑道：「妳這老不死的，心還真大啊，把兒媳和別的男人生的孽種當成親生的，也不怕哪天自己兒子頭上多了一頂綠帽子……」

「金一，給我拔了她的舌頭。」聽到她說滿滿是孽種，衛枳只覺得怒不可遏。

金一立即領命，在場的眾人只聽到一聲淒厲的尖叫後，秦嫂子如一灘爛泥一般躺在地上，胸口急促的喘息著，鮮血順著嘴角流出來，喉嚨裡一直不停地發出含糊不清的聲音。

金一俐落的手法讓在場的女人都變了臉色，姜母嚇得不敢睜眼，其他的丫鬟婆子均是害怕得直哆嗦。離秦嫂子最近的凌三娘更是嚇得暈死過去，杜大郎也沒好到哪裡去，身下的地面不知何時多了一灘水跡。

顏娘也被嚇到了，抓著姜裕成的胳膊不敢放手，衛枳見狀吩咐金一將秦嫂子扔到一旁去。

他大聲道：「先前為了避免這奴才詆毀姜府聲譽，我才出此下策，若是驚擾了各位，衛枳在此給大家賠個不是。」

姜母連忙擺手。「不礙的不礙的，世孫也是為了我姜家好。」說這話時，悄悄看了一眼面色冷厲的金一，心有餘悸的撫了撫胸口。老天爺，一個十一歲的孩子怎麼會有這麼狠戾的手段，真是嚇死她老婆子了。

衛枳出手幫的是姜家，顏娘和姜裕成也只能說無事，姜府最大的三人發話了，就算再害怕也沒人敢說什麼。

衛枳又看了杜大郎一眼，嚇得杜大郎急忙道：「我可不是姜家的奴才，你們沒有權力處置我。」

衛枳笑了笑沒說話。

顏娘這會已經冷靜下來了，她走到杜大郎面前。「替我向凌績鳴和范瑾帶句話，以前的事一筆勾銷了，但今天的仇我必定會報。」不管是凌家還是勇毅侯府，一個都跑不了。

凌三娘夫妻勾結秦嫂子拐帶滿滿原本就罪不可恕，後又從杜大郎口中得知秦嫂子是靳于家安插在縣衙的眼線。姜裕成下令將秦嫂子打了個半死，然後扔到了靳于家的大門口。

靳于宏這才知道妻子背著自己得罪了知縣大人，氣得差點休妻。靳于氏哭道：「若不是那姓姜的欺人太甚，我怎麼會做這樣的事？我如花似玉的女兒，被他逼著許給一個糟老頭子做妾，我這個當娘心疼得差點活不下去。」

說完又控訴靳于老爺。「你這個當爹的呢？心裡只有後院那群狐媚子和狐媚子生的賤種，對青青不管不問！上一次我去吳家看她，她被吳家那毒婦已經折磨得不成人形。」

聽了這話，靳于老爺衝她大吼道：「這能怪誰？還不是怪妳們母女倆又蠢又笨，沒坑到人不說，反倒還把自己送進了圈套裡，早知道妳是這副德行，當初我就不該娶妳。」

「好哇，你現在後悔了是不是，不娶我，難道要娶胡雲琴那個賤人嗎？」靳于氏聽了這話如遭雷擊，恨恨道：「這些年那個狐媚子沒少給你吹枕頭風讓你將她扶正吧？一大把年紀了，還勾著你想要生兒子，我呸，被男人糟蹋爛了的東西，想生孩子作夢去吧！」

「啪！」

靳于老爺沒忍住怒火，狠狠給了妻子一巴掌。胡姨娘是他的表妹，幼時家窮被賣到了風月場所。及笄後被剛發了家的靳于老爺贖了出來，在靳于老太太做主下，成了靳于老爺的妾室。

靳于老爺贖出胡姨娘的時候，胡姨娘還未掛牌接客，靳于氏說胡姨娘被其他男人糟蹋過，是故意誣衊她的。

這一巴掌下去，靳于老爺對妻子徹底死了心，自此對外說靳于氏得了失心瘋，然後將她關了起來，身邊伺候的人全部發賣，將管家權和唯一的兒子一併交予胡姨娘。至於已經成為吳主簿妾室的靳于青青，靳于老爺狠心斷掉了每月送過去的錢財，打算讓她自生自滅。

第二日，靳于老爺帶了一車禮品上縣衙賠罪，姜裕成見了他，卻沒有收下禮品。靳于老爺回去後，心裡感到十分不安。果然，沒過幾日，他這個竭綏商會會長就被人替了，替了他的那人正好是他的死對頭。

那一刻，靳于老爺不由得對姜裕成有了不滿，更是恨透了惹是生非的妻子和沒有腦子的嫡女，打那以後，母女倆的日子越發難過了。當然這是後話，暫且不提。

另一邊，凌三娘和杜大郎被衛枳的護衛折騰了一夜後，第二日一早，姜裕成派人將他們送回了京城。與他們一同隨行的，還有兩封出自姜裕成之手的書信。一封給師兄郭侍郎，另一封自然是給凌績鳴的。

「欺人太甚，欺人太甚！」收到信的凌績鳴將手中的信紙揉成一團扔了出去，大怒道：「姜裕成，你竟敢如此羞辱我，我不會放過你的！」

凌三娘和杜大郎滿身傷痕的跪在地上，杜大郎哭訴道：「二哥，您一定要為我們做主啊，不能輕易饒了姜裕成和聶氏。」

相對於杜大郎的聲淚俱下，凌三娘卻跟傻了一般安靜地埋著頭。

凌績鳴的視線從她身上略過，最後停留在妹夫杜大郎的身上。「你們真是蠢到家了，這點事都做不好，還被人折磨得不成人樣，廢物！都是廢物！」罵完又冷笑道：「我現在就是個無足輕重的從七品小官，你讓我怎麼替你做主？是革了他的職，還是將他抓起來痛打一頓？」

杜大郎不敢吭聲了。

這時，凌三娘忽然抬起頭說了兩個字：「權勢。」

凌績鳴望向她，只見她扶著椅子慢慢站了起來。「二哥，只要你有了權力和地位，就再也沒人敢欺辱我們，也沒人敢看不起我們凌家。你想做什麼，一句話下去，就算爭得頭破血流也有人為你去做，你若是不喜一個人，就算將他大卸八塊、剝皮抽筋，也沒人敢替他討公道。」

凌三娘的眼裡迸射出濃烈的仇恨。「到那時候，姜裕成、聶顏娘，還有他們的兩個兒子，一個都跑不了。」

凌績鳴就這樣靜靜的看著妹妹，後面她還說了什麼他沒聽清，「權勢」兩個字霸佔了他全部心神。

小年過後，竭綏的年味便濃了起來。與京城冬日大雪紛飛的景象不同，竭綏的氣候溫暖如春。臘月二十四這一天，這個處於大宴最南邊的小城再次迎來了一位大人物。

恭王帶著護衛緊趕慢趕地走了半個多月，終於在年前進入了竭綏地界。孫子來竭綏休養了快兩個多月，眼看著快過年了也沒回京的跡象，他老人家只好遷就一下，親自來竭綏陪他過年。

「金源啊，你看這竭綏與京城真的不一樣，這個天哪有一點冬天的樣子？」他對跟了自己幾十年的老隨從金管家感嘆。

金管家道：「王爺，這寒風都被燕子山擋住了，哪裡還冷得起來。」

竭綏之所以四季如春，是因為背靠著高聳入雲的燕子山。燕子山山高險峻，林木茂盛，是一座天然的優勢屏障，沒人知道山的那頭有什麼，因為幾百年來從未有人成功攀爬過。

正因為如此，以竭綏一座邊境小城，朝廷卻從未派兵駐守，這裡除了漢民與夷族時不時的發生小規模的械鬥外，從來不用擔心外族來犯。

恭王來時輕車簡從，隨從護衛們也都是穿著普通的衣衫，與他們擦肩而過的竭綏百姓還以為是城內哪家商戶遠行歸來。

他掀開車簾，饒有興趣的觀察著周邊的景色。只見大道兩旁全是農田，田裡全是綠油油、長勢喜人的莊稼，唯一可惜的是農田的面積都不大，與京城郊外的那些農田相比，這裡的農田小得可憐。

「金源，你看那是什麼？」恭王指著農田上方的坡地驚訝道：「黃澄澄的，還挺大。」

金總管仔細瞧了瞧。「王爺，老奴如果沒記錯的話，這應該是金薯。」他說：「雲澤國獻給皇上的賀禮，皇上賜了幾個給咱們恭王府，其餘的全都送到皇莊試種去了。」

聽他說起這事，恭王總算是想起來了，他撫了撫鬍鬚道：「原來是那玩意兒啊，口感算不得好，也就是圖個新鮮罷了。」

金總管有些無奈的搖了搖頭，心中暗道，您作為大宴朝的親王，皇上唯一在世的皇叔，什麼山珍海味沒吃過，這金薯在您這裡當然不值得一提了。

他道：「這金薯雖然味道一般，據雲澤國的使臣說，其耐旱耐寒，產量非常可觀，又可久藏不壞，若是能大面積種植，就算是遇到饑荒，百姓們也不會像以往那樣餓肚子了。」

恭王十分好奇。「這東西真有這麼厲害？」

金總管點頭。「您也看到了，就咱們看到的這一處坡地，只幾根藤蔓就結了這麼多金薯，若再多栽種一些，豈不是大豐收？」

恭王順著他的話又看了一眼面前的坡地，嘆道：「若真是如此，實乃我大宴百姓之福啊。」他又想起皇莊種植的那批金薯，半年多沒回京了，也不知道長得好不好。

一行人走走停停，恭王還沒進竭綏縣衙，就先感受到了過年前的喜慶氣氛。

「張元清這學生還有幾分本事，這竭綏被他治理得還算井井有條。」

放眼望去，城裡到處都是人，有穿著漢服的漢民，也有穿著夷族服飾的夷民，兩族的百姓看著相處和睦，一點也不像會械鬥的樣子。

其實兩族百姓之所以能和睦相處，正是多虧了姜裕成。就在冬月時，姜裕成上任後的第七個月，紅水河兩岸的夷族和漢民就因為爭奪水源灌溉引發了一場械鬥。

姜裕成和屬官們趕到的時候，兩族百姓已經打起來了，若不立即阻止，必定會發生傷亡。姜裕成從縣衙調來了一隊護衛，費了好大的勁才將械鬥平息下來。

夷族的首領認為姜裕成是漢民，一定會偏幫那些漢民，前兩任知縣不都是這樣的嗎？漢民這邊也在得意欣喜，認為靠山來了。

紅水河是竭綏最大的一條河流，河的兩邊都是農田，夷族的農田在上游和下游，漢民的農田在中游。有幾個夷族的百姓對去年漢民侵佔夷族農田的事情懷恨在心，於是私自在上游築了堤坎，河水水流變小，中游的河水便不夠用。

有漢民悄悄去查探了，發現了事情的蹊蹺之處，告訴了其他的漢民百姓，於是他們也以其人之道還治其人之身，有樣學樣的在中下游連接處築了一道堤坎，下游完全沒了水源。兩族這才又一次發生了械鬥。

姜裕成卻沒有理會他們，他將私自築堤坎的那幾個夷民和漢民當眾杖責二十，狠狠的震懾了其他人一番。

然後又在兩族百姓中各挑選了三名年輕力壯的男丁，組成巡河衛，兩兩一組，每日早晚在紅水河岸巡視，只要發現私自堵河的行為，堵河之人五天之內不允許用水澆地。若大家都依照規矩行事，來年收購紅玉湯藥草時，每一戶人家都可多領一百文銅錢。

姜裕成使了打一棒子給一顆甜棗的法子後，兩族百姓都變得規規矩矩的，就怕惹怒了這位新知縣，損了自家的好處。

姜裕成還聽了顏娘的建議，讓兩族放下成見互相通婚，只有這樣才能讓兩族真正的融合為一體。只是臨近過年，這事只能來年再議。

聽了金總管的彙報，恭王不由得笑了。「看來金一那小子不僅是枳兒的護衛首領，還兼任了情報頭子一職啊。金源啊，你養的這孫兒不錯。」

金總管呵呵笑道：「他能有今天，多虧了王爺的栽培。」

恭王擺了擺手。「你呀，老了還跟年輕時一樣。」

竭綏縣衙，姜裕成正在書房看書，止規急急忙忙跑了進來。「大人，恭王爺來了，馬上就要到咱縣衙門口了。」

聽到恭王來了，姜裕成騰地起身。「當真是恭王？」止規點了點頭。
他吩咐道：「趕緊去稟報世孫。」
止規哎了一聲，飛快的跑了出去。
姜裕成急忙回了內院，顏娘見狀問道：「發生什麼事了？」
姜裕成道：「恭王來了，快將我的官服拿來。」
恭王來了？顏娘顧不得疑惑，連忙將丈夫的官服取來幫忙穿好。
姜裕成迎到門口時，恭王的車駕剛到，隨後世孫衛枳也來了。姜裕成上前拜見了恭王，恭王只淡淡的點了點頭，眼睛緊緊的盯著兩月未見的孫兒。
衛枳的氣色很好，臉頰也比之前圓潤了一些，看來在竭綏過得很好。他這才真心的對姜裕成道謝。「有勞姜大人對枳兒的看顧，本王感激不盡。」
姜裕成連忙回了句：「王爺言重了，這都是下官應做的。」
恭王嗯了一聲，對他的回答十分滿意。
衛枳看向恭王。「祖父，有什麼話進去再說吧。」
於是一行人進了縣衙。恭王打量了四周一番，嫌棄道：「這裡也太破了，本王府裡最下等的奴僕住的地方也比這裡好。」
姜裕成一時不知道該如何接話。衛枳皺了皺眉。「祖父，您說什麼呢，這裡很好，住著也舒坦。」

「好好好，祖父不說了就是。」恭王一向拿這個唯一的孫兒沒辦法，他開口了，他自然不能跟著唱反調。

祖孫相見自然有話要說，姜裕成很有眼力見的退下了，衛杉見狀也跟著出去了。

屋裡只留下恭王祖孫倆，衛枳問道：「祖父為何也到竭綏來了？來之前為何不同孫兒說一聲？」

恭王沒好氣道：「你這小子把祖父一個人扔京裡，過年也不回來，祖父只能來竭綏找你了。」埋怨完又問：「我聽葛大夫說，自從到了竭綏後，你的腿幾乎沒怎麼疼了？」

衛枳點頭。「這裡天氣暖和，是個很好的休養之地。」

「當初你非要來這裡，我還阻止來著，沒想到真來對了地方。」他道：「我看這姜裕成也有兩把刷子，將竭綏治理得還不錯。」

說起這個，衛枳話就多了起來。「姜大人是個好官，自從孫兒來了竭綏，看到的都是他一心一意為百姓謀福祉，有時候連休沐日都忙得腳不沾地，自從他做了竭綏的知縣後，夷族和漢民也變得和睦起來。」

恭王有些驚訝，孫子一向很少誇讚別人，看來這個姜裕成是真的有能力。看在他對枳兒照顧有加的分上，年後回京向皇姪提一提他吧。

接著恭王又問：「姜家內宅呢，有沒有不長眼色的東西驚擾你？」

衛枳搖頭。「姜老夫人和姜夫人都很好相處，滿滿天真童趣，文博文硯也很可愛，有他們在，我這兩個月過得很開心。」

但說著說著，他臉色沈了幾分。「就是有一個背主的奴才，差點勾結外人將滿滿擄了去，孫兒一氣之下讓金一拔了她的舌頭。經過這事後，我感覺到姜家人對我有了懼意，相處起來也沒有之前那麼自然了。」

聽了這話，恭王道：「姜家小門小戶，想必是被嚇到了。枳兒不必擔心，我去找那姜裕成說個明白，讓他們以後還是像以前那樣待你。」

「祖父，還是算了吧。」衛枳搖頭道：「我不想用權勢去逼他們。」

恭王點頭。「好，祖父聽你的，你想怎麼做就怎麼做。」

衛枳朝他笑了笑。

恭王又問起衛杉來，衛枳道：「他還跟以前一樣，事事以我為先，跟他父王與兄長是完全不一樣的人。」

「沒想到歹竹還能出好筍。」恭王沈吟道：「就先讓他跟在你身邊吧，若他真的真心待你，日後少不了他的好處。」

姜家的這個新年，因為多了恭王祖孫倆來訪，更加顯得格外的熱鬧。別看恭王年紀大，卻童心未泯，才來了幾日，就跟滿滿和雙生子玩在一起，看得衛枳和衛杉驚訝不已。

恭王這一脈人丁單薄，最羨慕的就是別人家孩子多。姜家三個孩子個個聰明健康，看得恭王又是羨慕又是嫉妒。

恭王來了以後，衛枳和衛杉便搬回了之前買的宅子裡，沒了姜家那一大家子，整個宅子裡只有三個主子，看著實在是有些淒涼。

臘月三十早晨，恭王和衛枳祖孫倆閒來無事正下棋，衛杉在一旁看得直打呵欠。恭王瞥了他一眼，問衛枳：「這小子平日裡也是這副心慵意懶的樣子？」

衛枳笑了笑。「他可能是想念姜大人家的文博文硯了吧。」說著又出聲道：「祖父，您輸了。」

恭王連忙去看棋盤，果然他所執的黑子已經被白子全部包圍，他將手中的棋子扔進棋罐裡，嚷道：「真沒勁，又讓你贏了去。」

嚷完後又湊到孫子面前。「要不咱們去縣衙吧？」

衛枳有些為難。「今天是大年三十，咱們過去有些不妥吧？」別聽他嘴上這麼說，其實心裡也有些期待。

恭王正色道：「有何不妥？本王來竭綏，本就該姜裕成接待，若不是那縣衙太過逼仄，本王也不會住這破宅子。」

衛枳笑而不語，自從上了年歲，祖父這脾性越來越像小孩子了。

聽說要去縣衙，衛杉一下子就沒了瞌睡，興高采烈道：「叔祖父，您怎麼不早說呀，我早就想去了。」

恭王看了他一眼。「本王就知道你小子樂不思蜀，若是不隨了你的意，豈不是讓人說我欺壓小輩？」

衛杉摸了摸頭。「叔祖父和三哥待我很好，若是有人胡說，我定會同他好好理論。」衛枳在宗室小一輩裡排行第三。

恭王帶著兩個孫輩去了姜家，聽到恭王來了，姜裕成帶著疑惑到門口迎接。剛一到門口，就聽到恭王道：「金一，快把本王給姜大人一家準備的年禮送上。」

姜裕成順著他的視線看去，只見金一和另兩個護衛手裡抱著一大堆東西，有糕點、酒水和布疋之類的。

「王爺，這是？」姜裕成更不解了，照理說拜年不應該是初一開始嗎，今天才三十啊。

恭王一把將衛杉扯了過來。「這小子說家裡太冷清，硬求著本王到姜家來。」

衛杉瞪大了眼睛，有些不敢相信自己的耳朵，坐在輪椅上的衛枳已經開始低聲笑了起來。姜裕成一看這情況，哪裡還有不明白的。

第十五章

恭王和世孫來到姜家一起過年，姜裕成自然不能拒絕，他將幾人迎了進去，讓止規去給顏娘報信，晚上的年夜飯務必弄得豐盛一些。

聽了止規的傳信後，顏娘和姜母都有些暈乎乎的，她們作夢也沒想到，有一天竟然還能跟宗室王爺一起吃年夜飯。

姜母回過神後對兒媳道：「顏娘啊，妳親自去灶上盯著，千萬不能讓人鑽了空子。」姜母想的是，戲文裡經常有達官貴人微服私訪時，遇到刺客在飯菜裡下毒的情況。他們家的客人可是王爺啊，要是有個好歹，他們一家都逃不掉。

顏娘點了點頭。「娘，您放心吧。」隨後便帶著戚氏去了灶上。

晚上吃年夜飯時，姜裕成在屋子裡放了一座屏風，將女眷們隔開了。恭王最煩這些繁文縟節，不耐煩道：「這一屋子老的老、小的小，用不著避嫌。」

聞言，姜裕成便將屏風撤了。

恭王興致很高，拉著姜裕成不停的喝酒，衛枳憂心祖父的身體，勸了幾遍，反被他斥責了。「本王身子好的很，你照顧好自己就成。」

說著說著又追憶起了往事。「本王年輕時號稱千杯不醉，與你祖母成親時，本王那幾個皇兄妄想灌醉我，最後反倒是他們喝得爛醉如泥。」

他仰頭將酒杯裡的酒一口飲盡，嘆息道：「可惜啊，我衛家不知造了什麼孽，人丁凋零，一代不如一代，我年輕時尚有五、六個兄弟，到了你們這一輩只有五個孫輩，其中衛檑那個孽障從根上就壞了。若父皇在天之靈看見了，定是痛心不已。」

衛枳聞言擱下筷子。「祖父，您喝醉了。」

恭王啪的一聲將酒杯摔了，大聲嚷道：「本王沒醉，誰說本王醉了？」

他的舉動嚇了在座的人一跳，衛枳帶著歉意道：「我祖父喝醉了就是這樣子，還請姜大人見諒。」

姜裕成表示無礙。

這時恭王又指著衛杉道：「你那畜生兄長，毀了我孫兒的一雙腿，若不是看在衛家人丁單薄的分上，我定親手了結了他。」

衛杉臉色白了白，手心裡全是汗。衛枳見祖父越來越不像話，喚來金總管和金一祖孫，將恭王扶去他原先住的屋子歇息。

顏娘對戚氏道：「灶上備有醒酒湯，妳給王爺送一碗去。」

戚氏應聲而去。

衛枳對她道了謝後，又去安慰衛杉。「祖父剛才說的話，你別往心裡去，衛檑是衛檑，你是你，我不會將你們混為一談的。」

衛杉點了點頭，心裡的恐懼慢慢散了去。

自古以來就有大年三十守歲的習俗，年夜飯結束後，姜母便有些疲乏了。滿滿嚷著要去院子裡放煙火，姜母對顏娘道：「把文硯和文博送到我那裡去，別被嚇到了。」

顏娘應了。等姜母他們走後，姜裕成讓止規將早就準備好的煙火點上，只聽見「砰」的一聲，一團彩色的光芒便衝到了高空，在空中綻放成美麗的花朵，花朵停留了一息後，花瓣慢慢的碎成了一顆顆閃亮的光點，朝著地面落了下來。

接下來是第二朵、第三朵、第四朵……

煙火響亮的聲音震徹夜空，過了一會兒，整個竭綏都開始響亮起來，漆黑的夜空也被絢爛多彩的煙火點亮，新的一年在熱鬧的煙花爆竹聲中悄無聲息的來了。

姜裕成一手抱著滿滿，一手摟著妻子，不由得想起去年。去年過年時，顏娘還在坐月子，根本沒能與他一同守歲，更別提看煙火了。

從小他就是個理智冷清的性子，與顏娘成親前，他表面淡漠，內心卻一直渴望往上爬。但自從娶了顏娘後，心裡那處柔軟的地方變寬了，他的為人處世也隨即改變了。

以前他的軟肋是母親和表姐，現在又多了顏娘和孩子們，他若行差踏錯一步，他的家人就會跟著遭殃，所以他不得不放慢腳步，為以後打下堅實的基礎。

過完年後，恭王在竭綏待到二月初，同運送金薯的宋休一起回京了。衛枳和衛杉依舊留在竭綏，恭王走後，他們又搬回了縣衙。

姜裕成為了竭綏的農事殫精竭慮，一天天忙得腳不沾地，教滿滿讀書的事情便擱置了下來，原本顏娘打算請一個教書先生來教女兒，衛枳卻自告奮勇的擔了這個責任。

顏娘有些顧慮，滿滿畢竟是女孩兒，天天跟衛枳待在一起，終歸不是什麼好事。衛枳似乎看出來了，跟顏娘表明了自己的心跡。「夫人放心，我一直拿滿滿當親妹妹看待，絕不會因此毀了她的名聲。」

看著眼前這個風光霽月的少年，顏娘不由得有些赧顏，她是不是把人想得太複雜了？

第一批金薯收穫後，除了宋休運回京城的那部分外，姜裕成做主將剩餘的金薯籽挖出來後曬乾，作為春季播種的種子。金薯肉則加米熬成了粥，在縣衙門口擺了幾口大鍋，只要是竭綏百姓，都可以來此盛粥喝。

金薯肉飽腹感特別強，加了米熬成的金薯粥，一碗可以抵兩個碗口大的饅頭。如果在竭綏境內大規模種植金薯，那麼竭綏的百姓就不用再餓肚子了。

姜裕成是個實幹派，他將竭綏管轄區域內善種莊稼的能手們全部召集到縣衙，給他們講了種植金薯的好處，希望他們能夠帶頭種植。

有一老農質疑道：「我們竭綏本來田地就少，若全部換成種金薯，那來年豈不是沒有稻米麥糧可收？」

姜裕成道：「非也，這金薯不必在農田裡栽種，只要在坡地上栽種即可，只是需各位花些心思罷了。」

聽聞這話，在座的所有人都忍不住議論起來。姜裕成也不著急，笑著聽他們議論。

良久，還是之前開口的老農問道：「敢問大人，這金薯是否能作為稅糧？」

姜裕成答道：「本官已經上報了朝廷，還需再等幾日才能確定。」他望了在座的莊稼能手們一眼，道：「就算是金薯不能作為稅糧，你們也不會吃虧，畢竟栽種的金薯除了上交縣衙的小部分外，其餘可全部歸栽種人所得。」

他話音剛落，大家又開始議論紛紛。

最後還是以那老農帶頭，其餘的莊稼能手們也都答應了這個條件。半月後，朝廷的批覆下來了，允許竭綏百姓以金薯替代半數稅糧。

帶著朝廷公文來竭綏的，正是二月初才回京的宋休。

「宋兄一路奔波，也著實辛苦了些。」姜裕成感嘆道：「算一算日子，你剛回了京城，就又馬不停蹄的來了竭綏，想必連休息的時間也沒有吧？」

宋休卻笑道：「無礙，反正留在京城也無聊得緊，倒不如請令來竭綏同你一起做事。」

姜裕成又問起金薯進京的事情來，宋休興致大漲。「說來怪了，京郊皇莊也種了一批金薯，收成很好，但味道卻跟雲澤國的相差無幾，反倒是我們種的這一批香甜軟糯，還得了皇上的誇讚。」

「許是竭綏氣候溫暖、陽光充足吧。」姜裕成思索道。

宋休拍了拍手掌，稱讚：「姜兄說的對，去年竭綏雨水少，陽光又充足，才使得此地的金薯比皇莊的要甜一些。」說完後又道：「不知姜兄可有安排今年的栽種計劃？」

姜裕成點了點頭，將自己的計劃提了出來，宋休沈吟了一陣後道：「我在皇莊見了一位農事專家，他親自給我演示了將金薯藤蔓割下栽種，要不了幾日，那被割下來的藤蔓便會在土裡生根成株，這比撒種要快上許多。」

聽了這話，姜裕成眼睛一亮。「那豈不是家家都可栽種了？」

在姜裕成忙著發展竭綏農事的同時，顏娘也沒歇著。年前她與姜裕成打算促進漢民與夷族之間的情誼，便想出了讓兩族通婚的辦法來。

其實兩族之間本就互有通婚，只是極為少數。顏娘將兩族互為通婚的婦人請到家裡做客，問了一些關於兩族通婚的禁忌。這些婦人中包括了靳于老爺的妾室胡姨娘、鄧縣丞太太赫連氏。

胡姨娘和靳于老爺是姨表親，胡姨娘的母親是夷族，嫁給她父親後生下了胡姨娘。胡姨娘五歲那年，父親因病去世，隨母親改嫁給了一個夷族，六歲那年被繼父賣進了風月場所。

靳于老爺發家後，將胡姨娘贖了出來納為妾室，胡姨娘為漢民，靳于老爺是夷族，這麼多年不管靳于老爺納了多少女人，胡姨娘始終是他最寵愛的一個。

胡姨娘告訴顏娘，夷族有些男人十分瞧不起漢女，當初她的繼父就是因為她有漢民的血脈，才不顧母親的哀求將她賣掉。

赫連氏道：「夷族男人瞧不起漢女，是因為他們覺得漢女心機深沈愛使小性，娶進門來會攪得家宅不寧，不如夷女直爽大方。」

她這話一出，幾個嫁了夷族男人的婦人紛紛點頭。

顏娘搖了搖頭。「只要是女人，不管是夷女還是漢女，都會有發脾氣使小性的時候，我們漢女也有溫柔賢慧、持家有道的，不能一棍子打死。」

赫連氏十分贊同。「夫人說的是，我那大兒五月成親，未來兒媳就是漢女。此女從小溫順有禮，待人和善，還有一手好繡工，能娶到她呀，我們一家人都很高興。」

顏娘笑著恭喜她，赫連氏乘機邀請她去喝喜酒，顏娘爽快的應了。

接下來她交給了在場的婦人們一個任務，儘量撮合兩族的年輕男女，每成功一對便能來縣衙領二十文銅錢的謝禮。

剛開始的兩個月，沒有任何人來領那二十文銅錢，直到第三個月才有一名婦人來領謝禮。顏娘仔細問了，才知他們村子裡一漢民小夥娶了個夷族姑娘，她正是撮合兩人的媒人。

有人起頭後，又接連來了好幾個領銅錢的婦人，月底的時候，竟然還來了個夷族的中年男子，他說他給自己的兒子娶了個漢女媳婦，問能不能領那二十文銅錢。

顏娘核實了後道：「既然你家將人姑娘娶進了門，就一定要好好待她，不得作出欺壓之事來。」

那男人連連點頭保證，顏娘這才將那二十文銅錢交給了他。後面陸陸續續來了幾個婦人，有夷族有漢民，都撮合了好幾對年輕男女。

姜母看著兒媳為此事忙碌，不由得跟桃兒感嘆：「娶妻娶賢，顏娘賢慧能幹，成兒肩上的擔子也會輕一些。」說完又嘆氣道：「看到他們夫妻恩愛，相互護持，我就算現在閉眼也不擔心了。」

桃兒道：「老夫人必定會長命百歲呢！」

姜母聽了沒有說什麼。她深知，自己活不到那個時候的。

夜間，顏娘對姜裕成說起白天的事，姜裕成誇道：「娘子能幹，實乃為夫之福。」

顏娘有些羞赧。忽然聽他嘆氣道：「誒，娘子為了這個家勞心勞力，還要動用自己的體己來維持家用，我實在是沒臉啊。」

姜裕成每個月的俸祿大多用在了農事上，來竭綏後，姜母將姜家的積蓄全部交給了顏娘，買奴婢、置衣食還有日常花銷，原有的那些積蓄早就花完了。好在顏娘自身有些銀錢，加上烏娘子每年給她的分紅，這才能維持家裡的開銷。

姜裕成翻身面向妻子，輕聲道：「這幾日我心裡一直在盤算，不如讓賀家也來做紅玉湯的生意，咱們也能從中獲利。」說完又道：「姐夫明年要參加春闈，暫且不提他是否能考中，他都不是適合的人，唯一適合的就是姐夫的弟弟賀二。」

顏娘有些疑慮。「賀二會答應嗎？」

姜裕成道：「明日我給姐夫去一封信，讓他去遊說賀二，靠著他那張嘴，這事應該能成。」

果然不出姜裕成所料，賀文才憑著自己的三寸不爛之舌，成功將弟弟忽悠到竭綏來了，為表誠意，姜裕成親自去城外迎接他。

姜賀兩家乃親家，不需遵循太多禮數與規矩。賀二來到竭綏後，姜裕成讓顏娘騰出了一間空屋，當做是賀二的臥房。又辦了一桌酒席，就當給賀二接風洗塵。

姜母在席上問賀家的近況，賀二知道她是想問兄長一家過得怎麼樣。

他笑著道：「嬸母不必憂心，兄長和嫂嫂以及兩個姪兒都很好，這次出門時，他們備了一些東西讓我帶過來，待會兒我便給您送過去。」

姜母連連點頭。「他們過得好就好，好孩子，多謝你了。」

賀二連忙擺手說都是舉手之勞。

顏娘和姜裕成相視一眼，有些無奈，明明每隔半月都會收到表姐他們的來信，姜母還依舊放心不下。

「二叔，長生哥哥還好嗎？」滿滿清脆的聲音響起，賀二連忙轉頭看向她。「妳長生哥哥很好，他呀，最近被妳姑父送到了縣學，十天才得回家一次，忙得很吶。」

滿滿哦了一聲，嘟著小嘴道：「怪不得，他已經很久都沒給我寫信了。」

賀二見她這副模樣，逗她道：「不如妳跟我回陵江鎮吧，這樣就能見到妳長生哥哥了。」

滿滿搖了搖頭，表示不願意離開爹娘。

賀二笑了笑，繼續同姜裕成喝酒。

喝著喝著他便有了醉意，話也多了起來。

「子潤啊，你是不知道，你們走後的這一年，陵江鎮發生了多少趣事……嗝！」他打了個酒嗝繼續道：「咱們虞城縣那位新來的知縣大人，竟然跟蘇員外的大兒媳好上了，這事兒在陵江鎮乃至虞城縣傳得沸沸揚揚，大夥兒都等著看蘇家大少的笑話，結果他竟然一聲都不敢吭，那頭上綠油油的一片，哎喲，我都替他難受。」

姜裕成這下倒是感到驚訝了，問：「發生這種醜事，蘇員外和蘇太太也不管？」

賀二抿了口酒。「蘇員外萬事不管，蘇太太被氣得大病了一場，鬧著要兒子休妻，那蘇家大少奶奶乾脆給蘇家大少扔了一封和離書，直接進了知縣府裡做了個二房奶奶。更讓人震驚的是，蘇家那位生了四少爺的姨奶奶，竟然是二十年前那位逆王的庶女。蘇家大少奶奶成了知縣的二房後，向知縣告發此事，除了她生的那個女兒，蘇家上下全完了。」

聽了這些，姜裕成面色變了變，為何姐夫來信時並未提起這事？

逆王謀逆案已是二十年前的事了，指的正是祈王之變，當時牽連甚廣，先帝七個兄弟只活了恭王一個，其餘的無一倖免。而恭王雖然活了下來，但在那場災禍裡，恭王妃身死，世子也因此落下病根，最後早逝。

先帝下旨處死逆王全家，就連嬰孩也沒有放過，倒是不知道逆王那位庶女是如何逃過一劫的。

賀二說著說著就睡了過去，姜裕成命人將他送回屋裡歇息，而後自己也回房了。

睡覺前，他將蘇家的事情告訴了顏娘，顏娘聽了大驚，急忙問道：「這事會不會影響到你？」

姜裕成搖頭。「逆王血脈在蘇家，是蘇家那位大少奶奶親自告發的，除了他們白家人，沒人知道這事。再說了，虞城縣之前十幾年都由范珏坐鎮，就算要清算，也應該從他那裡清算起，牽扯不到我身上來。」

聽了這話，顏娘提到嗓子眼的心才安穩落下。夫妻倆又議論了幾句，漸漸地將這事拋到腦後了。

賀二來竭綏主要是為了收購藥草，第二天便迫不及待的拉著姜裕成出門了。因賀文才一心科舉，賀家的生意都由賀二操持著。

兄弟倆感情好，賀文才一通忽悠便將賀二哄得心花怒放，如今看到熬製紅玉湯的藥草後，更彷彿看到了無數長了翅膀的銀子在眼前飛舞。

姜裕成帶著賀二在竭綏城裡轉了一圈，回來後兩人關在書房商量了半日，從書房出來後，兩人臉上都有掩不住的笑意。

又過了幾日，賀二帶著第一批藥草回去了，他在竭綏訂了三批藥草，剩下兩批則由竭綏的商隊送到陵江鎮。

四月初，竭綏商會的商隊再次出發，將大量的紅玉湯藥草運往京城。受了竭綏的影響，鄰近的幾個縣也開始往京城運送藥草，一時間，京中的紅玉湯藥草價格驟降。

瞭解了這一情況後，姜裕成召集商會的商戶們想辦法解決問題。

靳于老爺提議可將紅玉湯推廣到全國，不限定於京城這一處。姜裕成其實也想過這個方法，就是不知道該如何實施。

靳于老爺道：「只需姜大人出面替紅玉湯討個正式的身分，推廣一事我能搞定。」

姜裕成信了靳于老爺的話，給京中的老師去了一封信。沒過多久，他就收到了一張由顯慶帝親手所書的木刻匾額，上書「竭綏特產紅玉湯」七個大字。

有了御賜匾額，竭綏百姓有了十足的底氣，別的縣也不敢再用紅玉湯的名號了。

靳于老爺為了奪回商會會長的位置，這回可是拚了老命去推廣，也不知他用了什麼辦法，短短兩個月內，全國大半的州縣都知道了紅玉湯的聲名。

還有一件可喜的事情，第二季的金薯也到了收穫的時候。五月下旬，全縣金薯大豐收，竭綏的百姓們臉上都洋溢著幸福的笑容。

可惜的是，金薯一年只能種兩季，夏秋季節栽種，藤蔓長得特別慢，掛薯率極低。試種失敗後，姜裕成和宋休只能將目光轉移到藥草種植上來。決定春季和冬季依舊栽種金薯，夏秋兩季種植成熟週期短的陂陀薑，這樣一來，坡地便可以完全利用到了。

一切都在有條不紊的進行著，沒想到這個時候衛枳的腿卻出了問題。

自從來了竭綏，衛枳的腿幾乎沒有再疼過，再加上葛大夫的悉心調養，偶爾還能拄著枴杖站一盞茶的時間。

這一日他依舊按照往常一樣，想要拄著枴杖站起來，怕他摔了的衛杉和金一小心翼翼的守在一旁。誰知他剛一起身，雙腿膝蓋處突然傳來一陣尖銳的疼痛，下一刻連人帶枴杖摔了下去，好在金一眼疾手快接住了他，但摔倒的時候雙腿不小心碰到了輪椅的邊角，他當場痛暈過去。

衛杉急忙將葛大夫喊了過來，此時的衛枳全身被冷汗浸透，嘴唇白得毫無血色。

葛大夫先替他把了把脈，脈象雖然急促了一些，但沒什麼大礙。他又去看衛枳的傷腿，掀開褲管後，在場的人都不由得倒吸了一口冷氣。

只見衛枳雙腿膝蓋以下全部變成了深紫色，小腿和腳掌腫脹得厲害，看著就十分駭人，葛大夫臉色大變。「糟了，世孫這腿……」

接下來的話他沒有說出來，但衛杉和金一心裡齊齊湧上了一股不好的預感。

衛杉心急火燎道：「葛大夫，你倒是把話說明白啊！」

金一也道：「葛大夫，還請你告知世孫的病情。」

葛大夫嘆了嘆氣，搖頭道：「老夫也不知道為何一夜之間，世孫的腿會惡化成這般模樣啊。」他再次仔細瞧了瞧衛枳的腿。「世孫腿內瘀血淤積，導致筋脈堵塞，若是不放出瘀血，恐怕會有性命之憂；但若是放出了瘀血，世孫這雙腿就徹底廢了。」

聽了這話，衛杉不由得後退了幾步，他看了臉色驟變的金一一眼，扭頭跑了出去。

「姜大人，姜大人！」衛杉急忙去找姜裕成。「我三哥的腿不好了，姜大人，不知這竭綏境內是否有醫術高明的大夫，你趕緊召集他們來給我三哥治腿……」

姜裕成也是大驚。「怎麼會這樣？」

他連忙跟著衛杉去見葛大夫，葛大夫複述了一遍之前的說法，姜裕成的心慢慢沈了下去。

葛大夫又道：「杉少爺說得對，自古夷族多奇人異士，姜大人不如在竭綏下一道召集令，將他們召集至縣衙，集思廣益，說不定能有轉機。」

事急從權，姜裕成也想不出其他的辦法，只得發了一道名醫召集令，凡是竭綏境內從醫者，均可來縣衙應召，若能治癒世孫腿疾者，贈黃金百兩。召集令發出後，當天便有幾名大夫前來，但在看了衛枳的雙腿後，都搖頭說自己沒有法子治。

自從昏迷醒來後，衛枳便只能在床上躺著，當他知道自己的雙腿病情惡化後，便將自己關在房間不吃不喝，直到三天後，才肯讓人進去伺候。

也是自那時起，他像是變了一個人似的，周身都充滿著冷漠厭世的情緒，就連滿滿來看他，他也是一副冷冰冰的模樣。滿滿覺得小哥哥很可憐，每日風雨無阻的來陪他。

這一天，縣衙來了一位自稱華佗再世的神醫，守衛見他邋裡邋遢，一身破破爛爛的樣子，不耐煩的將他轟走了。

那「神醫」走前衝守衛嚷道：「哼，有眼不識泰山，早晚會後悔的。」說完後，哼著不成調的小曲大搖大擺的走了。

直到走遠看不見縣衙了，他突地加快了腳下的步伐，走到一家叫「如意客棧」的客棧外找了個地方坐了下來。

客棧的店小二見狀，巾子往肩上一甩出來趕人。「哪裡來的臭叫花子，滾一邊兒去！別耽誤了我們客棧做生意。」

「神醫」輕笑了一聲，自顧自的靠在牆上，壓根不理會店小二。

那店小二有些惱怒。「臭要飯的，老子叫你滾你沒聽見嗎？」

「神醫」抬了抬眼皮，漫不經心的問道：「臭要飯的叫誰呢？」

「臭要飯的叫你。」店小二脫口而出，說完後覺得不對勁。「臭要飯的，竟敢罵老子？」緊接著給了「神醫」一腳。

那「神醫」躲閃及時，店小二一腳撲了空，反倒踢到了牆，當即痛得抱著腳吆喝。

「哼，不用你趕，我等的人到了，我自然會走。」說完，「神醫」又換了一處位置坐著。

店小二吃了虧，也不敢再為難他。

約莫過了半個時辰，一個身穿褐色衣裳的花白鬍子老者進了客棧，他朝店小二打聽：「小二哥，請問你們客棧有沒有住進一個鼻翼有痣、揹著藥箱的中年人？」

那店小二回想了一下，搖頭道：「沒有。」

花白鬍子老者不死心地再問：「真的沒有？你再想想到底有沒有。」

店小二有些不耐煩。「都說了沒見過，你要是要住店那歡迎，你要是打聽人就去其他地方。」

老者笑了笑，抬腳往門外走去。這時，那店小二又道：「外面有個臭要飯的，說不定他知道，你讓他帶你去找人唄。」

老者腳步頓了頓。「多謝小二哥。」

回答他的是店小二的嗤笑聲。

老者搖了搖頭，慢慢的走到客棧外，朝一旁看了看，果然看到店小二嘴裡那個臭要飯的。

他意味深長的笑了笑，朝那人走了過去。

「怪不得客棧找不到人，原來竟露宿街頭了。」

聽到這話，「神醫」睜開了眼睛，斜眼道：「都怪你，若不是你讓我來這破地方，我會這麼狼狽？」說完坐了起來。「早知道就不來了！按你說的到了這裡，沒想到剛一進城就被偷，包袱和藥箱都不見了，為了吃飯，我把身上的衣裳當了，才弄成這副破破爛爛的樣子。」

說著他又哼了一聲。「一個時辰前，我去了竭綏縣衙，守衛當我是要飯的把我趕走了！我是個記仇的，這病我不治了。」他朝老者伸手。「快給我盤纏，我要回京城。」

老者將他的手推開。「這不行，你答應我的事還沒做到。」

「神醫」瞥了他一眼，無賴道：「我藥箱都沒了，不治了不治了。」

「蔣釗，你可要想清楚。」老者笑容淡了。「這可是關乎國運的大事。」

聽到「國運」兩字後，「神醫」蔣釗臉色變了變，身體不由自主的坐直了。「老神棍，我就不明白了，一個摔斷腿的世孫，怎麼就跟國運有關係了？」

老者搖頭。「不可說，不可說。」

蔣釗瞥了他一眼，起身道：「算了，走吧，去縣衙。」

老者頷首跟上。

兩人到了縣衙前，先前的守衛見到蔣釗後立即上前。「你這人怎麼又來了，剛才不讓你走了嗎？」

蔣釗哼了一聲沒說話，老者笑著上前一步。「我倆是應召前來的大夫，煩請兩位進去通報一聲。」

守衛將他上上下下打量了一番後，指著蔣釗懷疑道：「他也是大夫？」

老者點頭。「他來竭綏的路上被人偷了藥箱和銀錢，所以才顯得狼狽了些。」

「等著。」守衛將信將疑的看了他一眼，小跑回去跟同伴交代了一聲，然後進去稟報了。

等了一會兒，那守衛出來對兩人道：「我們大人有請。」

老者和蔣釗跟著他進了縣衙。

姜裕成見到兩人後，問：「二位都是大夫？」聽口音可判斷他們並不是竭綏的人。

老者指著蔣釗道：「老朽不是，這位才是，我們路過此地，正好聽說縣衙發佈了召集令，於是便過來看看。」

那老者又將蔣釗遇到小偷的事情說了出來，解釋了他為何一身衣衫襤褸，還強調蔣釗醫術高明，無論什麼疑難雜症都能治療。

姜裕成狐疑的盯著兩人，總覺得兩人有些奇特，來歷不像他們說的那樣簡單，畢竟召集令才發佈了三天，前後幾天來的都是竭綏本地或是周邊州縣的大夫，也沒人敢誇下海口。

但是問了半天，又找不出什麼可疑之處，遲疑了片刻後，姜裕成終於點頭。「事急從權，兩位還是先隨我去看看病人再說吧。」

目前情況已經很糟了，希望這兩人是真有本事。

姜裕成帶著蔣釗和老者來到了衛枳的臥房，葛大夫正在替衛枳扎針。

蔣釗一見他的動作眉頭便擰了起來，衝上前朝葛大夫吼道：「誰讓你給他扎針的，你是嫌他命太長嗎？」

葛大夫被他一吼，扎針的手一抖。「你是何人，為何在此喧譁？」

蔣釗沒有理他，而是大聲道：「趕緊把針給我拔了，這腿得馬上放血，不然就真廢了。」

「這……」

葛大夫看向姜裕成，姜裕成立即介紹：「這位是應召而來的蔣大夫。」

想到之前那些誇下海口的大夫們，衛杉質疑道：「別又是那些讀了幾本醫書，就自認為醫術超群的騙子吧？」

蔣釗聽了極為氣惱，正想跟他理論，這時老者出聲道：「還請諸位信他一回，老朽願以性命擔保。」

葛大夫還想說什麼，就聽姜裕成道：「用人不疑，疑人不用，暫且信他一次吧。」

蔣釗聞言對姜裕成道：「還是你有眼力。」說完看著葛大夫。「清理瘀血需要什麼東西，不用我說了吧。」

葛大夫還是有些遲疑，這時一直沒有開口的衛枳出聲了。「葛大夫，就按照這位蔣大夫的話來安排吧。」

衛枳都開口了，自然沒人敢不聽，好在那蔣大夫真有幾分本事，清理了瘀血後，衛枳的腿看起來沒之前那般駭人了。

「這清理瘀血必須分成幾回處理，不然血放得太多會成乾屍的。」蔣釗交代：「我待會兒開幾副補氣血的藥給你，你一會兒派人去藥房抓藥。」

姜裕成點頭。「好。」

蔣釗打了個呵欠。「這都累了半天了，我想歇一會兒，不知姜大人是否能替我安排一下？」

姜裕成頷首。「可以。」

正要讓人去找住處時，衛杉突然提議：「姜大人，前街的宅子還空著，不如讓他們去那住吧。」

姜裕成明白他的意思，立即著人領著兩人去了衛枳他們之前住的宅子，那裡有留守的護衛看著，可以監視兩人的一舉一動。

自此一連幾日，蔣釗每日都會選在辰初三刻上門為衛枳清理瘀血。按照他的說法是，人一天中陽氣最旺盛的時候就是辰時，這個時候放血，對衛枳的身體傷害要稍小一些。

五日後，衛枳腿內的瘀血總算是清理乾淨了，小腿和腳掌也消了腫，但因為腿上有傷口，看著還有些可怖。他運氣很好，腿上那些傷口都在慢慢癒合，沒有感染發熱的跡象。

自從衛枳腿傷惡化後，金一好幾次都想給恭王送信，都被衛枳嚴令禁止。他不想祖父跟著擔心，也不想祖父因為怒火牽連了其他人。直到現在他的病情穩定下來，他終於同意讓金一給祖父去了信。

蔣釗施展的精湛醫術葛大夫都看在眼裡，他在心裡嘆了嘆氣，行醫幾十年，醫術還比不上一個比自己年輕的大夫，真是白白擔了個大夫的名頭。於是在蔣釗忙碌的時候，年邁的葛大夫主動跑上跑下的給他幫忙，就是為了方便向他請教一些醫術上的問題。

蔣釗也毫不藏私。「你知道我這放血的麻利手法是怎麼練成的嗎？」

葛大夫道：「願聞其詳。」

蔣釗瞥了葛大夫一眼。「軍中傷患多不勝數，我醫治過比你家公子更嚴重的摔傷，不過那人運氣不好，沒挺過發熱，最後去了。」

葛大夫十分驚詫。「蔣大夫竟是軍醫出身。」

蔣釗搖頭。「算不上軍醫，只不過在軍營待過一段時間而已。」

葛大夫點了點頭，又問起他師從何人，蔣釗卻閉口不提。

衛枳的傷勢漸漸好轉，等到傷口全部癒合後，蔣釗又用銀針替他疏通經絡，還增加了一項藥浴，不僅可以舒緩疼痛，還能強身健體。

因著這段時日的治療頗有成效，有一天衛枳忍不住帶著期望問他，自己這雙腿還能不能徹底治好？

蔣釗嘆了一口氣，回答道：「你當初受傷時傷勢過重，現今除非是神仙下凡，不然真沒有辦法。所以接受現實吧，不要再逞強了。」

衛枳聞言眼神暗了下去。「蔣大夫，我這輩子真的就站不起來了嗎？」

蔣釗點頭，他知道衛枳想要站起來，但這是不可能的，他的醫術雖高，不過再怎麼說也還是凡人一個，當然做不了神仙才能做的事情。

剎那間，衛枳的面色變得灰白，他的心沈墜得像是灌滿了冷鉛。蔣釗的話比他當初受傷初醒時御醫說的話還要直白，他真的這輩子都站不起來了，是一個徹徹底底的廢人。

他生來顯貴，本應該過著呼朋引伴、瀟灑恣意的生活，沒想到上天跟他開了個玩笑，以後的幾十年都只能在輪椅上度過。

這一刻，衛枳的心死了，內心再也沒有了波瀾。

衛杉知道這個結果後，埋在被窩裡哭了一整晚，他多麼希望當時摔下馬的是親兄長衛樤，而不是無辜的衛枳。可惜，大錯已經鑄成，再回想已是徒勞。

恭王得到金一的傳信後，不顧年老體邁，急忙又趕到了竭綏。見到枯瘦如柴的孫兒後，忍不住抱著他痛哭了一場。

哭過後，恭王屏退了伺候的人。

「枳兒，祖父在這世上唯有你這一點血脈，你若是不振作起來，咱們恭王府就完了。」他擦了擦眼睛，道：「就算你不念著恭王府，也該念著你娘。當初你爹去後，她傷心早產，生下你後血崩而亡，彌留之際囑咐我好好照顧你，如果你有個三長兩短，我該怎麼跟你娘交代？」

衛枳依舊如木頭人一樣，恭王長嘆一聲，老淚縱橫道：「這麼多年，咱們祖孫倆相依為命，你難道真的要棄祖父而去，讓祖父成為一個無牽無掛的孤寡老人？」

聽到「無牽無掛」四個字後，衛枳終於有了一絲動容。他抬眼看了恭王一眼，只見三個月前還精神矍鑠的祖父，似乎又蒼老了許多。心裡像是有什麼東西要衝出來一般，他不由得捂住了胸口。

一陣低沈壓抑的嗚咽聲後，他帶著哭聲看向恭王。「祖父，我是個廢人了。」

恭王只覺得心痛難耐，他忍著悲痛安慰孫兒。「枳兒，你不是廢人，在祖父眼裡你一直是個聰明善良的好孩子，沒了雙腿又怎樣？憑你的聰明才智照樣可以幹出一番大事來。」

「可我……」

「我衛曜的孫子不是孬種。」恭王神色變得嚴肅起來。「我知道你想說什麼，但我不想聽，你必須給我振作起來，否則就別認我這個祖父。」

衛枳驚愕的看向他。「祖父，我……」

恭王沒給他說話的機會，徑直起身出了房間。約莫過了一個時辰，金一端著一個托盤進來了。

「世孫，這是廚房熬了好幾個時辰的雞湯，王爺特地吩咐屬下讓您喝完。」

衛枳沒什麼胃口，讓金一把雞湯撤了，金一卻道：「王爺說，如果您今日不喝雞湯，他也開始不用膳食了，您餓一日，他就陪您餓一日。」

衛枳聞言皺了皺眉，他知道祖父的脾氣，說了就一定會做到。他年紀那麼大了，要是跟著他一起挨餓，身子又怎麼受得住？

「把雞湯端來吧。」他對金一招了招手。

金一立即將雞湯送到他面前，衛枳就著勺子喝了幾口，一股噁心的感覺衝上了喉嚨，他連忙推開了碗，趴在床頭嘔吐起來。

金一見狀連忙將葛大夫和蔣釗喊了過來，正要去通知恭王時，被衛枳制止了。

蔣釗替他把了把脈，道：「身子倒無大礙。」說完又看了一眼擱在桌上的雞湯，聞了聞後斥道：「病人久不進食腸胃虛弱，怎能用如此大補之物，還不撤下去。」衛枳身體虛弱，根本受不住人參大補的功效。

正好這時恭王到了，聽到了蔣釗最後一句話，急忙走進問他。「蔣大夫，我孫兒無事吧？」

蔣釗沒好氣道：「只要不給他胡亂吃東西就無事，好在這回沒喝多少。」

恭王也無暇理會他的無禮，得知孫兒無事後，心裡的大石才落了下來。

既然人無事，蔣釗決定不再久留，離開縣衙前，他吩咐金一：「記著，這幾日就給你家少爺吃一些清淡的白粥即可，對了，無事就不要來打擾我。」

金一聽了有些惱意，但念在他給世孫治病的分上，還是忍了下來。

蔣釗回到暫住的宅子後，立即去找了同他一起來的老者。「老神棍，這竭綏我是不想再待了，恭王已經來了縣衙，再不走咱們都會露餡。」

老者撫了撫鬍鬚。「莫急莫急，那恭王老眼昏花，我們又特意喬裝過了，他認不出我們的。」

蔣釗心裡有些煩躁。「早知道就不跟你來了，真是麻煩，我說你為何不自己出手給世孫治病呢？說不定你一出手，世孫就真的能站起來了。」

「這可不行，每個人都有自己該歷的劫難，恭王世孫的劫難就應在他這一雙腿上，若是老夫貿然插手，勢必會造成大宴朝國運崩塌。」老者拍了拍他的肩。「你放心，昨夜我觀了天象，大宴的運勢已然回歸正軌，所以要不了幾日我們就能離開。」

聽了這話，蔣釗的臉色這才緩和了許多，只是嘴裡仍舊不滿的嘀咕：「還真是老神棍，一天到晚神神叨叨的。」

自從恭王來了以後，衛枳的情況好了很多，又過了幾日，蔣釗上門診脈，結束後對恭王道：「令孫的身體已無大礙，日後小心休養便是。」

恭王鬆了口氣，又聽他道：「我應召而來，你們答應我治好病人後贈送黃金百兩，不知今日是否能兌現？」

恭王沒有開口，金管家出聲道：「不過區區百兩黃金而已，只要大夫開口定會奉上。」

蔣釗大笑了幾聲。「好，我就喜歡痛快的人。」

他話音剛落，金管家上前道：「不知蔣大夫可否跟我出來一趟？」

蔣釗想了想，點頭應了。兩人出去後不到一炷香的時間，蔣釗氣沖沖的回來了，對著恭王道：「我來時就已經跟令孫講好，治完病就走，不會在竭綏久留。你那老僕竟然以診金要脅，說若我不留下就不能拿走那一百兩黃金，豈有此理！」

恭王瞥了他一眼。「金管家的意思就是老夫的意思，黃金可以給你，但人必須留下。若還有其他要求，也可儘管提。」

蔣釗氣得爆粗口：「去你大爺的，好好好，黃金老子不要行了吧？」說完徑直走向門口。

金一迅速攔住了他，蔣釗盯著金一，惡狠狠道：「給老子讓開。」

金一不為所動，蔣釗又氣得大叫：「難道沒聽過強扭的瓜不甜嗎，要是強留下老子，就不怕我心氣不順毒死你家主子？」

這話一出，金一立刻拔刀橫在他的脖子上，屋內的氣氛漸漸變得奇怪起來。

「金一，讓他走吧。」這時，衛枳開口道：「之前答應的一百兩黃金也給他。」

「可……」小主子發話了，金一有些遲疑的看了恭王一眼。

衛枳勸恭王道：「祖父，算了吧，不要強人所難了。」他看了看自己掩在薄被下的廢腿，道：「若是日後再生意外，至少還能請蔣大夫伸以援手，我們得罪了他並不划算。」

蔣釗是個吃軟不吃硬的人，若被人逼迫，他反而會百般不願；若是順著他，他倒是能體諒別人一二。

聽了衛枳的話，他點頭道：「小少爺說得不錯，凡事留一線，他日好相見。」

恭王思索了一陣，最終還是答應放蔣釗離開。

回到東街的宅子後，蔣釗立即收拾好包袱去找老者。「老神棍，咱們趕緊離開這鬼地方。」

老者有些訝異。「沒想到恭王竟捨得放你走。」

蔣釗狐疑的看了他一眼。「你早就知道恭王會強留我？」

「這又不是什麼難猜的事。」老者道：「你醫術高明，恭王心疼世孫，當然想把你留在世孫身邊。」

蔣釗氣憤的將包袱扔到桌子上，指著老者道：「好你個老神棍，竟然不提醒我，你是不是也打著讓我留在衛枳身邊的主意？」

老者搖頭。「你想多了，他命中生死大劫已過，你留或不留都無任何影響。」

蔣釗心裡的怒氣消了一些，但對這個坑了自己的老神棍依舊沒好臉色。「既然如此，還不收拾東西走人？」

老者含笑點點頭。「也是，此番功德已了，是該回京了。」

一別三年許，入京又是春，離時孤一人，歸來闔家歡。

顯慶十六年春，竭綏知縣姜裕成任滿三年，攜母親妻兒入京述職。一行人裡老弱婦幼占了多數，趕路的速度便慢了一些，前前後後折騰了快一個月才到京城。

聽到馬車外熱鬧非常，姜母輕輕掀了簾子往外瞧去。「哎喲，沒想到老婆子有生之年還能來京城，全靠了我兒才有這般造化。」一邊看還一邊唏嘘感嘆。

桃兒道：「老夫人說的是，要不是大人能幹，咱們也不能來這天子腳下走一遭。」她嗓音清脆，嘴巴又甜，逗得姜母十分開心。

這時靠在她身上熟睡的滿滿醒了，她揉了揉眼睛，迷迷糊糊的看向姜母。「祖母，咱們已經到京城了嗎？」

姜母將孫女摟到懷裡，掀開簾子的一角，樂呵呵道：「快瞧瞧，這就是京城。」

滿滿連忙睜大了眼睛，只見車簾外是一方與以往不一樣的世界，道路寬闊通達、乾乾淨淨，沒有一絲塵土；兩旁店肆商鋪人聲鼎沸，迎客聲聲聲入耳，小販商攤、整齊劃一，招手吆喝攬客；大街上行人來來往往，服飾新穎、色彩鮮豔。

這樣的景象讓小小的人兒看得入了神，連姜母喚了她好幾聲都沒聽見。姜母見狀，笑著將簾子放下。「等妳爹辦完了正事，到時讓他帶著咱們上街逛逛。」

滿滿乖巧的點了點頭。

前面一輛馬車上，姜裕成正在跟顏娘說新住處的事情。進京前他託師兄郭侍郎代租了一處宅院，位於榆林街街尾，那一片住的都是五品以下的京官，依照姜裕成目前的資歷，住那兒正合適不過。

在城內穿行了一個時辰，他們終於到了榆林街的新住處，門口站著兩個一中一少、僕人模樣的男人，見姜裕成下車後，連忙上前拜見。

「見過姜大人，我家老爺得知姜大人今天到京城，吩咐我倆在此等候。」中年僕人口中的老爺自然就是郭侍郎了。

姜裕成心生感激，朝他二人拱了拱手。「煩勞二位了，不知二位怎麼稱呼？」

那中年僕人連說不敢。「小人郭海，是郭府的外院管事。」說完又指著身邊的少年僕人道：「這是小兒郭懷。」

郭懷連忙跟姜裕成行禮。

姜裕成請他們帶路，郭管事父子倆帶著姜家一行人進了新宅子。這是一個兩進的宅子，從大門進去後，就能見到一座高達兩公尺左右的影壁，上面雕刻著松柏長青的圖案，止上方還有「出入平安」四個紅色大字。

再往裡走，就是一座人工堆砌的假山和一個配套的小池子。假山上有好幾道水槽，細流從水槽中流出來又回到池子裡，嘩嘩的水聲在安靜的氣氛中顯得格外的清晰。

郭管事一邊帶路一邊介紹宅子的佈局，走到二進垂花門前時停下了腳步，只見那門口站著三個衣著一致的年輕丫鬟。

「姜大人，過了垂花門便是內院，外院男子不得踏入。」郭管事道：「我家夫人另派了屏兒姑娘過來伺候。」

姜裕成頷首，讓他們父子先去前院書房等著。

這時那個叫屏兒的丫鬟帶著另外兩個同伴過來了。「見過姜大人、老夫人、姜夫人。奴婢奉了我家老爺和夫人之命前來伺候，請各位隨奴婢進去吧。」

顏娘看著三個丫鬟婷婷嫋嫋的身影，心想這個郭侍郎的夫人該不會是要將她們留在姜家吧？

姜裕成一行人隨著屏兒三個進了內宅，過了垂花門，左右兩側均是抄手遊廊，遊廊盡頭有一扇朱紅小門，開門後拾級而下，階下是細碎的小石子鋪成的甬路。

甬路呈十字狀，左右是東西廂房，再往前是正房，兩側各帶兩間耳房。正房是姜母的住處，東廂房是姜裕成與顏娘的屋子，西廂房做了滿滿的閨房，雙生子只能跟著祖母住在正房旁邊的二房裡。正房後面是一排坐北朝南的後罩房，可以用來安置府裡的丫鬟婆子和放置雜物等。

安排好各人的住處後，顏娘讓戚氏帶著丫鬟僕婦們去前面搬行李，等所有人都安頓下來後，天都快黑了，草草的吃了晚飯，等著第二日再仔細收拾。

一連忙了兩天，總算安頓妥當了，之後郭管事父子及三個丫鬟便回郭府去了。見他們走了，顏娘心裡的大石頭終於落地。

第三日，姜裕成帶著妻女去恩師府上拜見。張元清見得意門生歸來，很是開心，留他們一家三口吃了晚飯才走。
第四日，夫妻倆又備了禮去郭侍郎府上拜訪。
郭侍郎的府邸位於灑金街，那裡住的都是五品以上的高官能臣。郭家府邸是一座五進的宅子，郭侍郎喜好風雅，整個宅子看著氣派又雅致。
顏娘是第一次見郭侍郎，領著滿滿拜見後，就由丫鬟帶著去見郭夫人了。
郭夫人是郭侍郎的結髮原配，娘家是皇商，也是多虧了夫人娘家，郭侍郎才能住住這氣派的大宅子裡，就連姜家那處宅院，也是靠郭夫人出力尋來的。
顏娘和滿滿到正廳時，郭夫人已經等著了。見到她們母女，郭夫人起身相迎，她飛快的打量了顏娘母女幾眼，眼裡閃過驚豔，笑著道：「子潤真有福氣，不僅娘子生得好，閨女也可愛的緊。」
顏娘有些羞赧。「多謝夫人誇獎。」
滿滿也跟著說：「多謝夫人誇獎。」
郭夫人笑著請她們入座，又讓丫鬟伺候兩人用茶水點心。顏娘一邊喝茶，一邊藉機打量廳中眾人。
郭夫人約莫三十五、六的年紀，長相富態圓潤，笑時神色和善，不笑時威嚴立現，穿著一身墨綠的家常衣裳，很有當家夫人的氣場。
坐在她右下首的是兩個年齡相差不大的少女，為首的那個穿著一身蔥綠織錦長裙，膚白如雪、眉目如畫，笑起來溫柔可親；另一個眉眼與前一個少女有幾分相似，膚色是象牙白，一身豔麗的紅裙襯托得她青春活潑。

顏娘聽說郭侍郎與夫人育有兩女一子，這兩女應該就是她們了吧。

再往下，挨著門簾處的繡墩上還坐了兩個年輕婦人，樣貌普通，打扮樸素，看著有些拘束。不用猜，她們一定是郭侍郎的兩位妾室。

來郭府之前，姜裕成就給顏娘講過，除了原配郭夫人，郭侍郎還有兩個妾室，兩人都是郭夫人從陪嫁裡挑出來的，對郭夫人是最忠心不過的。

顏娘擱下茶杯後，郭夫人笑著跟她介紹：「穿蔥綠衣衫的是我的長女，名喚雪瑩。穿紅衣的是我的次女，名喚紅纓。」

二女立即起身拜見顏娘。「雪瑩、紅纓拜見嬸嬸。」

顏娘連忙起身虛扶了二人一把，又將手上的兩個玉鐲子取下塞到她們手上。「初次見兩位姑娘，就這兩個鐲子拿得出手，還望兩位姑娘不要嫌棄。」

雪瑩和紅纓連忙道謝。

郭夫人打趣道：「讓弟妹破費了，這兩個猴兒，不消給她們好東西，幾個銀錁子打發就是。」

雪瑩和紅纓齊齊喊了一聲娘，語氣裡全是撒嬌的意味。

介紹完郭家兩位姑娘，郭夫人指著兩個妾室道：「左邊的是花姨娘，右邊的是蘭姨娘，都是我家老爺的妾室。今天弟妹來了，也讓她們出來見見客人。」

花姨娘和蘭姨娘連忙起身跟顏娘行禮，顏娘受了禮後，讓青楊賞了她們一人一個小荷包。

郭夫人朝著兩個妾室擺了擺手。「既已見完客了，妳們便退下吧。」

花姨娘和蘭姨娘齊齊退下。

沒了妾室在場，郭夫人笑容隨意了許多，她低聲吩咐貼身丫鬟連翹兩句，連翹便悄聲退下。過了一會兒，就見她端著一個蓋著紅布的托盤進來了。

郭夫人對滿滿招手道：「好孩子，來伯娘這裡。」

滿滿抬頭看了娘親一眼，見她點頭了，才去了郭夫人身前。

郭夫人將托盤上的紅布掀開，將上面的翡翠白玉瓔珞圈拿下來給滿滿戴上，戴好後瞧了瞧道：「真好看。」

顏娘見狀連忙推辭。「夫人，使不得，這麼貴重的東西我們不能要。」

郭夫人看了她一眼，裝作不高興道：「怎麼，就允許妳給我兩個女兒玉鐲子，就不許我給滿滿見面禮啦？」

顏娘並非這個意思，正要解釋時，就見郭夫人板著臉。「妳若是再拒絕，可別怪我翻臉了啊。」

「這……好吧，多謝夫人。」顏娘無奈，只得應了。

郭夫人瞧了她一眼。「也別叫我夫人了，跟著子潤叫我嫂嫂吧。」

顏娘又叫了一聲嫂嫂，郭夫人這才笑了。

滿滿戴著瓔珞圈回到自己身邊，顏娘在心裡嘆了嘆氣，面上卻不再顯露，轉頭又說起宅子的事情來。「這回多謝嫂嫂幫忙，如若不然，我們一家人還不知道在哪落腳呢。」

郭夫人擺了擺手。「這有什麼？子潤與我家老爺乃師兄弟，他二人都無其他兄弟姐妹，跟親兄弟也差不離了。」

顏娘順著她的話道：「嫂嫂說的是，夫君一直將郭師兄奉為兄長。」

「這不就對了嘛。」郭夫人笑著道：「你們來了京中，日後可以常來府上玩耍。」

顏娘應聲：「那就叨擾嫂嫂了。」

這時有丫鬟來報，說是飯菜已經備好，請夫人姑娘們移步去飯廳。

這一日，夫妻倆帶著女兒在郭府用過午食後才回去。到家後，姜裕成將妻女送到後院，又跟母親說了一會兒話，然後才去了前院。

師兄郭侍郎告訴他，他在蝎綏這三年做出了不小的功績，已經在顯慶帝案頭留了名，只要稍稍運作一番，便能留在京城。姜裕成對留京很有信心，就算沒有老師和師兄周旋，他自信自己也不會混得太差。

五日後，外放官員的考核成績出來了，姜裕成自然是優。授官令下來後，他被授予刑部主事一職，刑部主事乃正六品，又是六部京官，姜裕成這是實打實的連升了兩級。

原本郭侍郎想將他安排到戶部，他是戶部侍郎，師弟在自己麾下肯定會順利的多，兩人的老師張元清卻建議姜裕成去刑部。原因是刑部屬於靖國公一派，刑部有一個主事犯了事被革職了，靖國公還未找到合適的人接手，這個時候正好將姜裕成塞進去。

打刑部主意的還有勇毅侯和凌績鳴。凌績鳴在通政司待了三年，勇毅侯看中了刑部空出來的那個位置，想要將外孫女婿安排進去。誰知被張元清搶了先，他只好退一步將凌績鳴塞到了大理寺，任大理寺丞一職。

凌績鳴知道原本屬於自己的官職被姜裕成占去後，氣得砸了書房。他在心裡暗自發誓，一定要讓姜裕成為搶官的行為付出代價。

范瑾正在逗兒子玩耍，梅枝急急忙忙跑過來稟報。「夫人，不知是誰惹怒了大人，他又將書房砸了。」

范瑾連忙抱著兒子趕到書房，凌績鳴的侍從青竹守在外面，一臉受驚的模樣。范瑾問了他幾句，他支支吾吾的也說不清楚。

「夫君，寶兒想爹爹了，我帶他進來了。」范瑾敲了敲門，卻沒有直接進去。

屋裡的凌績鳴聽到妻子的聲音，慢慢克制住心中的怒火，打開門讓她進來。

看著凌亂無比的書房，范瑾憂心的看向凌績鳴。「夫君，怒火傷身，以後不要這樣了。」

凌績鳴從她手中接過兒子，點了點頭。「好，我以後會注意的。」

范瑾又問起他發怒所為何事，凌績鳴將授官一事跟她說了，范瑾聽了後也不由得怒了。

「我早就說那張元清不是好東西，竟然讓那姓姜的搶了夫君的位置。」

凌績鳴恨恨道：「從今以後，我不會再認他這個老師。張元清、姜裕成、郭晉儀，我一個都不會放過。」

第十六章

留京一事塵埃落定，姜家人的生活也慢慢走上了正軌。京城不比地方小縣，來到京城後，顏娘在戚氏的協助下定了成套的內宅規矩，若是有下人不服管教，都依照規矩來處置。

在竭綏時，灶上的人都是聘竭綏當地的婆子，這次她們沒有跟著一起上京。顏娘託郭夫人介紹了一個牙婆，買了一個做飯的廚娘和一個幫傭的小丫鬟，想到門房只有鄢伯一個人，於是又配了一個三十來歲的壯漢。

付了銀子後，顏娘跟姜裕成感嘆：「這京城物價還真是高，就這麼幾個人，比咱們家所有下人總價都貴。還好咱們手上還有些銀錢，不然根本買不起。」

姜裕成道：「貴就貴點吧，我聽師兄說過，那牙婆是京中口碑很好的牙人，從她那賣出去的奴僕，不會出現什麼糟心事。」

顏娘點了點頭。「也是，咱們這一家老的老、小的小，還是穩重可靠的人使起來比較放心。」

那壯漢叫柳大，姜裕成見他長得高大威猛，便讓他擔了護院的差事，鄢伯依舊負責看門兼趕車。廚娘名叫祝嫂子，幫傭丫鬟叫小苗，她們原先都是大戶人家的奴僕，後來主家犯了事，她們也被官府發賣了。

當時牙婆跟顏娘說得很清楚，怕她有所忌諱。顏娘覺得，只要不是她們自己犯事被發賣了的，還是能夠接受的。

祝嫂子廚藝好，來新主家後第一頓飯就小露了一手，得到了姜家上下的誇讚。姜母笑呵呵道：「活了幾十年，今天這頓飯菜是我吃過味道最好的飯菜。」

姜裕成看了顏娘一眼，打趣道：「祝嫂子廚藝了得，看來這銀錢花得不冤。」

「不冤，反倒是我們賺了。」顏娘笑了笑。「不光娘吃得開心，就連滿滿三姐弟也吃了不少呢。」

姜母和姜裕成順著她的話去看三姐弟，平日裡只吃一碗米飯的滿滿，今天多添了半碗飯。雙生子裡哥哥文博最不喜歡吃青菜，但顏娘給他夾的青菜他都吃光了。文硯一向不挑食，飯量差點趕上滿滿了。

姜母看著一溜三個孫子孫女，臉上的笑容一直沒變過。她對兒子兒媳道：「咱們家呀，也就這兩年才熱鬧了些，可我總覺得三個孩子還是少了些。成兒，顏娘，趁著年輕，你們加把勁再生兩個吧。」

聽了這話，顏娘不好開口，姜裕成卻沒什麼顧忌。「娘，要孩子這事兒還得靠緣分，有了自然會生下來的。您老就不要操心這個了，文博文硯正是調皮的年紀，家裡孩子多了也挺煩人的。」

姜母也只是順口一提，她知道姜家一向子嗣單薄，到文博文硯這一輩能有兩個帶把的，已經很不錯了，也不是非逼著要他們再生個兒子出來。

於是轉移話題道：「你說得也是，文博文硯已經三歲，再過兩年也要開蒙了，趁他們還小，我得多陪陪他們。」

說完又提起滿滿來。「我聽說京城這邊的婦人都喜歡帶著自家閨女去別家做客，妳得空了也帶滿滿出去走走，多結交幾個朋友，免得小姑娘待在家裡悶壞了。」

顏娘應聲：「好，都聽娘的。」

滿滿聽了，眼裡一下多了一絲光彩。

沒來京城前，她滿腦子想的都是世孫哥哥所形容的繁華世界，來了京城後才發現，京城一點都不好玩，規矩又多。來京城兩個月，她總共才出了兩次門，而且每次都是在郭家內院聽娘跟郭伯娘話家常，真的很沒意思。

娘說她長大了，不能跟小時候一樣野，必須得有姑娘家的樣子。每日除了寫字讀書外，還得學習女紅，簡直快累壞她了，她特別羨慕文硯和文博，每天只需要吃、睡、玩。

日子一晃到了五月初五端午節。端午節當天，富成河上會舉辦龍舟比賽，那時幾乎全京城的人都會去觀賽，是一場非常熱鬧的賽事。

每到這個時候，岸邊的涼棚就十分搶手，往往提前一個多月就被京中的達官貴族們預訂光了，郭夫人打著太師張元清的名號也搶到了一間。

於是端午節這天，張家、郭家及姜家三家女眷都聚在了棚子裡。張家來的是張元清的大兒媳亨氏以及她的女兒張玉瑤，郭家這邊只有郭夫人和次女郭紅纓，顏娘帶著滿滿，也是母女二人。

滿滿與張玉瑤年歲相仿，很快就玩到一塊去了。顏娘與郭夫人、亨氏說起話來，郭紅纓端坐在一旁靜靜聽著。

亨氏看了她一眼，問郭夫人。「雪瑩今日怎地沒來？」

郭氏聞言後眉間頓時籠上了一層憂愁。「哎，那孩子前兩日貪涼，身子有些不爽利，我便讓她留在家中休息。」

亨氏點了點頭。「這幾日是熱了一些，可得好好注意著。」

說完又看了幾眼正跟女兒玩耍的滿滿，對顏娘道：「滿滿這孩子長得真好，我們家玉瑤跟她一塊兒，跟個鄉下丫頭似的。」她臉上雖帶著笑，語氣裡卻有些不快。

顏娘順著她視線看過去，跟玉雪可愛的滿滿相比，張玉瑤確實是普通了些，但出於客氣，她還是誇讚道：「玉瑤看著文靜乖巧，一看就是書香門第出來的孩子。」

聽了這話，亨氏很是得意。

她其實是不大看得上顏娘的，一個二嫁婦帶著跟前夫生的女兒拋頭露面，一點羞恥心也無。若不是看在郭夫人的面上，她還真不願跟她同處一個涼棚。

她裝作無意提起。「勇毅侯府的涼棚跟咱們涼棚隔得不遠，不知有沒有凌家人在場呢？」

她口中的凌家人自然就是范瑾，因為除了她，別的凌家人也不可能進勇毅侯府的涼棚。她想看笑話，顏娘自然不會如她的意。

顏娘笑著道：「大奶奶若是好奇，可以打發小丫頭去問問。」

亭氏碰了個軟釘子十分不悅，正想嗆聲，就聽外面忽然響起一陣鑼聲，四周都安靜下來，敲鑼人大喊：「請各隊聽好，鑼響三聲後比賽開始。」

各龍舟隊伍均已準備就緒，其中一支十分引人注目，因為除了他們穿戴整齊外，其餘隊伍都是赤膊。顏娘好奇的問郭夫人緣由，郭夫人笑著解釋：「那一支是由大長公主之孫武驍侯親率的金吾衛隊，個個都是皇親貴冑，是皇上下旨讓他們參賽的，說是要與民同樂。」

顏娘點了點頭。「原來如此。」

一旁的亭氏不樂意被顏娘和郭夫人冷待，忘了先前的不快，插話道：「顏娘妳來京城不久，不知道他們也正常。武驍侯帶領的金吾衛隊，不僅出身顯貴，而且都沒有成家，妳看看其他棚子裡的夫人太太們，哪一個不是虎視眈眈的，恨不得立即搶了人去做女婿呢。」

顏娘有些不相信，郭夫人點了點頭。「的確如此。」說這話時，看了女兒紅纓一眼，要不是丈夫不願跟皇親宗室扯上關係，她也會有這樣的想法的。

顏娘的目光重新回到了河面上，只聽鑼聲響了三下後，金吾衛隊如離弦的箭一樣衝了出去，將其他龍舟隊伍遠遠的甩在了後面，岸上頓時響起此起彼伏的叫好聲。

金吾衛隊的精彩表現，讓涼棚裡的夫人小姐們紛紛走出了棚子觀看，顏娘幾個也跟著出去了。滿滿和張玉瑤年紀小，又是第一次看到如此熱鬧的比賽，看得十分專注。

顏娘在外面站了一會兒，只覺得胸口有些悶，她吩咐青楊和木香看好滿滿，然後自己走回棚子裡休息。

一炷香後，賽事結束，金吾衛隊毫無懸念的拿了第一，得第二第三的是民間百姓組成的隊伍。消息傳到宮裡，顯慶帝龍顏大喜，大手一揮，賞賜了得前三的隊伍，當然金吾衛隊的最為豐厚。

龍舟賽事結束後，姜裕成來接妻女回家，顏娘胸悶的感覺不僅沒散去，反而更嚴重了些。姜裕成見狀，關心的問：「顏娘，身子不舒服嗎？」

顏娘搖頭道：「許是今日太熱了，沾了些暑氣，回去歇一下就好。」

姜裕成仔細看了妻子一眼，只覺得她的唇色有些蒼白。「不行，咱們先去醫館讓大夫瞧瞧。」

顏娘拗不過他，只得應了。

姜裕成按捺住心中的詫異和激動，盯著眼前的年輕大夫，不確定的問道：「你說我夫人有了身孕可是真的？」

被他這樣盯著，年輕大夫有些局促。「尊夫人的脈象往來流利，應指圓滑，如珠滾玉盤之狀。這的確是滑脈之象啊。」

顏娘扯了扯姜裕成的袖子，湊到他耳邊低聲道：「我前幾日才換洗了，應該不會有孕。」

聽了這話，姜裕成也不由得懷疑起來。他帶著顏娘又去了隔壁街的仁心堂，找了一個有經驗的老大夫把脈。

老大夫把完脈後，笑著對夫妻倆說了聲恭喜。顏娘和姜裕成相視一眼，均從對方眼裡看到了驚訝。

姜裕成很是不解，顧及妻子臉皮薄，特意將老大夫拉到一旁問道：「內子前幾日月事才結束，怎麼會有身孕呢？」

老大夫摸了摸鬍鬚，臉上帶著了然的神情。

「這種事老朽見得多了，有些婦人有孕後，依舊會來月事。只不過這月事跟往常不一樣，不僅量少，而且顏色也要暗一些，婦人們不懂這些，才會誤以為自己沒有懷孕。」他對姜裕成道：「你可以去問問尊夫人，是否如老朽所說的那樣。」

姜裕成果然去問了，儘管跟姜裕成孩子都生了兩個了，當著他的面說起月事上的事情來，顏娘還是有些開不了口。

姜裕成耐心的安撫她。「我們是夫妻，在我面前沒有什麼不能說的。」

有了他這句話，顏娘放鬆了很多。「這一次換洗的確沒有前幾個月那麼頻繁，我還以為是太過勞累所致。」

姜裕成又將老大夫的話告訴了妻子，顏娘還是有些不敢相信。「竟然會有這樣的事情？」

姜裕成點了點頭。「只能說世界之大，無奇不有。」

他拉著妻子回到老大夫案桌前，請他再次診了一回脈。

老大夫笑呵呵道：「尊夫人身體底子很好，脈搏強健有力，康健得很。」

這話讓顏娘和姜裕成都放心了。

「娘，您肚子裡又有弟弟了嗎？」坐在回家的馬車上，滿滿好奇的盯著顏娘的肚子問。

顏娘笑著點了點頭。

姜裕成問：「娘懷了弟弟，滿滿開心嗎？」

滿滿搖了搖頭，姜裕成和顏娘臉上笑容淡了，心裡不由得生出忐忑。滿滿卻道：「家裡已經有兩個弟弟了，我想要個妹妹。玉瑤家裡有兩個妹妹，每天都有妹妹陪她玩。」

原來是這個原因啊，夫妻倆這才鬆了口氣。也怪他們，孩子還沒出生就認定是兒子，實在是著急了些。其實，只要是自己的孩子，不管是兒是女都好。

顏娘將女兒拉到自己身邊，柔聲道：「滿滿，如果娘肚子裡的真的是弟弟，妳也不能討厭他，因為你們是一母同胞的姐弟，是最親的親人。妹妹可以陪妳玩，弟弟也可以啊，而且弟弟長大了會保護妳，不讓妳受委屈受欺負。」

「娘，我沒有討厭弟弟，我只是更想要一個妹妹而已。」七歲的滿滿已經懂得了娘親的苦心，她道：「就算是弟弟也沒關係，弟弟和妹妹我都喜歡。」

聽了這話，顏娘和姜裕成很欣慰，女兒真的懂事了。

這時滿滿乘機提了個要求。「我的乳名是娘取的，文博文硯的乳名是祖母取的，小弟弟的乳名我來取好不好？」

姜裕成逗她。「爹爹也沒有替人取過乳名，小弟弟的乳名讓爹爹來取好不好？」

「可是文博文硯的大名是爹爹取的啊！」滿滿有些為難，她看了姜裕成一眼，最後妥協了。「好吧，這次就讓爹爹來。」

話雖這麼說，小臉上是明晃晃的失望。

姜裕成跟顏娘相視一笑後，摸了摸滿滿的頭。「傻孩子，爹爹逗妳的，小弟弟的乳名誰也不能跟妳搶。」

滿滿先是一愣，接著開心的笑了。一旁的青楊和香蕊，看著他們主子一家其樂融融的樣子，也跟著笑了。

回到家後，姜裕成迫不及待的將顏娘有孕的消息告訴了姜母。姜母聽後，先是驚訝，接著就是欣喜，她拉著顏娘的手道：「我們顏娘真是好福氣，姜家有妳這樣的兒媳婦，真是幾輩子的福報啊。」前些日子才提起這事，沒想到這麼快就應驗了。

顏娘聽著她誇張的稱讚有些不自在，好在姜母沈浸在喜悅中，並沒有發現。

她將戚氏和青楊喚到面前。「家裡夫人有孕，從今天起，妳們一定要盡心盡力的伺候，不得出現任何的失誤，聽到沒有？」

「奴婢省的。」戚氏和青楊連忙應了，又齊聲道喜：「恭喜老夫人、恭喜夫人。」

姜母臉上笑得跟開了花似的，對戚氏道：「咱們府裡遇上了喜事，今天我來當一回家，這個月大家的月例在原基礎上漲二十文。」說完後才想到有些不妥，又嚴厲道：「月例可以漲，但嚴禁任何人到外面宣揚夫人有孕的事情，三個月後，就沒有這規矩了。三個月內，若是有人出去亂說，不僅要打板子，還要加罰半年的月例。」

戚氏道：「老夫人放心，奴婢一定約束好大家，不讓任何人出去亂說的。」

姜母這才滿意了。

顏娘這一胎和前一胎相同，懷得很舒服，沒有頭暈噁心，也沒有不停的嘔吐，若不是小腹日漸隆起，她都懷疑自己懷了個假的身孕。有時候她會跟姜裕成討論，也許這胎真是個女兒，只有女兒才心疼娘親，不折騰娘親。

姜裕成卻覺得是個兒子，而且是一個特別乖巧聽話的兒子。他跟顏娘說這話時，雙生子文硯和文博正因為爭玩具打了一架，兩個長得一模一樣的小臉上又是鼻涕又是眼淚的，看著可憐又好笑。

大姐滿滿瞧著兩個鼻涕蟲弟弟，小大人似的嘆了嘆氣，然後拿出帕子替他們擦臉。文博指著弟弟跟姐姐告狀。「姐姐，文硯搶我的七巧板，還打我。」

看著文博氣呼呼的小臉，滿滿故意板著臉道：「你是哥哥，應該讓著弟弟一些。」說完又去訓文硯。「你是弟弟，應該尊重哥哥，不能打哥哥，知道嗎？」

兄弟倆聽話的點了點頭。

「還有，你們是男子漢，男子漢只流血不流淚的。」滿滿嫌棄道：「你看看這黏糊糊的鼻涕，髒死了。」

文硯和文博看著姐姐愁眉苦臉的樣子，沒心沒肺的笑了，於是兩兄弟又和好如初。

這一幕被顏娘和姜裕成看在眼裡，夫妻倆欣慰極了。

顯慶十六年九月，宮裡突然傳出皇上要為太子選妃的消息，朝中大臣有適齡女兒的人家都開始相互走動起來，為的就是打探這消息是否可靠。

太子選妃的消息傳出後不久，顯慶帝就正式下令確定了選妃一事。由於皇后之位空缺，太子乃嫡子，其選妃一事不能交予後宮妃嬪來辦，顯慶帝只得請太后出面操持，皇姑大長公主從旁協助。

太子今年十六歲，按理說不該著急選妃。但顯慶帝憂慮皇室子嗣單薄，尤其是祥嬪誕下大公主以後，這種憂慮不可避免的到達了最頂峰。

自己生不出兒子來，就打算讓兒子來生。顯慶帝覺得只有第三代出生了，自己這一脈才算是坐穩了皇位。

太子選妃是舉國大事，沒有人不重視，就連普通老百姓也在關注事態的進展。雖然姜家沒有資格也沒有適齡女參選，但姜裕成師兄郭侍郎的長女郭雪瑩卻被召進了太后的永安宮。

顏娘挺著五個多月的肚子，經常被郭夫人請到府上說話，以此來緩解內心的焦慮與緊張。這次參選的人家都是五品以上的官家千金，且都是嫡女。平日裡跟郭夫人交好的幾家夫人，家中也有女兒參選，郭夫人一時找不到人傾訴，只能找顏娘一吐心中的苦悶。

傅太后為了孫子的終身大事，在永安宮裡辦了一場賞菊宴，邀請京中五品以上的官家千金前來賞菊。

於是在九月十九這一日，一向清靜的永安宮變得熱鬧無比。凡是受邀進宮的姑娘們，個個都打扮得非常精緻漂亮，說起話來也是溫柔至極，誰都清楚，今天的一言一行關乎到她們日後的前途。

就連平日裡牙尖嘴利，好與人鬥氣的吏部尚書嫡長孫女陳奕雯也都收斂了性子，與其他姑娘們交談時都是輕聲細語、一臉和氣。

那些平日裡受了她的氣但家世不如她的，只能在心裡罵她裝模作樣，面上絲毫不敢顯露。也有跟她家世相當又不對盤的，當著眾人的面就開始諷刺她。

「喲，沒想到世上竟有這般稀奇的事情，平日裡張牙舞爪的螃蟹，披了件人皮也開始有了人的模樣了。」

說話的是晉陽侯的小女兒傅婧瑜，她是傅太后的姪孫女，先皇后的姪女，太子的表妹，在場的除了沁陽公主所出的德容郡主和晉陽侯府二姑娘傅婧玥外，其餘的她一個都看不上。

所以看到陳奕雯突然變得文靜起來，又怎麼會不知道她在打什麼主意，當場就想拆穿她的真面目。

離家前，父親和祖母就交代過她，不管是她還是二姐，只要其中一人當了太子妃，都是對家族百利而無一害的事情。

她姑祖母是太后，姑姑是先皇后，所以太子妃以及日後的皇后之位只能是她們傅家的。哼，這個尊貴的位置，不管是那些癡心妄想的跳樑小丑，還是有封號的德容郡主，都別想搶了去。

傅婧瑜的話直接讓陳奕雯變了臉色，要不是想著這裡是永安宮，她又是來參選太子妃的，依照她以往的脾性，怕是早就跟她針鋒相對了。

她按捺住心中的怒火，笑意盈盈道：「傅三姑娘真會說笑，哪有螃蟹能披人皮裝人的，怕是平日裡志怪故事看多了吧。」說著又對身旁的姑娘道：「早就聽說晉陽侯府的傅三姑娘喜歡逛茶樓聽說書，今日一見果然如此，一個姑娘家如此自在，想必是在家中最為受寵吧。」

「哼，知道就好。」傅婧瑜得意道：「傅家的女兒金貴，哪是妳這個缺少教養的喪母長女能比的，我看吶，妳那繼母生的妹妹都要恭順知禮些。」

陳奕雯生母早逝，父親娶了庶出姨母為續弦，陳奕雯一直跟繼母不對盤，自然也不會喜歡繼母生的妹妹。在場的姑娘們都是知道的。傅婧瑜故意提起這事，為的就是要讓她難堪。

果然，陳奕雯臉色沈了下來，不再保持先前的淑女姿態。「我就算再缺少教養，也好過妳不知羞恥，天天往男人堆裡鑽。」

這話一出，大家都被震驚了，誰也沒想到陳奕雯會說出如此粗魯低俗的話來。傅婧瑜氣急敗壞道：「我沒有，妳胡說。」

陳奕雯不肯放過她。「哼，那茶樓裡說書的、聽書的，還有跑堂的，哪一個不是男人？難道我說錯了嗎？沒想到晉陽侯家三姑娘竟是如此放縱不堪。」

傅婧瑜臉色由紅變白，再由白轉青，氣得直發抖。這時候，傅婧玥同德容郡主匆匆趕來，正好聽到陳奕雯最後一句，她狠狠的揚起手朝陳奕雯的臉搧了過去。「妳血口噴人汙我傅家女兒名聲，我們要去找太后娘娘評理！」

傅婧玥打了陳奕雯一巴掌，卻沒有人敢上前說和。大家都知道今天進宮是為什麼，更不敢在傅太后的地盤上放肆，原先與陳奕雯親親熱熱一塊的姑娘們，都紛紛離她遠了些。

陳奕雯被打懵了，回過神後才知道自己說了什麼，「傅家女兒」四個字猶如響雷一樣落在了她頭頂，驚得她三魂七魄都快散了去。

傅太后是傅家女，先皇后也是傅家女，當今皇上和太子都是傅家女所出，她罵傅婧瑜不守婦道，也連帶著將傅太后和先皇后罵了進去。

她這才知道自己犯了彌天大錯，腦子已經失去了思考的能力。就連傅婧瑜和傅婧玥姐妹倆拉著她去太后面前告狀，她都迷迷糊糊的，像是失去了魂魄的木偶人，饒是她平日裡再怎麼不服管教，這會兒也嚇破了膽。

傅太后也沒想到，平日裡閨閣千金有不和乃是常事，但最多爭吵幾句便是，怎會故意去破壞對方名聲？女兒家名聲最為貴重，若是毀了名聲，這一輩子就完了。

陳奕雯的作為惹怒了傅太后，尤其是傅家姐妹妳一言我一語將陳奕雯罵的那些話學了一遍後，傅太后的臉色已是鐵青。

但為了不讓人覺得她偏幫傅家姐妹，她沒有立即處理跪在地上瑟瑟發抖的陳奕雯，而是將視線轉移到一旁的德容郡主身上，問：「德容，妳來給哀家講一講事情的經過。」

德容郡主向傅太后行禮道：「回太后娘娘，德容當時離得遠，並未日睹全部經過。」

傅太后聽了讓她退下，最後在那群閨秀中隨意指了一個道：「妳來講。」

被傅太后點中的姑娘正是吏部侍郎郭晉儀長女郭雪瑩。她不慌不忙的跟傅太后行禮後，慢慢的講出了傅陳二位姑娘爭執的前因後果，完完全全的還原了真相，沒有偏幫任何一方。

她話音落下，陳奕雯頓時昏死過去。

傅太后聽了，不禁對傅婧瑜這個姪孫女有些不滿，這麼重要的日子淨想著去挑釁別人，還差點被人壞了名聲。她又看了郭雪瑩兩眼，覺得這姑娘落落大方，恭順知禮，是個好孩子。隨即問道：「妳是哪家的女兒，叫什麼名字，今年多大了？」

郭雪瑩答道：「小女名叫雪瑩，年方十六，是吏部左侍郎郭晉儀之女。」

傅太后不問政事，並不知郭晉儀是誰，錦玉姑姑連忙低頭跟她解釋。傅太后一聽皺了皺眉，沒想到她竟有個出身商戶的母親，擺了擺手讓她退下。

知道了事情的起因經過，傅太后將傅婧瑜訓斥了一頓，又讓人將陳奕雯送了回去，還將吏部尚書夫人及陳奕雯繼母申斥了一番，並取消婆媳倆大年初一進宮拜見的資格。至於陳奕雯回家後不過三天就得了疾病而亡，都是後話暫且不提。

辰時過後，永安宮賞菊宴正式開始。有陳奕雯的遭遇在前，其餘的閨秀們就算有再大的齟齬也不敢明裡暗裡的爭執了，每個人都規規矩矩的待到了賞菊宴結束。

賞菊宴上，各家閨秀都拿出了自己的拿手才藝，讓傅太后和長公主以及顯慶帝父子看了一場精彩的表演，最後選出了一位太子妃、一位良娣、兩位良媛及兩位承徽，至此一場牽動人心的太子選妃宴結束了。

灑金街郭侍郎府

眼看著金烏西垂，長女雪瑩還未從宮中歸來，郭夫人如同熱鍋上的螞蟻一般坐立不安。

顏娘見她這副模樣，輕聲安慰道：「嫂嫂別擔心，雪瑩聰明穩重，是不會有事的。」

聽了這話，郭夫人不但沒放鬆，反而更憂慮了。宮裡是什麼地方，上午吏部尚書家的嫡長孫女被人抬了回來，全京城都傳遍了，她實在是擔心女兒出事。

顏娘也不知道該怎麼勸她，只得陪她慢慢等。

這時姜裕成使了個小丫鬟來告訴顏娘，說自己在郭府門口等她。顏娘看了郭夫人一眼，正打算跟她說一聲，就聽她道：「陪我等了一天，也該回去了，過幾日我去榆林街看妳。」

顏娘點了點頭，青楊扶著她往外走去。還沒走出正廳，就見一直奉郭夫人之命守在門口的琥珀慌裡慌張的跑了進來。「夫人，有大姑娘的消息了。」

郭夫人騰地站起來，急切道：「快說。」

顏娘也停下了腳步，等著琥珀開口。

琥珀順了順氣道：「咱家大姑娘被選上了，這會兒正往家裡來呢。」

聽說郭雪瑩中選，郭夫人愣了片刻後問：「可知是什麼位分？」

琥珀搖頭。「傳信的人說，明日才會來咱們府上宣讀聖旨，到時候才知大姑娘位分如何。」

郭夫人琢磨著又問：「可知這賞菊宴上都有哪些千金中選？」

琥珀答不出來。

顏娘見狀道：「嫂嫂，雪瑩應該要到家了，等她回來妳再細問也不遲。」

「對對對，我真是昏了頭了。」郭夫人拍了自己腦門一下。「琥珀又沒進宮去，她哪知道啊。」

顏娘笑了笑，扶著青楊的手出了正廳。

姜裕成在郭府門口等妻子，顏娘走近後，他扶著她上馬車。「累嗎？」

顏娘搖頭。「不累，就是陪嫂嫂等消息有些煎熬。」

姜裕成道：「明日就不用來了，好好的在家裡歇兩天。」

顏娘點了點頭，說起郭雪瑩中選的事情，好奇問道：「夫君，你說雪瑩的位分高嗎？」

姜裕成搖頭。「這個我不清楚，但唯一能肯定的是，太子妃之位跟她沒有關係。」

顏娘覺得也是，郭雪瑩的家世擺在這裡，太子妃之位哪能落到她身上。

兩人到家後，天也快黑了，姜母和滿滿還在等他們吃飯，雙生子早就熬不住，已經被吉娘子和鈴蘭、石竹帶去睡覺了。

姜母對太子選妃一事很感興趣，問姜裕成：「你師兄家的大姑娘選上了嗎？」

姜裕成將在馬車上跟顏娘說的話複述了一遍，姜母一聽皺眉道：「不是太子妃，那就是妾室了？」

顏娘道：「娘，儲君的妾可不同於普通人家的妾。」若有朝一日太子登上那個位置，妾室的兒子也有可能問鼎大寶。

姜母撇了撇嘴。「妾就是妾，管她男人是什麼身分，還不是得給正妻磕頭敬茶，一輩子連大紅都穿不得。」

顏娘還想說什麼，姜裕成悄悄對她搖了搖頭，顏娘便就此打住。

第二日一早，從宮裡發出了六道聖旨，宣旨的小黃門先去了沁陽長公主府，宣讀了德容郡主中選為太子妃的聖旨。接著又去了晉陽侯府，晉陽侯嫡次女傅婧玥被選為太子良娣。這兩道聖旨一出，全京城都被驚呆了。

誰也沒有想到長相平平、名聲平平的德容郡主會成為太子妃，而傅太后娘家姪孫女、眾人心中內定的儲君正妻倒成了妾室，太子良娣雖然僅在太子妃之下，但那也是妾啊。

先不說其他的，健在的傅太后和已逝的先皇后都是傅家女，怎麼輪到傅家第三代女兒的時候，就淪落到做妾了呢？

接了聖旨後，沁陽長公主府和晉陽侯府都緊閉大門，沒人知道他們在想什麼。小黃門又去了兩位良媛的家中宣旨，最後才輪到郭雪瑩這個承徽。

郭夫人跪在地上，聽著小黃門用那尖利的嗓音宣讀聖旨，她的心裡一陣一陣的發苦。長女才貌出眾，溫順知禮，父親還是吏部侍郎，到頭來卻是六個人當中位分最低的那個。

接完聖旨後，郭侍郎給小黃門塞了一個脹鼓鼓的荷包，小黃門笑著塞進了懷裡。「恭喜郭侍郎，恭喜郭大姑娘，小的還要去光祿寺少卿府上宣旨，就不多留了。」

郭侍郎親自將人送了出去。

回到正房後，只覺得屋裡的氣氛十分怪異，妻子半靠在床頭，神情鬱鬱，次女也是副無精打采的樣子。

「這是怎麼了？」他有些疑惑的問。

郭紅纓搶先道：「父親，這選妃也太不公平了，那吳美瑤長相、家世和才學樣樣都比不上姐姐，為何還成了良媛，反倒是姐姐這麼出眾的姑娘，卻要屈居她之下。」

郭侍郎能說什麼，這都是皇上、太后的意思。郭雪瑩柔聲相勸：「爹、娘、妹妹，已成定局的事情多說無益，若是被有心人亂傳我們對宮裡有怨言，那才是得不償失。」

郭夫人望向長女，哽咽道：「這事都怪我，若我不是商戶女，依著雪瑩的本事，太子良娣也是做得的。」

「娘，您胡說什麼呢，姐姐、我，還有小弟，我們三姐弟從未嫌棄過您的出身。爹常常告訴我們，若不是靠著娘、靠著外祖家，我們哪裡能有現在這麼優渥的生活。」郭紅纓爭辯道。

她有個玩得好的小姐妹，父親官職同郭侍郎差不多，她娘雖然是書香世家出身，但全家都靠著她父親那點俸祿過活，家裡日子過得緊巴巴的，小姐妹要逢年過節才能做一件新衣，若是遇到需要花錢的事情，連新衣都做不成了。

郭雪瑩也道：「妹妹說得對，我們從未怨過您，您就不要再把責任往自己身上攬了。」她深吸了一口氣，堅定道：「進了東宮，女兒會靠自己的努力得到太子的寵愛，若是不受寵，女兒也要爭做太子長子或長女的生母。」

說著又看向郭夫人。「娘，一時的失敗不算什麼，女兒會好好把握機會，努力去打敗其他人。」

長女這番話讓郭夫人覺得她似乎變了個人一樣，她呆呆的看向丈夫郭侍郎，只見他的臉上帶著讚許的神情，明顯是很同意長女的言論。

郭夫人強忍著的淚水又流了出來，這一次不是悔恨和愧疚，而是感動與擔憂。

兩個女兒和丈夫輪番勸慰自己，郭夫人很快便振作起來。郭雪瑩被選為太子承徽是件喜事，雖不能像平常姑娘家那樣穿著大紅喜服出嫁，郭夫人還是忍不住為女兒操辦了一場簡單的出閣宴。

出閣宴的賓客大多都是親戚和相熟的人家，男賓女眷攏共也才六桌。姜裕成作為郭晉儀的同門師弟，姜家人自然也在受邀行列。

收到郭夫人派人送來的帖子後，顏娘有些犯愁，不知道該給郭雪瑩準備什麼添妝禮。姜母提議道：「當初咱們在陵江鎮時，雲氏不是給了妳一本冊子嗎，讓人抄一份送給郭人姑娘，包準比送金銀玉器要好使得多。」

說起雲氏送的那本冊子，是專門針對女子養生的，其中包含了女子最佳受孕時間、體位，如何養護胞宮和一些補氣養血的方子等。

顏娘與姜裕成成親時，雲氏特意將此物作為添妝禮送與她。生完雙生子後，她一直按照上面的方子調養，才能那麼快瘦下來，而且身體底子越養越好。最後顏娘聽了姜母的話，讓人重新抄了一份，又另附了兩張一百兩的銀票作為賀禮。

果然，收到顏娘的賀禮後，郭夫人深覺只有顏娘才懂自己的心思，就連她娘家人也只曉得送銀子、送珠寶首飾，哪裡會考慮郭雪瑩進東宮後，最迫切的是要用子嗣站穩腳跟。

出閣宴結束後，郭夫人將顏娘的賀禮交到郭雪瑩手上，郭雪瑩翻開冊子看了看，臉上神情由平淡轉為欣喜，合上冊子後道：「嬸嬸這番心意女兒收下了，日後得償所願，定不會虧待姜家。」

郭夫人點了點頭。「這話我替妳轉達就是，妳現在最重要的是準備入宮的事情。」

郭雪瑩應了。

郭夫人又問：「這次進宮，妳準備帶哪個丫鬟去東宮，是念夏還是拂冬？」郭雪瑩是承徽，按照宮中規矩，只能帶一個伺候的丫鬟進宮。

念夏和拂冬是她的貼身丫鬟，一個謹慎穩重，一個心思活泛。郭夫人私心是想女兒帶念夏進宮的，怕拂冬不好掌控。

誰知郭雪瑩並未打算帶她二人進宮。「她們兩個都留在家裡。」

郭夫人一聽急了。「那哪成啊，宮裡人生地不熟的，要是沒個貼心的人幫妳多難啊，要不我把琥……」

郭雪瑩打斷母親的話道：「您別著急，我沒說不帶，人我已經選好了。」

郭夫人追問：「那人是誰？」

郭雪瑩笑了笑。「現在還不能說，等入宮那天您自然會見到。」

雖然九月的賞菊宴上選出了太子的六位妻妾，但能跟太子舉行成婚典禮的只有太子妃一人。其餘的妾室包括良娣在內，都得在太子妃入主東宮之前進宮伺候太子。

顯慶十六年十月十二這一天，宮裡來人接郭雪瑩進府，與她一同入宮的還有另外一位吳承徽。她們二人目前在太子妻妾中地位最低，所以最先入宮。

郭雪瑩入宮的這一天，郭夫人總算是見到了長女要帶進宮去的丫鬟雪盞。她約莫十七、八歲，容貌秀麗，身量中等，舉手投足間可見穩重與細心。

郭夫人想了很久都沒想起這丫鬟從哪裡冒出來的，她能肯定，家裡沒有這麼一個人。本想跟長女問清楚，但宮裡來的姑姑催得緊，只好跟郭雪瑩原先的兩個貼身丫鬟打聽。

念夏道：「雪盞是姑娘三年前踏青時救下來的。她當時受了傷，只剩了一口氣，姑娘將她安置到了莊子上，又請了大夫醫治，傷好後，雪盞便一直留在莊子上。」

聽到這裡，郭夫人擰眉道：「為何妳們當時不報予我知道？」語氣中帶了一絲惱意。

念夏和拂冬連忙跪下，拂冬道：「夫人息怒。是姑娘不讓奴婢們說的，當初雪盞受傷，似乎是被人追殺所致，姑娘怕惹上麻煩，便讓我們跟誰都不許提。」說著她抬頭望了郭夫人一眼。「您也知道大姑娘的脾性，若奴婢們稟報了您，恐怕會被大姑娘認為背主了。」

郭氏哪裡還有不明白的，長女從小最有主見，凡是她認定的事情，沒有人能讓她改變決定。同時，長女看人的眼光很準，她願意放棄從小一起長大的貼身丫鬟，轉而帶一個沒相處幾日的雪盞進宮，說明那雪盞必有過人之處。

果然，從拂冬和念夏口中得知，雪盞家裡原本是在柳州開醫館的，父親被人陷害開錯藥方害死了人，被人一紙訴狀告到了衙門。死者的家屬買通了當地的知縣，雪盞父親被判了死刑，雪鑫不甘心，進京為父伸冤，卻被知縣派人追殺，臨危之際遇到了郭雪瑩。

聽了兩個丫鬟的講述，郭夫人還是不放心，將雪鑫的來歷告訴了丈夫郭侍郎。郭侍郎派了心腹去柳州查探，得來的消息與拂冬、念夏說的一致。

柳州的確有位開醫館的大夫因治死了人被知縣判了絞刑，那位大夫也有個女兒叫雪鑫，只是不知道為什麼突然消失了，她家的鄰居說已經快三年未見過她了。

郭侍郎派去打探消息的人還多留了個心眼，將雪鑫的畫像交予鄰居辨認，那鄰居看了後沒有絲毫猶豫，告訴他這就是那大夫的女兒雪鑫。

查清了雪鑫的身分後，郭夫人便不再擔心她會對長女不利，反而慶幸長女想得周到。雪鑫自小跟著父親在醫館幫忙，會把脈、懂藥理，且長女對她有救命之恩，有雪鑫在，就不必擔心長女被人下藥害了去。

沒了擔憂後，郭夫人心情大好，想起之前說要將長女的話轉達給顏娘，於是帶了禮品去姜家探望。

顏娘正督促滿滿做女紅，聽到郭夫人來了後起身相迎。郭夫人先去拜見了姜母，然後才跟顏娘侍一塊說起話來。

「雪瑩把妳送的那本冊子帶進宮去了，她十分感激，進宮前特意讓我來看妳。」郭夫人指了指桌上的禮品。「這些都是她囑咐我去買的謝禮。」

顏娘瞥了一眼，只見桌上擺了一堆禮盒，放在最上面的是一個朱紅色的木頭盒子，裡面裝著一根根鬚繁茂的人參。顏娘不懂人參品質，僅從個頭來看，年分應該不低。

她道：「讓嫂嫂破費了，這禮太貴重了，我不能收。」若是郭夫人用心去尋這樣的冊子，比她那本更好的都有。

郭夫人擺了擺手。「說什麼破費不破費的，子潤與我家老爺同為張太傅的弟子，本就該比別家來得親熱些。」

聽她這樣說，顏娘也就不再推辭。

郭夫人在姜家待了兩炷香的時間，家中僕人來報，說是三少爺郭子睿從書院回來了。郭夫人愣了一下，反應過來後跟顏娘告辭，急急忙忙趕回家中去了。

郭夫人走後，顏娘命戚氏將她帶來的禮品收好，又讓青楊將那盒人參送到姜母處。戚氏道：「夫人，我看那人參差不多得值四、五百兩銀子，若是留在您這裡用處更大。」

顏娘道：「給娘還是留在我這裡都一樣，若是我需要了，娘也會拿出來的，娘年紀大了，像人參這類藥材，放在她那裡，我們也安心些。」

戚氏聞言便不再提這事。

郭夫人走後，顏娘想著時間還早，正準備去街上逛逛，買點布料給肚子裡的孩子做衣裳。正要出門時，鄒伯進來稟報，府外來了一家三口，那男子自稱是姜母的娘家姪兒。

顏娘知道姜母與娘家已經斷了來往，想著這事應該讓姜母知道才對，於是便將此事告知了姜母。

姜母聽了不願見他們，聽鄒伯描述了他們的長相後，讓顏娘拿五兩銀子將人打發了。顏娘依著她的話做了，誰知那一家三口並不領情，聲稱如果今天見不到姜母他們就不走了。

因為他們，顏娘也沒心思出門了。吩咐鄒伯將大門關緊，那一家三口願意站在門口就讓他們站，不能將人放進來。

鄒伯立即照做，那三人中的男子見鄒伯要關門了，連忙跑過來將門扒住，阻攔鄒伯關門。這時候高壯威猛的柳大往門口一站，嚇得那男子立即鬆了手，往後退時不小心摔到了地上。

「哎喲，快來人呀！姜裕成姜大人府上的奴才打人了。」男子乾脆仰躺在地上開始大聲叫喊，整個一副無賴潑皮樣。

「柳大，將這人丟到街上去。」顏娘惱怒道。

柳大立即上前將他拎起，走到大街中間，將人甩到了地上。那人又開始吆喝：「姜大人做官了就不肯認我們這些窮親戚了，還任由奴僕欺辱我們，天理何在呀！」

那婦人本來被柳大嚇到了，哪知丈夫一張口，她也跟著吆喝，她聲音尖利，惹得過路的行人紛紛駐足看熱鬧。

顏娘氣極，沒想到他們竟然如此不顧臉面。這時接到報信的姜母匆匆趕到，對著那男子呵斥道：「魏虎生，你要丟人回你老魏家去，別在這裡影響我兒子的名聲！」

見到姜母後，魏虎生不再撒潑打滾了，急忙跑到姜母面前跪下。「姑母，我總算見到您老人家了。」

姜母面無表情道：「我可不是你姑母，別喊錯了人。」

魏虎生急切道：「您怎麼可能不是我姑母呢，您跟我爹可是一母同胞的親兄妹啊。」說完又朝著自家婆娘焦氏和兒子大寶招手。「還愣著幹什麼，趕緊來拜見長輩。」

焦氏連忙扯著兒子小跑過來，學著魏虎生的樣子跪在姜母面前。「拜見姑母姑祖母。」

見他們這般行事，姜母心中極為反感，厭惡道：「你祖父祖母用二十兩銀子將我賣到了姜家沖喜，自從我嫁到姜家後，就跟魏家沒了關係。你們若是有一點羞恥之心，就不應該來找我。」

敢在地上撒潑打滾的無賴能有什麼羞恥之心呢？魏虎生厚顏無恥道：「姑母，若不是嫁到姜家，您又怎會有個做官的兒子？又怎會在京城當老封君呢？所以您應該感激我爺奶當初送您去沖喜。」

這話一出，姜母差點被氣了個仰倒。魏虎生接下來的話更加無恥。「我爺奶送您去姜家過好日子，您現在發達了，就應該幫幫姪兒，我所求不多，讓表弟出面在京中給我置一處宅子，再幫我在衙門找一份差事就夠了。」

「你想也別想！」姜母大聲呵斥道。

魏虎生聞言站了起來。「既然您不肯，我就帶著婆娘孩子天天坐在您家門口哭，我倒要看看，我那當官的表弟要不要臉面。」

「你敢！」姜母揚起手朝魏虎生臉上搧去，手剛抬起來，她的身子忽然往後踉蹌了兩步，接著人一下子倒了下去。

桃兒與青楊手疾眼快扶住了她，顏娘心急如焚地吩咐鄢伯：「快去請大夫。」

鄢伯連忙去了。

顏娘趕緊讓桃兒和青楊將姜母扶回屋裡躺著，等她們走後，她狠狠地盯著魏虎生，厲聲道：「若我娘今天有個三長兩短，你也脫不了干係！」

那魏虎生聞言就要跑，顏娘大聲道：「柳大，將他綁起來，請大人回來處置！」

柳大照做了。

姜裕成回來的時候，大夫剛給姜母把完脈。他急忙問道：「大夫，我娘她怎麼樣了？」

大夫道：「老夫人這是氣急攻心導致的暈厥，她年紀大了，心態得儘量放平和，如果再有這樣的情況，怕是有些危險，所幸這回是沒事了。」

聽了這話，姜裕成鬆了口氣。送走大夫後，問清楚那魏虎生關在何處後，讓顏娘好好照看姜母，他徑直去了柴房。

魏虎生一家三口被柳大捆了個結結實實關在柴房裡，看到姜裕成繃著臉進來後，魏虎生嚇得不停掙扎著往後縮。焦氏也在發抖，與兒子緊緊的靠在一起。

姜裕成的視線落在魏虎生臉上，盯著他看了片刻才開口：「說吧，誰讓你們來的？」

魏虎生使勁搖頭，因嘴裡被塞了布團，聽不清他在說什麼。姜裕成上前幾步在他面前蹲下，一把扯開了布團。

「表弟，我可是你親表哥啊，你不能讓你家的奴才這麼欺負我。」嘴裡沒了布團，魏虎生急忙開口：「大家都是親戚，怎麼能不把我們當人看呢？」

姜裕成似乎沒聽到他的話一般，再次問道：「誰讓你來找我娘的？」

直覺告訴他這事有些不對勁。他娘與魏家斷親快三十年了，就算他當初考中進士，在虞城縣做知縣那三年，兩家也從未來往過。

如今他剛到京城幾個月，整個虞城縣只有表姐冷茹茹才知道自家在京城的住處，就連跟顏娘交情甚篤的烏娘子都不知道。魏虎生能準確無誤的找到這裡，若是沒有人在中間搗鬼，他就不姓姜。

「表弟，你說什麼呢，是我們一家三口在老家過不下去了，這才想著來京城投奔你和姑母。」魏虎生眼珠子轉了轉，繼續跟姜裕成胡扯。

姜裕成跟柳大使了個眼色。柳大抄起一旁的木棍，走到魏虎生面前，大喝一聲將木棍從中間折斷。

「若是不老實交代，這根木棍就是你們的下場。」柳大渾厚低沈的聲音響起。

魏虎生被他這一手嚇壞了，嘴唇不停的顫抖著，說起話來也不索利了。「你、你想、想要幹什麼？」

一旁的焦氏和魏大寶嚇得更是尖叫連連。

柳大似笑非笑的又走近了一步，魏虎生急忙大喊：「不要打我！我什麼都說！」

姜裕成擺了擺手，示意柳大退下。

魏虎生見那駭人的柳大出去了，頓時鬆了口氣。看著面前文質彬彬的表弟，他膽子又大了起來。「表弟，剛剛是被你那奴才嚇到了，我實話跟你說吧，真的沒人指使我。」

姜裕成自然不信，冷聲道：「既然你不打算說，那就去順天府待幾日吧。」

魏虎生雖然才來京城不久，但也知道順天府進不得。見姜裕成一副不近人情的樣子，頓時慫了。

「我說，我說。」他也不敢再在姜裕成面前耍花樣，老老實實道：「我在老家得罪了人，本想去投靠我婆娘的娘家。出發的前一天，一個操著京城口音的中年女人找到我，說只要我來京城，並且在你們府裡住下來，就能給我五十兩銀子。」

怕姜裕成不信，魏虎生看了妻兒一眼。「不信你問他們。」

焦氏和魏大寶連連點頭。

姜裕成問：「她還讓你做什麼？」

魏虎生搖頭。「她說讓我們把你家搞得烏煙瘴氣就行，要是能讓你媳婦氣得滑胎更好。」

聽了這話，姜裕成不由得捏緊了拳頭。

他對魏虎生說：「這幾日你們就在柴房待著，若我找到了你口中的那個中年女人，還要你跟她對質，若找到了真正的幕後主使，就可以放你們走。」

不管那人跟他姜家有什麼仇怨，想出這種法子，心思也太狠毒了些。

京中跟姜家和顏娘不對盤的就只有凌家人，姜裕成將目標鎖定凌家，派人觀察凌家的一舉一動。轉眼三天過去，凌家那邊並沒有什麼可疑之處。

難道不是凌家人幹的？姜裕成一度懷疑自己盯錯了目標，但直覺告訴他，這件事跟凌家絕對脫不了關係。

他再次來到柴房，盯著魏虎生一字一句問：「是不是漏了什麼沒交代？」

魏虎生急忙搖頭。「我知道的都說了，真的沒有任何隱瞞。」

姜裕成沈著臉一言不發。

這時焦氏開口了。「我記起來了，我記起來了。」姜裕成轉頭看向她，她連忙道：「那日她跟當家的說話，我順耳聽了幾句，似乎聽到她提到了什麼柳家、侯府之類的，當時我也沒太在意。」

柳家？侯府？這京中姓柳的侯府只有勇毅侯府一家，難道是上次的奸計沒能得逞，所以藉機報復？姜裕成在心中暗自猜測。

接連讓人盯了許久，勇毅侯府那邊也沒有任何異常。就在這時，一個穿著褐色棉衣的中年嬤嬤找上門來。說是跟姜家的表親魏虎生一家是舊識，得知他們來了京城，特地來探望。

與她交談的是鄒伯，他將那嬤嬤上上下下的打量了一番，扔下一句：「稍等，待老漢去稟報主家。」

那嬤嬤嘿嘿笑了兩聲，規規矩矩的站在外面等著。

鄒伯進去後，招手將柳大喚過來。「你去把那姓魏的弄過來，讓他來認人。」

柳大連忙照做。

魏虎生從門縫裡看了那女的好幾眼，仔細回想了一遍後道：「好像就是她。」

鄒伯和柳大相視一眼後，各自點了點頭。柳大將魏虎生送回了柴房，鄒伯裝作剛從裡面出來的樣子，放緩了語氣。「魏老爺說認識妳，請妳進去說話。」

那嬤嬤臉上飛快的閃過一絲訝異，隨即又笑道：「我小門小戶的，哪裡敢進官老爺的宅子，煩請老伯讓他出來與我說幾句話便好。」

鄒伯道：「別磨蹭了，魏老爺等著呢。」說著去拉那嬤嬤。「走吧，別讓主子等急了。」

那嬤嬤見情況不對，正要跑時，就聽鄒伯大喊了一聲。「柳大，快來幫忙！」

柳大從門後跳了出來，與鄒伯一左一右將那嬤嬤制住了。

那嬤嬤掙扎道：「放開我，我是正經的老百姓，你們不能欺壓老百姓！」

鄒伯和柳大充耳不聞，將她捆了扔進柴房裡。等她看到同樣被捆住的魏家一家三口時，頓時明白了一切。

「說吧，到底是誰指使妳的？」姜裕成按捺住惱意問道。

那嬤嬤哼了一聲不肯說。

姜裕成呼了一口氣。「不說也行，那我就命人將妳送到勇毅侯府去，我倒要看看，勇毅侯府是誰手這麼長，竟然伸到我姜家來了。」

聽到勇毅侯府四個字後，那嬤嬤神情變了變，下一刻臉上多了一絲得意。「勇毅侯府不是阿貓阿狗都能進的，我可是世子夫人的心腹，識相的趕緊放了我。」

姜裕成笑了。「是嗎？」他吩咐柳大：「將她送到勇毅侯府，就說她承認奉了勇毅侯府世子夫人之命，氣暈我母親、妄害我妻兒。」

柳大扛起人就要走，那嬤嬤這次卻真的怕了，她急忙大喊：「我說我說！」

姜裕成示意柳大將她放下。

「是我家奶奶命我做的。」嬤嬤交代。

「妳家奶奶是誰？跟勇毅侯府有何關係？」

嬤嬤道：「我家奶奶是勇毅侯府的旁支親戚，柳家十九爺柳懷文第四房妻子，凌氏元娘。」

第十七章

凌元娘正在柳家抄寫女戒，前幾日她沒忍住跟婆婆柳老夫人頂了句嘴，不僅被丈夫摑了一耳光，還被勒令抄寫十遍女戒，沒抄完不許出屋子。她原本不會寫字，被罰抄的次數多了，慢慢的也能依葫蘆畫瓢照著寫下來，只是寫得歪歪扭扭十分難看就不提了。

「毒婦范氏，竟然害我落到如此地步，妳給我等著，我一定不會放過妳。」她一邊抄寫，一邊咬牙切齒的咒罵范瑾。

自從嫁到柳家來，三朝回門後，她的好日子就到頭了，每日跟活在煉獄裡一般。丈夫脾氣暴躁，稍有不快就會甩門而去；婆婆刻薄心狠，動不動就用嚴苛的規矩懲罰自己；一屋子的妾室和前面三個死鬼留下的三個孩子，沒一個好相與的。

一旁的祝嬤嬤聞言，皺眉道：「奶奶還是安安靜靜的抄書吧。」

凌元娘身子一僵，她怎麼忘記了旁邊還有那個老妖婆派來監視自己的祝嬤嬤呢。微微往後瞥了一眼，心裡不停的詛咒老妖婆早日歸天。

凌元娘閉嘴繼續抄女戒，心裡卻恨極了那些讓她落入柳家這個火坑的人。

京城冬天來得早，剛入冬月寒氣就直往身上鑽，凌元娘十指通紅，都快握不住筆了，硬著頭皮跟祝嬤嬤道：「嬤嬤，煩請您為我拿個手爐來吧。」

祝嬤嬤眼皮子也沒抬。「奶奶別磨蹭了，早點抄完便能回屋子烤火了。」

見她如此心狠，凌元娘氣不打一處來，重重的將筆擱在桌上，呵斥道：「祝嬤嬤，妳別忘了，我再怎麼說也是妳的主子。主子吩咐的事，妳應該立即去辦。」

祝嬤嬤臉也沈了下來。「我的主子只有老夫人和十九爺，妳算個什麼東西。」說這話時，祝嬤嬤眼裡全是毫不掩飾的輕蔑。

被一個奴才羞辱，凌元娘怒從心中起，惡向膽邊生，她抄起桌上的硯臺，對準祝嬤嬤狠狠的砸了下去。

祝嬤嬤壓根沒想到她會動手，額頭被砸了個正著，她捂著額頭指著凌元娘罵：「妳這個潑婦，我要去向老夫人稟報妳的惡行。」

聽到「老夫人」三個字，凌元娘瞬間清醒了，她那婆婆整起人來可是會要人半條命的。急忙從案桌旁跑過來，跟祝嬤嬤賠罪。「嬤嬤，妳別去，我知道錯了。」

祝嬤嬤眼冒金花，被她這麼一搖只覺得兩眼發黑。

就在這時，伺候凌元娘的丫鬟秋霜急匆匆的跑了進來。「奶奶不好了。」

凌元娘狠狠的剜了她一眼。「嚎喪啊，我好得很。」

秋霜連忙閉了嘴。

凌元娘問：「發生什麼事了？」

秋霜答道：「喬嬤嬤被人綁了送回來，說是奉了奶奶的命令去榆林街姜家使壞，現在姜家的人正在前廳等著要說法呢，老夫人派了榆錢姐姐來請奶奶過去對質。」

聽了這話，凌元娘不由得拍桌子。「我一天天的不是被罰抄女戒就是在立規矩，哪有時間去做別的事？再說了，我又不認識姜家的人，幹麼要去害他們？」

秋霜惴惴的看了她一眼，小聲道：「姜家的人您認得，就是您弟弟前妻聶氏嫁的那個姜家。」

凌元娘猛地看向她，片刻後忽然大笑起來。「原來是他家啊。」她跟發瘋似的揪著秋霜的衣裳大聲問道：「怎麼，姓姜的家裡出事了啊，是不是聶氏那賤人被人害死了？」

秋霜嚇得瞪大了眼睛。「奶奶，您放……」

話還沒說完，在外等得不耐煩的榆錢進來了，沒好氣道：「奶奶還是快些隨奴婢過去吧。」說完環視了屋子一圈，這才看到祝嬤嬤捂著額頭靠在椅背上。她疑惑道：「祝嬤嬤這是怎麼了，身子不舒坦嗎？」

祝嬤嬤剛要說話就被凌元娘打斷。「榆錢姑娘，咱們這就走吧，別讓婆婆久等了。」

她拉著榆錢就往外走，生怕讓她知道祝嬤嬤被自己用硯臺砸傷了額頭。

榆錢一直看不上這位新奶奶，被她硬拉著走了一段路後，甩開了她的手。「奶奶仔細看路，奴婢自己曉得走。」

凌元娘收起笑容，撇了撇嘴卻沒說什麼。

到了會客的正廳，柳老夫人端坐在上首，左下方坐著一個穿著褐色長袍的年輕男人，正是來找柳家要說法的姜裕成。

看到凌元娘後，姜裕成陰沈著臉，恨不得立即處理了這個狠毒的惡婦。但這是柳家，他只能先忍著。

「娘，不知您老人家喚兒媳來有何事？」凌元娘忐忑不安地問婆母柳老夫人。

柳老夫人看了她一眼，大喝道：「跪下。」

「娘，您這是怎麼了？」凌元娘自然不肯跪，榆錢朝著她膝蓋後窩踢了一腳，她一下子跪了下去。

「娘，您看榆錢……」

凌元娘正要告狀，就聽柳老夫人道：「將人給我帶進來。」

話音落下，兩個腰圓臂粗的婆子押著一個被綁著手腳的中年婦人進來了。在柳老夫人的示意下，其中一個婆子將塞在那婦人嘴裡的布團取了下來。

「奶奶，您可要救救老奴啊，老奴真的是按照您吩咐的去虞城縣找了魏虎生，讓他去京城姜家使壞的。」喬嬤嬤大聲喊道。

凌元娘懵住了，回過神後，對著喬嬤嬤呵斥道：「妳這老東西，胡說八道什麼？我什麼時候讓妳去虞城縣了？看我不撕爛妳的嘴！」說完就去打喬嬤嬤。

「真是不像樣子！」柳老夫人臉色鐵青的看著兒媳婦掌摑奴才，氣得拍桌子。「凌氏，還不給我住手！」

凌元娘住了手，眼睛卻恨恨地瞪著喬嬤嬤。她怎麼可能派夫家的人去虞城縣？除非她是活得不耐煩了。

柳老夫人讓喬嬤嬤講述事情的經過，喬嬤嬤沒有絲毫隱瞞的講了。

「我真的從來沒讓這老貨去過虞城縣。」聽完後，凌元娘斬釘截鐵道：「這段日子我連門都沒出過，又怎麼知道聶氏那賤……姜夫人懷了身孕。」

想到姜裕成知道自己在虞城縣時的醜事，怕激怒了他將自己的醜事抖露出來，凌元娘立即改了口。

姜裕成還沒說話，喬嬤嬤就搶先道：「奶奶，您可不能不認帳，您說了，若是我替您辦成了這事兒，就會讓您娘家兄弟把我兒子給放了。」

「我沒做過就是沒做過！」凌元娘氣得大吼。「妳兒子被抓了關我屁事，我怎麼會答應妳這樣的條件？」

喬嬤嬤急切地爭辯道：「真的是奶奶您讓我去的。」

凌元娘百口莫辯，但是她沒做過的事情要她怎麼承認？

柳老夫人的眉頭都皺成了川字，瘦削的臉上寫滿了不耐煩。「凌氏，到底是不是妳做的？」

凌元娘依舊不肯承認。

這時，姜裕成起身朝柳老夫人道：「既然對質沒有結果，本官只好將她們送到順天府去了。」

凌元娘當然知道順天府是什麼地方，她從地上爬起來，指著姜裕成大罵道：「姓姜的，你別冤枉好人了！我凌元娘沒做過就是沒做過。」說完又狠狠踢了喬嬤嬤一腳。「老不死的，誰讓妳來陷害我的？是不是後院那群不安分的賤人？」

喬嬤嬤挨了踢，依舊不肯改口。「老奴真的是聽了奶奶的吩咐啊。」說完這句後，她突然大聲道：「就是那一日您娘家妹妹來看您，她臨走前悄悄吩咐老奴的，說這都是您的意思！」

凌元娘身子一下僵住了，沒想到這事還牽扯到了凌三娘。

「她怎麼跟妳說的？」凌元娘問。

喬嬤嬤回憶了一下，道：「她說姜家夫人曾害過妳，妳見不得她好，本來想親自吩咐我，只礙於柳家規矩森嚴，怕老夫人知道了罰妳，所以才讓她代為傳達的。她還說，事成之後，妳一定會跟妳兄弟求情，讓他放了我兒子。」

聽了這話，凌元娘立即反駁。「我根本沒讓她給妳傳信。」

都到這一步了，她哪裡還有不明白的？這凌三娘可學聰明了，竟然會借刀殺人了，可惜，她不會讓她把屎盆子扣在自己頭上的！

她似笑非笑道：「還真是我的好妹妹，明明自己想要報復人，卻把罪名都安在了我的頭上。」這話她是故意說給姜裕成聽的。

從柳家出來後，姜裕成朝著另一邊的槐樹巷方向看了一眼，意味深長的勾了勾嘴角。他沒急著去收拾那些跳樑小丑，而是先回家跟顏娘和姜母說了事情的起因經過。顏娘也沒想到，這次他們還真是冤枉了凌元娘。

她能猜出，凌三娘之所以這麼做，肯定是記恨三年前在竭綏發生的事情。原本她認為凌家人裡只有凌三娘是個心地善良的好姑娘，沒想到才過了幾年，她就變成了這個樣子。

真不愧是一家人。

姜裕成又問母親想怎麼處置魏虎生一家三口，姜母擺了擺手。「你自己看著辦吧，我與魏家早就沒了關係，用不著顧及我。」

母親都這樣說了，姜裕成心裡有了計較。將魏虎生狠狠打了十大板子，然後命人將他們一家三口送回了虞城縣，並警告他們若是再來招惹姜家，不會像這次輕易了結。

魏虎生顧不得身上的疼痛，連連點頭保證，焦氏摟著兒子一臉惶恐。經過這事，他們恐怕再也不會來京城了。

接下來就是喬嬤嬤了，姜裕成離開柳家時，向柳老夫人將她討要了過來，打了個半死扔在凌績鳴回家的必經之道上。

凌績鳴下值回家時，剛剛走進離家不遠的小巷子，就看地上躺著一個奄奄一息的老嬤嬤，再往前看，姜裕成站在那裡，身後還跟著一個高壯的身影。

他繞過地上的老嬤嬤，大步走到姜裕成面前，厲聲質問道：「姜裕成，你這是什麼意思？」

姜裕成指了指喬嬤嬤。「你看看，這奴才你可認識？」

凌績鳴順著他的話看了一眼，抬頭道：「我不知道你在搞什麼鬼，但最好不要扯上我，你走你的陽關道，我過我的獨木橋。」

姜裕成嗤笑了一聲。「真的是這樣嗎？」

「你什麼意思？」凌績鳴惱了。「我不想跟你有任何牽扯。」

姜裕成沈了臉。「以前都沒發現你是這麼無恥的一個人。」他不屑道：「三年前那封信難道不是你親手所書？」

「我……」凌績鳴找不到話來反駁。

姜裕成又道：「你說不想跟我有什麼牽扯，但你的家人似乎不是。」說著他臉色冷凝起來。「你妹妹凌三娘買通魏家的魏虎生，來到我姜家使壞，氣暈了我母親，還妄圖害我妻兒性命。這筆帳我們應該怎麼算呢？」

聽了這話，凌績鳴下意識的反駁：「不可能。」

姜裕成踢了喬嬤嬤一腳。「這奴才是柳家的嬤嬤，就是凌三娘讓她去虞城縣找魏虎生的，上午在柳家她已經親口招認了。」

凌績鳴皺眉再次朝喬嬷嬷看去，似乎想從她臉上看出點破綻來。

姜裕成道：「哦，對了，你知道凌三娘許了她什麼條件嗎？」

凌績鳴下意識的問道：「什麼條件？」

姜裕成忽然笑了。「這奴才有個兒子，好像是被牽連到你手上的一樁案子裡，凌三娘答應她事成後，會讓你放了她兒子。」

凌績鳴聞言臉色驟變。「不可能。」

姜裕成冷哼了一聲。「你回去問問凌三娘便知。」說完後讓柳大扛起喬嬷嬷準備回去。

臨走前，他忽然疾言厲色道：「凌績鳴，這事還沒完，你及你家人對我姜家的所作所為，我會一點一點慢慢的討回來。」

凌績鳴目送著昔日同窗遠去，藏在袖子裡的拳頭握得緊緊的。他閉了閉眼，睜開時轉身換了方向，一步一步的朝著槐樹巷走去。

此時，住在槐樹巷的凌家人正在準備晚飯，溫氏和凌三娘在灶上忙碌著，凌老爹和杜大郎翁婿倆一邊等著晚飯，一邊愜意的小酌。

凌績鳴站在大門外，接連敲了好幾聲也沒人來開門。

他想起姜裕成之前的話，心中的火氣蹭蹭的往上冒，狠狠的踢了大門幾腳。溫氏隱約聽到了外面傳來的聲響，在圍裙上擦了擦手，急忙跑來開門。

看到門外站著的兒子，她一臉欣喜道：「二郎來啦，快進來呀。」說著又朝屋內喊了一聲。「他爹，二郎回來了，你別光顧著喝酒了。」

喜悅讓她忽視了兒子臉上的神情。「二郎，你先去屋裡坐會兒，娘去加兩個菜，咱們晚上好好的吃一頓。」

凌績鳴沒有應聲，而是問：「凌三娘在哪裡？」

溫氏愣了一下，指著灶房道：「在裡面忙著呢。」

凌績鳴從她身邊繞過，朝著灶房大步走去。溫氏這才發現兒子有些不對勁，連忙小跑著跟上去。

凌三娘正在洗菜，一抬頭就看到自家二哥站在門口，她驚訝道：「二哥，你怎麼回來了？」

凌績鳴沒有作聲，慢慢走到凌三娘面前，漆黑的眸子緊緊的盯著她。凌三娘跟著站起來，被他這樣看著，心裡有些忐忑。

「二哥，你……」

她話還沒說完，只聽到「啪」的一聲，臉被狠狠的搧了一巴掌，火辣辣的刺痛感蔓延開來。她不敢置信的捂著臉。「二哥，你幹什麼？」

溫氏趕到時，剛好看到這一幕。她尖聲道：「二郎，你瘋了，為什麼要打你妹妹？」

凌績鳴眼裡冒著熊熊怒火，對著溫氏大吼道：「我為什麼要打她？那妳問問她做了什麼啊！」

溫氏朝著凌三娘看去，凌三娘眼睛通紅，哽咽道：「我什麼都沒做，二哥一回來就不分青紅皂白的打我。」

「二郎，你妹妹一晚上連灶房都沒出，是不是有什麼誤會？」溫氏小心翼翼的問道。

凌績鳴冷聲道：「凌三娘，妳做了什麼事妳心裡有數，我也懶得聽妳狡辯，今晚就收拾行李，明天一早我派人送妳和杜大郎回虞城縣。」

凌三娘以為自己聽錯了，不顧臉還痛著，問道：「二哥，你把話說清楚，我到底做了什麼，你為何突然要趕我們走？」

溫氏也附和。「二郎，你們是親兄妹，有什麼誤會掰開了來說，不要鬧得不愉快。」

凌績鳴不為所動，堅持要讓凌三娘夫妻離開。

溫氏有些氣惱，跑到屋內對凌老爹一頓大吼：「喝喝喝，一天就知道喝酒！你兒子不曉得發了哪門子瘋，回來就要趕三娘他們回虞城縣。」

凌老爹一聽這話，疑惑道：「二郎回來了？」

溫氏瞪了他一眼，拉著他往灶房走去，一邊走一邊說：『你是他們親爹，勸人的事情合該你來做。」

見岳父岳母都走了，杜大郎也連忙跟著去了灶房。

見一家人都來齊了，凌績鳴又複述了一遍要將凌三娘夫妻送走的決定，凌老爹皺了皺眉。「二郎，到底發生什麼事情了？」
杜大郎也小心道：「二舅哥，你把話說清楚啊。」
凌績鳴的視線在杜大郎和凌三娘身上來來回回的掃視了幾遍。「我的意思再清楚不過，明天就給我回虞城縣。」說完，他看著杜大郎道：「凌三娘既然嫁到了杜家，就是杜家的人，沒道理一直長住娘家。」
「哈哈哈……」凌三娘忽然笑了。「是不是范瑾跟你吹了耳邊風，想要把我們全部趕走？先是大姐，現在輪到我了，最後是不是連爹娘也容不下了？」
凌績鳴沒料到她會提起范瑾，這事兒跟妻子沒有絲毫關係。他搖了搖頭，原本還想給她留一絲情面的，現在看來是不必了。
「凌三娘，妳買通大姐家的喬嬤嬤，讓她將魏虎生一家帶到京城來對付姜家，把罪名安在大姐身上不說，竟然還想毀了我前途。妳說，我能容得下妳嗎？」
這話一出，凌三娘猛然瞪大了眼睛。「你……你怎麼會知道？」說完後才反應過來，辯解道：「我的意思是，你為什麼要這樣誤會我？」
凌績鳴冷著臉道：「到這個時候了還嘴硬，是不是要將那喬嬤嬤帶到妳面前跟妳對質妳才承認？」
另一邊，凌老爹、溫氏以及杜大郎都愣住了，他們都沒想到凌三娘會有這麼大的膽子。
凌老爹最看重的就是兒子的前程，聽到小女兒的所作所為會影響到兒子，氣得狠狠的給了她一巴掌。「孽女！咱們全家就指望著妳二哥一人，妳怎麼能害妳二哥呢？」

與凌老爹不同的是，溫氏不僅心疼兒子，更心疼二嫁的大女兒。聽到小女兒陷害人女兒，她被氣得腦子發暈，抄起一旁的燒火棍朝著凌三娘打去，一邊打還一邊罵：「妳看看妳都做了什麼，自己的親哥哥親姐姐也要害，我當初就不該生妳這個孽障！」

誰都沒想到溫氏會突然發難，凌三娘沒有躲閃，棍子如雨點一般挨到身上，她一直咬牙忍著。

杜大郎反應過來，連忙擋到妻子面前，溫氏這才收手，不過杜大郎還是挨了好幾棍了。

「爹、娘、二哥，你們先消消氣，三娘不會做出傷害凌家利益的事情的。」杜大郎連忙開口。「想必其中有什麼誤會，或者是那姓姜的故意陷害。」

這話讓凌家除了凌績鳴和凌三娘兄妹倆的其他人都有些動搖了。

溫氏扔了燒火棍，拍著大腿義憤填膺道：「女婿說的對，肯定是那姓姜的和聶氏那賤人合謀，為的就是要鬧得咱們家宅不寧。」

凌老爹雖然沒說話，但心裡也有那麼一點懷疑。

凌績鳴忽然覺得很失望，這就是他的家人，不但沒有給他任何的幫助，還總是扯他後腿。雖然兩人現在是對手，但他之前跟姜裕成同窗十來年，他是個什麼樣的人他最清楚，因為按照姜裕成的品性，絕不會平白無故的誣衊人。

他不想再在這裡待下去了，只扔下一句：「明日一早我就會派人來，辰時三刻必須出發。」說完後就朝著門外走去。

溫氏連忙去拉他。「二郎，都說了是姜家和聶氏在搞鬼，你為什麼還要趕你妹妹走？」

「娘，有沒有做過對不起我和大姐的事，凌三娘自己最清楚。您也別忙著幫她撇清關係，您看她從頭到尾有反駁過嗎？」

溫氏的視線移到了小女兒身上，凌三娘被她看得有些心虛，辯解道：「娘，我當時是被二哥那一巴掌嚇到了。」

溫氏又看向兒子，剛想說什麼，就聽凌績鳴道：「妳誣衊瑾兒的時候可不像是被嚇到了，實話告訴妳吧，今天這事是姜裕成親自捅到我面前的，跟瑾兒沒有任何關係。」說完走到凌三娘面前，一字一句道：「這一次雖然沒有鑄成大錯，但姜裕成已經記仇了，你們繼續留在京城，難道就不怕他的報復？」

「走走走，我們明天就走。」杜大郎對上次在竭綏時的遭遇還心有餘悸。

姜裕成那人看著溫和，其實就是個瘋子。還有住在他們家的那個小瘋子，不曉得這次又會怎麼折磨他們夫妻，不如聽了二舅哥的話，回虞城縣算了。

見杜大郎有眼色，凌績鳴總算消了些氣，在他看來，這夫妻倆都是表面看著精明，其實內裡一塌糊塗，留在京城不曉得還會幹出什麼讓人震驚的事情來。

凌老爹一言不發，溫氏連連嘆氣，其實他們也不知道該說什麼。雖然手心手背都是肉，但手背上的肉始終比不過手心的，兒子的前途比已經嫁出去的女兒要重要得多。

「哈哈哈……」

凌三娘卻突然大笑起來。

「我就知道，我一直是這個家裡多餘的人。你們只疼大姐和二哥，我就像是撿來的孩子一樣，無論是吃食還是衣衫，從來都是撿他們剩下的。」

她看著溫氏和凌老爹道：「大姐當初作出那麼丟人的醜事來，你們二老都願意拉下臉為她周旋，我呢？不就是想報復一下曾經欺辱過我的人，你們竟然狠心的要將我趕出京城。」

她情緒十分激動，指著凌績鳴道：「你以為范瑾是什麼好相與的人？她嘴裡最規矩的柳家，其實是個吃人不吐骨頭的狼窩！大姐在他們家過的是什麼樣的日子你知道嗎？」

「大姐規矩懶散，最適合那樣的人家。」凌績鳴毫無波瀾道。

「哈哈哈……」凌三娘仰頭笑了幾聲。「你若是知道那柳懷文前三任妻子是怎麼死的，可能就不會說這話了吧。」

這話一出，凌績鳴臉色微微變了變，溫氏更是急切的問道：「三娘，妳說那話是什麼意思？」

凌三娘嗤笑。「什麼意思？哼，意思就是妳面前的這個心頭肉將妳的另一個心頭肉親自送進了火坑！」她笑容有些扭曲。「這些事我都是從柳家那裡打探到的，你們以為凌元娘是去柳家享福的嗎？作夢吧！」

「三娘，妳跟娘……」溫氏還要說什麼，被凌老爹打斷。

「夠了！難道妳還懷疑二郎會對自己的親姐姐不好嗎？三娘魔怔了，她的話妳也信？」訓斥完妻子後，又對凌績鳴道：「二郎，趕緊回去吧，別讓兒媳婦擔心。三娘和女婿這邊有我和你娘盯著，明天就送他們回虞城。」

來了大半天，就凌老爹這話讓凌績鳴最為舒坦。他的態度緩和了很多。「爹，這事就交給你了，耽擱了這麼久，我也該回去了。」

凌老爹連連點頭。

凌績鳴走後，凌老爹讓溫氏盯著凌三娘收拾行李，凌三娘不甘心道：「憑什麼讓我們走？這京城又不是姓姜，我不走。」

「三娘，別跟妳爹強了，快收拾吧。」溫氏無奈的勸道。

凌三娘紅了眼眶。「你們就是偏心，為什麼非要趕我走？你們又不是不知道，當初我受了大姐的牽連，婆婆不待見我，你們才將我和大郎接過來。如今大郎的功名沒有了，我回去了還不被婆婆扒皮抽筋？

「娘，您就幫幫我吧，我真的不想回去受氣。」她哽咽道：「我和大郎成親四年了，現在都沒個孩子，若是就這樣回去，我婆婆不會放過我的。這樣吧，您去跟二哥說，再給我們一年的時間，等我們生了孩子再回去，好不好？」

溫氏有些為難，看了看女兒扁平的肚子一眼，最終還是決定幫她一回。

溫氏沒有直接去找凌績鳴，而是趁著兒子上值後去找了范瑾。自從上次被范柳氏收拾了一頓後，她見到范瑾這個兒媳婦都是客客氣氣的。

這一次想著要讓她幫忙，上門前特意去糕點鋪子買了些糕點和果脯，還大方的給小孫女珺珺買了一朵珠花。

不管與溫氏鬧得多不愉快，范瑾面上始終和和氣氣的，看到溫氏給女兒買的那朵廉價的珠花後，她心裡雖然嫌棄，面上卻笑得十分開心。

「珺珺，這是祖母特意買給妳的，喜歡嗎？」她柔聲問女兒。

凌珺珺平日裡耳濡目染范瑾的裝扮搭配，一點也不喜歡溫氏買的那朵大紅珠花。她嘟嘴道：「不好看，我不要戴這個。」說完將珠花扯了扔到地上。

小孫女的童言稚語讓溫氏有些難堪，嘴角的笑意消失殆盡。

范瑾對伺候女兒的丫鬟吩咐：「將二姑娘帶出去玩吧。」丫鬟應聲後抱著凌珺珺出去了。

范瑾這才面含歉意道：「娘，珺珺她人小不懂事，還請您不要跟她計較。」

溫氏不自在的笑了笑。「看妳說的，我怎麼會生我親孫女的氣呢。」說完朝裡間探了一眼。「寶兒呢，怎地沒看見他？」

范瑾笑道：「娘來得不巧，寶兒這會兒正睡得香甜呢。」

溫氏剛想提出看看孫子，就聽范瑾說：「我這個當娘的也不敢去驚擾了他。」溫氏只好閉嘴不提了。

買了朵珠花被孫女嫌棄，想見孫子又被搪塞，溫氏心裡沒有氣那是不可能的。但她還記得自己來這裡的目的，按捺住怒火，提了提凌三娘的事。

范瑾聽了凌三娘的所作所為後，眉頭緊皺道：「要我說，這事兒三娘的確做得不對，她想要報復姜家，不該將夫君和大姐牽扯進去。夫君讓他們離開京城，其實也是為了保護他們。」

「可三娘不能就這麼回去。」溫氏急切道：「女婿的功名沒了，三娘又一直沒有生養，回到杜家豈不是要被她婆婆任意磋磨？」

范瑾看著她。「娘的意思是？」

溫氏道：「我覺得，讓她在京城多留一年，再怎麼也得抱個孩子回去堵她婆婆的嘴。」

范瑾最後答應了溫氏的請求，凌三娘和杜大郎繼續留在京城。為了一年後回去時能向婆婆交差，凌三娘開始了尋醫問藥的生活。

也不知道怎麼的，她跟杜大郎成親快四年了，肚子一點動靜也沒有。杜大郎的母親成氏這幾年沒少來信催促，字裡行間都充滿了對凌三娘的不滿。在回家之前，凌三娘卯足了勁要懷個孩子。

但天不遂人願，就在凌三娘每日三碗苦藥湯灌下肚的時候，成氏帶著次子和幼子突然來了京城。一行三人打聽到凌家人租住的槐樹巷時，正好碰上溫氏買菜回來。

「親家母！」見到熟悉的身影，成氏大喊了一聲。

溫氏一抬頭就看到成氏母子三人，她愣了一下，反應過來後立即推門往裡走。成氏見狀小跑著上去揪住了她的袖子。

「親家母，這地兒可真難找，總算找到你們了。」成氏氣喘吁吁道。

溫氏這下不能裝作沒看見了，訕訕的笑道：「你們怎麼來京城了，來之前也沒聽你們說一聲啊。」

成氏沒有回答她的問題，而是朝著兩個兒子招了招手。「你們倆還杵在那裡幹什麼，趕緊過來關門。」

說著拉著溫氏的手親親熱熱的往裡走，不知情的人還以為溫氏才是客人。

聽到屋外傳來的動靜，凌三娘從屋裡走了出來，看到成氏那一刻，她臉色變了變，心裡湧上一股不好的預感。

成氏一進了院子，臉上的笑容淡了，轉頭問杜二郎。「門關好了？」

杜二郎點了點頭。

成氏這才望向凌三娘，不悅道：「怎麼，在京城待了三年，就不把我這個婆婆放在眼裡了？」

凌三娘連忙道：「娘，您誤會了，突然見您和兩位弟弟來了京城，我還沒緩過神來。」

解釋完又問：「不知娘和二弟、三弟來京城有何事？」

成氏冷哼了一聲。「我究竟是為何事而來，妳心裡應該有數。大郎呢，我怎麼沒見他？」

成氏陰陽怪氣的語調讓溫氏有些惱怒，剛想反唇相稽，就被凌三娘用眼神制止了，溫氏拎著菜筐進了廚房。

凌三娘道：「大郎還在睡覺呢，我這就去叫他起身。」

成氏的臉色一下子變得鐵青。「這都什麼時辰了還在睡覺，自從娶了妳，大郎就變得不思進取。現在可好，連身上的秀才功名都玩脫了，若不是有人告訴我，我還被你們瞞在鼓裡。」

聽到「功名」兩個字，凌三娘心裡咯噔了一下，她故作鎮定道：「娘，您說什麼呢，夫君的功名自然還在的。」

不待成氏開口，一旁的杜二郎厲聲道：「縣衙都已經張貼了告示，妳當我們杜家人都是傻子啊？」

凌三娘臉色白了白，不知道該如何解釋。

這時杜大郎打著呵欠出來了，睡眼惺忪的他在看到自家老娘和兩個弟弟後，一下子清醒了過來。

「娘，二弟、三弟，你們怎麼來了？」

成氏看到他這副懶散的樣子就氣不打一處來，上前揪著他的耳朵罵道：「我要是再不來你就廢了！」說著加重了手中的力道。「你看看你，這都什麼時辰了竟然還在睡覺！寒窗苦讀那麼多年，好不容易中了個秀才，如今還被人抹了功名，你以後還有什麼前途！」

「娘，輕點，疼，疼，疼……」杜大郎咧著嘴吆喝。

成氏絲毫沒有心疼，反而嘲諷道：「就這麼幾下就知道疼了，那你知道你娘我因為你心都快碎了嗎？我和你爹花了那麼多的心思培養你，你就是這樣回報我們的？」

杜大郎不敢吭聲了。

成氏狠狠的擰了幾下後鬆開手，指著凌三娘道：「她嫁過來這麼幾年，連個蛋都沒下過，已經讓人說了不少咱們杜家的閒話，又害得你沒了功名，這樣的害人精不要也罷！今天你必須給我個准話，是繼續留在京城還是跟我回去？」

杜大郎瞪大眼睛看著自家老娘，成氏抱著胳膊將頭偏向一側。杜三郎在一旁不耐煩道：「大哥，痛快些，趕緊選啊！」

杜二郎也道：「大哥，若我是你，我就選擇跟娘回去。」

杜大郎看了兩個弟弟一眼，沒有吭聲。

凌三娘有些惱了，指著杜二郎道：「二弟，我自認為沒有得罪過你，你為何要拆散我跟大郎？」

杜二郎不屑道：「妳是沒得罪過我，但因為妳我們杜家受了許多非議，現下無論是為了我們杜家的子嗣後代，還是為了我大哥的前程，都必須休了妳。」

溫氏躲在門後偷聽，聽到杜二郎的話後忍不住跳了出來。「我呸！你算什麼東西，竟敢放話休了我的女兒，也不看看她哥哥、我兒子是誰。」

成氏嘲諷道：「虞城縣誰不知道妳兒子凌績鳴是靠著女人的裙帶關係往上爬，為了攀上范知縣的千金，寧願做拋妻棄女的負心漢。」

說著又將話題扯到凌元娘身上。「聽說妳那大女兒在京城以寡婦的身分嫁了人，妳說如果她現在的婆家知道她當初是因為偷人被休棄，那家人還會要她嗎？」

凌績鳴和凌元娘是溫氏心中的寶，成氏說的話句句戳她的肺管子。「咱們現在正在說三娘和女婿的事，別往我二郎和元娘身上扯！」

「好。」成氏指著凌三娘道：「妳這女兒自從嫁到我們杜家，犯了七出之條，今天我要我兒休了她！」

「胡說八道！」溫氏下意識的反駁。

成氏不急不慌的一一例舉：「第一條，嫁進杜家四年無所出，這是無子；第二條，凌家女名聲有損，惹人非議，這是淫佚；第三條，四年間從未侍奉過公婆，這是不事舅姑；第四條，欲拐帶別人家的孩子牽連我兒沒了功名，這是盜竊；第五條，自身無所出還不允許丈夫納妾，這是善妒；第六條，四年不曾生養，身子虛弱，這是身有惡疾；第七條，好口舌之爭，離間大郎與二郎兄弟感情，這是口多言！」

她每說一條，淩三娘的臉就白一分。她這才明白，成氏這次是有備而來，看樣子不休了自己是不會甘休的。

她將全部希望都寄託在杜大郎身上，好在杜大郎沒讓她失望。

「娘，您別說了，我是不會答應休妻的。」杜大郎絲毫沒有猶豫的拒絕了成氏。

成氏頓時心氣不順，罵道：「孽障！她給你下了迷魂湯嗎，娘這都是為了你好啊。」順了順氣道：「你想想看，她大姐做出那樣的醜事來，十里八鄉的誰不知道啊！就算她淩三娘從未做過不守婦道的事，但只要她一天是淩元娘的妹妹，別人就會一直懷疑你是不是被戴了綠帽子，咱們家丟不起這個人。」

「娘，大姨姐是大姨姐，三娘是三娘，您不能將她們混為一談。」杜大郎不贊同他娘如此說自己的妻子，因為那樣也是變相的在損他的面子。

他不願意休妻，並不是對淩三娘多麼的矢志不渝，而是考慮了很多現實的問題。他如果就這樣跟老娘回去，一定會遭人嘲笑抬不起頭來，續娶的妻子也不一定有淩三娘現在的家世和樣貌。

若是留在京城，以此換來淩三娘和淩家人的討好及愧疚，說不定日後還能得到更多的好處。

他打定了主意不休妻，成氏也拿他沒辦法，扔下不想再認杜大郎這個兒子的狠話後，帶著其餘兩個兒子氣沖沖的走了。

母子三人離開凌家後，只顧著生氣，忘了回客棧的路該怎麼走了，在橫七豎八的巷子裡轉悠了許久才順利出去。

回到客棧後，成氏還是咽不下這口氣。「我就不信還治不了凌家人了。」

她吩咐兩個兒子道：「二郎、三郎，你們去打聽一下，與咱們同行進京的小哥住哪裡，讓他再給咱們出出主意。」

杜二郎與杜三郎兄弟倆點頭應了。

杜家兄弟倆按照那小哥提過的地址尋到了芳草街的一處小院子外，在外面猶豫了很久都沒有敲門，因為他們也不知道那人是不是真住這兒。

就在他們舉棋不定的時候，隔壁一個提著菜籃子的大嬸出來了，瞧他們傻站著，好奇的問道：「你們倆也是來找黃小四要債的？」

杜二郎和杜三郎齊齊朝她看去，杜二郎走到大嬸面前打聽。「請問嬸子可認識一個叫黃正添的小哥？」

那嬸子嗤笑了兩聲，大聲道：「說起他呀，街坊鄰居沒人不認識。」說著朝那座小院努了努嘴。「喏，那就是他家。」

杜三郎疑惑道：「我們要找的是黃正添，可並不是什麼黃小四。」

大嬸噗哧笑了。「黃小四就是黃正添，黃正添就是黃小四。看你們兄弟倆人模人樣，腦子卻不靈光。」說完提著菜籃子走了，一邊走還一邊嘀咕。「黃小四遊手好閒、不務正業，來找他的八成也不是什麼好人。」

目送著大嬸遠去後，杜三郎轉過頭問自家哥哥。「二哥，咱們還找他嗎？」

杜二郎呼了口氣，堅定道：「找，必須得找，這是娘交給我們的任務，這一回咱們必須幫著娘將大哥帶回去。」

杜三郎跟著點了點頭。

兄弟倆敲響了小院的門，隔了一盞茶的時間才有人來開門，開門的正是他們要找的黃正添。黃正添睡眼惺忪的看著門外的杜家兄弟，反應過來後，立即將大門關上了。

杜家兄弟一臉懵，你看著我我看著你，不知道說什麼好。約莫又過了一盞茶時間，人門再次被打開，黃正添一改先前的懶散，穿戴整齊的出現在他們面前。

他知道兄弟倆的來意，卻並未打算將他們帶回自己家談話，而是選了離家不遠的一處茶樓。

「黃大哥，你不是說你是家中獨子嗎，為何隔壁的大嬸喚你黃小四？」剛一坐下，杜三郎就疑惑的問道。

黃正添笑了笑，跟他講了自己這諢名的由來。

黃正添是家中獨子，幼時算命說他命中有三劫，須得兄弟姐妹幫他擋一擋方能平安度過。但他父母只得了他一個，給了算命先生一兩銀子換了個破解之法。就是改了他的排行，前面憑空多了三個不存在的哥哥，所以他從小便有個諢名黃小四。

黃小四平日裡沒什麼正經事做，結交了一些臭味相投的朋友，做著幫人跑腿辦事的閒事，做這行的口風都緊，黃小四在保密這方面做得比其他人都好。

這不，前些日子，一個京官的家丁找到他，承諾他只要幫他做成一件事，就能有豐厚的酬勞拿。黃小四正好缺錢，便接下了這單生意，也因此他才會出現在這對杜家兄弟面前。

聽了這話，杜三郎又道：「原來是這樣，我還以為黃大哥是騙我們的呢。」

「你胡說什麼呢。」聽到弟弟的話後，杜二郎急忙呵斥。

黃正添拿著茶杯的手頓了頓，面含笑意道：「無礙，三郎兄弟這是天真耿直，我很喜歡。」

杜二郎訕訕的點了點頭。

黃正添沒有拐彎抹角，直接問道：「你們找我所為何事？」

杜二郎將上午發生在凌家的事情說了，問他有沒有辦法能讓杜大郎答應離開京城。

黃正添表情有些為難。「按理說這是你們的家事，不該由我這個外人來多嘴。先前我是出於同情才給你們出主意教你們怎麼說，這次我還是別摻和了。」

杜二郎急忙道：「黃大哥，我們今天是專門來找你的，你主意多，還請你給我們想個法子，我們會付報酬的。」

聽到報酬兩個字，黃正添的嘴角勾了起來。「好吧，看在與你們相識一場的分上，我就再幫你們一次。」

說著讓杜二郎、杜三郎湊過來，低聲在他們耳邊說了幾句，杜二郎和杜三郎連連點頭。

「好了，你們回去按照我說的話去做，包準你們那大哥會乖乖的回去。」他看著杜家兄弟倆道。

杜二郎從懷裡掏出一個荷包塞到他手上。「多謝黃大哥，這是咱們兄弟倆的一點心意。」

黃正添接了荷包。「快回去吧，別讓你娘久等了。」

杜家兄弟應聲後立即離開了。黃正添掂了掂荷包，低笑道：「蚊子腿雖小也是肉，又可以去如意坊轉一圈嘍。」

去如意坊之前，黃正添想著時間差不多了，應該先去找榆林街的那位主顧把銀錢給結了，剛離開茶樓時，又想到事情還沒完結，還是再等上兩日吧，他先跟著去瞧瞧情況再說。

另一邊杜二郎與杜三郎回到客棧後，將黃正添的主意告知了成氏，成氏一聽有些不滿意。「我只想帶你大哥回去，凌氏那女人我連看一眼都覺得膈應。」

杜二郎道：「娘，大哥現在明擺著不肯休妻，若是逼他太甚，反倒是如了凌氏的願。還是按照黃大哥說的做，將他們都先帶回去再說，只要回到了虞城縣，山高水遠的，凌家人哪裡還能顧及到凌氏，到時候她還不是任您磋磨？」

二兒子的話讓成氏有些意動，考慮了一陣後，還是決定按照黃正添的主意施行。於是第二日一早，她與兩個兒子再次去了凌家。

與前一回興師問罪不同，這一次還買了一些糕點上門。溫氏見著他們母子三人，下意識的就要趕人，恰好凌老爹在家，看到他們後連忙將人請了進來。

「二郎他娘，去王屠戶那裡看看還有沒有豬肉，割兩斤回來待客。」

聽到凌老爹吩咐溫氏的話後，成氏便知道他還不知昨日發生的事情。看著溫氏一臉不大高興的樣子，成氏不由得朝她笑了笑，氣得溫氏轉身就走。

凌老爹剛要呵斥妻子，就聽成氏道：「就不要煩勞親家母了，我呢，今天來這裡是有事跟你們商量的。」

凌老爹有些不解。「什麼事？」

成氏道：「實不相瞞，昨日我們就來了一趟，只不過與親家母和三娘鬧得有些不愉快，想著都是一家人，今天我又腆著臉上門了。」

凌老爹看向溫氏，溫氏心虛的撇開了頭。

成氏繼續道：「當初大郎跟著親家一家來京城，我原本是不同意的，但是為了孩子的前程也就妥協了。誰知大郎來了京城，不僅無所事事，反而還把好不容易考上的秀才功名給弄沒了。親家公不知道，縣衙將這事張貼出來後，我家老頭子當場就氣暈了，我們來京城時他還躺在床上呢。」

聽到這裡，凌老爹臉色有些不大好看，有難堪也有愧疚。畢竟杜大郎的功名是怎麼沒的，他們一家都知道得很清楚，只能乾巴巴的保證。「親家母，妳放心，只要二郎發達了，絕對不會少了女婿的好處。」

成氏聽了，心裡不由地暗罵他大言不慚，面上卻多了幾分憂慮。「我當然知道親家不會虧待了我家大郎，但我心裡還存著一樁事兒。」

在凌老爹的注視下，她慢慢說出了自己的提議。「大郎和三娘成親四年了，至今沒有好消息傳出，我想著怕是京城與他們相沖，不如回虞城縣住一段時間，說不定就有喜訊兒了呢。」

「不行，絕對不能讓三娘回去。」凌老爹還沒開口，溫氏便迫不及待的反對。「二郎他爹，昨日你不在，根本不知道這女人有多壞，竟然用七出之條逼迫女婿休妻，要不是女婿不願意，咱們家三娘早就……」

凌老爹根本不知道有這麼一回事，成氏急忙解釋。「親家公，這也怪我氣懵了才說出那樣的話來，昨晚我回去想了一宿，我昨天確實有些過分了，所以今日才提了糕點上門賠禮。」

杜二郎道：「凌伯伯，我娘因為大哥丟了功名的事一直難受著，您就體諒她一回吧。」

「是啊，凌伯伯您在京城不知道，在虞城縣，我們家裡子面子都沒了，我娘是太生氣了，才會口不擇言的。」杜三郎跟著附和道。

凌老爹一臉為難，成氏母子三人又不肯退讓，一時間雙方僵持不下，但最後，因為成氏的堅持，凌家又自知理虧，杜大郎夫婦倆找不到留京的理由，只好乖乖跟著回虞城縣。

福順樓是京城一間普通得不能再普通的酒樓，此刻二樓的一間包間內，隱約傳出一陣低沈的對話聲。

「杜大郎與凌三娘已經被成氏帶走了？」止規一臉懷疑的盯著黃正添問道。

黃正添連連點頭。「是的，我親眼見著他們出城的。」說完又道：「若小哥不信，再等幾日派人去虞城縣打聽便是。」

聽了這話，止規從懷裡掏出一個脹鼓鼓的荷包扔了過去。「這是你該得的。記住，出了這門就把事情爛在肚子裡，一個字也不許透露出去。」

黃正添接過荷包，不用掂量也知道分量不輕，他諾諾連聲道：「放心吧，我的口風一向最緊不過了。」

止規朝他擺了擺手。「去吧，若是以後還有需要你的地方，我再來找你。」

黃正添應了，高高興興的拿著報酬走了。

止規等了差不多一盞茶的時間才離開福順樓，出了福順樓後，他拐去隔壁街上的糕點鋪子買了些米糕，然後才回了姜府。

「大人，那黃正添已經將事情辦妥了，小的按照您的吩咐將銀子給了他。」一回府，止規就立即向姜裕成稟報了此事。

姜裕成點了點頭。「嗯，這事兒辦得不錯。我讓你買的東西呢？」

止規連忙將裝有米糕的紙包遞上，姜裕成湊近聞了聞，一股香甜的味道撲鼻而來。他讓止規將書房整理乾淨，自己則帶著散發著熱氣的米糕去了後院。

顏娘的肚子已經七個月了，最近幾日沒有什麼胃口，總惦記著陵江鎮那家老字號的米糕，但她身在京城，自然是吃不成的。

姜裕成進來時，她正呆呆的盯著手裡的小衣裳，一看就走神了。姜裕成緩步走近，輕聲喚了一句娘子，顏娘毫無反應。

於是他將藏在背後的米糕送到她的鼻前，一股香甜的味道傳來，顏娘不由得咽了口口水。

「夫君，你什麼時候進來的？」

姜裕成將紙包拆開，遞到她面前。「我剛進來，這是我特意讓止規去買的，妳嚐嚐看味道怎麼樣？」

顏娘拿了一塊小口小口的吃著，雖然這米糕吃著味道不錯，但始終跟她想吃的差了許多。但為了不讓丈夫失望，顏娘還是笑著點了點頭。「跟陵江鎮那家差不多，謝謝夫君。」

姜裕成笑了。「夫妻之間何必言謝，若是妳喜歡，我明日還讓止規去買。」

顏娘點了點頭。

過了一會兒，姜裕成忽然記起一件事來。「顏娘，後日我要去九溪查一樁案子，怕是半個月都不能回家，若妳有什麼事情，可以讓人去請嫂嫂過來幫忙，我已經跟她說好了。」

聽到丈夫要出遠門辦事，顏娘心裡湧出一股擔憂。「九溪離京城挺遠的，刑部就你一個人去嗎？」

姜裕成搖頭。「刑部就我一個人，另外還有一個大理寺的同僚。」說到那位同僚的時候，姜裕成的眼裡多了一絲冰冷。

顏娘沒有看出來，心裡惦記著要去給丈夫收拾行李。姜裕成按住她的手，道：「我隨意收拾幾件換洗的就成，妳現在身子重，不要再操勞了。」

顏娘沒有聽他的，親自為他收拾好要穿的衣裳，又讓青楊出府買了一些治療頭疼腦熱的藥丸，還讓祝嫂子加急做了一些帶在路上吃的乾糧。

看著妻子挺著大肚子忙來忙去，姜裕成心裡又是熨帖又是愧疚。想著等這件案子了了，一定在家好好陪陪她。

第十八章

姜裕成離家的第三天夜裡，顏娘作了一個噩夢。

夢中她挺著大肚子走在一個荒無人煙的樹林裡，她害怕極了，一直不停的大聲喊人，但四周沒有任何人回應。

漸漸的四周起了一層濃霧，濃霧將她包裹在中間，顏娘嚇得一動也不敢動，偏偏這個時候，肚子開始疼了起來，她只能抱著肚子慢慢蹲在地上。

就在她快要絕望的時候，忽然聽到有人在喊她。她抬起頭往前看，只見濃霧慢慢散開，滿身鮮血的姜裕成出現在她面前。

他身上只穿著中衣，袖口處有一叢翠綠的青竹，顏娘記得那是她親手為他繡上去的。顏娘很慌張，想要問他發生了何事，為何弄成了這副模樣？但嘴唇像是被漿糊黏住了一般，怎麼都開不了口。

姜裕成慢慢的走近，用沾了鮮血的手摸了摸她的臉，又彎腰在她的肚子上親了一下，然後慢慢轉身走了。

顏娘急得淚水直流，一直在心裡乞求他不要走，但姜裕成沒有絲毫留戀的走進濃霧中。

「夫君，不要走……」顏娘從夢中驚醒，全身幾乎被冷汗浸透。

睡在外間的青楊聽到動靜連忙跑了進來，姜裕成走時，吩咐她每日在外間值夜。

「夫人，您作噩夢了嗎？」青楊點燃燭火後，連忙掀開簾子去看顏娘。

只見顏娘瞪大眼睛躺在床上，整個人木愣愣的。青楊慌了，連忙去摸她的額頭，卻摸得一手濕漉漉的，她又去摸她的脖頸，衣領處已經濕透了。

她著急道：「夫人，奴婢伺候您換衣裳吧，濕漉漉的穿在身上，萬一著涼了怎麼辦？」

顏娘的目光慢慢聚攏，就著青楊的手坐了起來，無力的問道：「青楊，現在什麼時辰了？」

青楊答道：「丑時三刻了。」

「大人離家幾天了？」

「三天。」

聽她問起姜裕成，青楊小心翼翼道：「夫人作的噩夢跟大人有關？」

顏娘搖了搖頭，什麼都沒說。青楊去箱籠裡找了一套乾淨的衣裳，正準備幫她換上，就聽顏娘道：「拿一套大人的過來。」

青楊立即照做。

後半夜，顏娘裹著丈夫的中衣久久不能入眠，直到天快亮時，才昏昏沈沈睡了過去。

而讓她一直擔心著的姜裕成也不好過，他與凌績鳴兩人到九溪的第二晚就遇到了一夥械鬥的混混，不小心被誤傷了，他的傷在胸口，凌績鳴的傷在胳膊。

在刑部待了幾個月，姜裕成下意識的覺得這並不是普通的械鬥，絕對跟他們要查的案子有關。凌績鳴也是這樣認為的，兩人暫時放下對彼此的成見，相互扶持著躲到了山裡的一處山洞裡。

還好他們不是出生膏粱錦繡的世家子弟，山裡條件雖然艱苦了一些，但憑著農家子的經驗也找到了一些吃的東西果腹。唯一不好辦的就是兩人的傷勢，雖然止了血，但山裡沒有大夫，自然也就無法好好的醫治。

半夜時分，姜裕成發熱了，高熱讓他漸漸的失去了意識。凌績鳴雖然要好一些，但腦子也是暈暈沈沈的。

他望著一臉潮紅的昔日同窗，心裡突然多了一個歹毒的念頭，若是姜裕成死在了這裡，以後就沒有人再跟他爭什麼了。

但這個念頭剛一浮上來，他又馬上搖頭，喃喃道：「不能這樣，若是他死了，我也不能擺脫嫌疑。」

他又看了姜裕成一眼。「雖然我痛恨你，但我並不想以這樣的手段贏過你，我要的是堂堂正正的超過你，讓張元清看看，我與你到底誰才是最出色的。」

他想起了他們還在縣學讀書的時候，那時候他們同為張元清的得意門生，兩人平日裡稱兄道弟、交情很好。

這種關係是什麼時候開始改變的呢，好像是從他認識了范瑾以後，那個時候在學業上他也是卯足了勁想要做到最好，但總是被他輕輕鬆鬆的超過。原本他們的水平還不相上下，誰知一場風寒過後，他便遠遠落在了他的後面。

他很不服氣，老師誇讚姜裕成的時候，他總是在心裡默默的發誓，發誓一定要超過他。後來他做到了，在春闈的名次上超過了他。

不過在他娶了范珏的女兒後，老師就不認他這個弟子了，姜裕成雖然偶爾還與他相交，也早已不如以前那般親近。而後他娶了聶氏，兩人的友情也宣告終結。

凌績鳴心情複雜極了，嘆息了一聲後，背對著火堆躺了下去。

此時還昏睡著的姜裕成沒想到，就因為凌績鳴的好勝之心，反倒讓自己多了一次活命的機會。

姜裕成醒來時，全身疲乏無力，整個人就像從酸菜罈子裡剛撈出來一樣，一股汗酸味直衝著鼻尖而來。他輕輕的動了動，右胸處傳來一陣強烈的鈍痛，不由得讓他倒吸了一口冷氣。

他咬著牙動了動，這時耳旁傳來凌績鳴嘲諷的話語。「呵，命挺大的嘛，失血和高熱都沒能要了你的命。」

姜裕成半瞇著眼道：「我若想活，自然不會那麼早殞命。」

凌績鳴聞言冷哼了一聲，沒有接話。

姜裕成吃力的將身子支撐起來，靠在洞壁上思考，漸漸想起了發生的事。在昨夜的打鬥中他不慎受傷了，情況危急之下和同樣負傷的凌績鳴一路朝山裡逃，好不容易才找到可以暫避的山洞。

此次他前來執行公務，隨行的只有柳大一個，昨天一陣混亂，柳大也捲入混戰之中，和他被人群衝散了，若是柳大無礙，一定會來找自己的。他現在身子虛弱，只能在這裡等人尋來。

與他抱有同樣想法的還有凌績鳴，他的傷勢沒有姜裕成重，但底子到底差了些，一樣只能等著護衛來尋自己。

等著等著，姜裕成覺得頭又有些昏沈了，狠狠的掐了大腿一把，努力撐著不讓自己睡過去，不知等了多久，洞口處忽然傳來一陣窸窸窣窣的聲響。

洞內的兩人都警惕起來，姜裕成從旁邊摸了一塊石頭，悄悄地藏在身後。凌績鳴有樣學樣，跟著抓了塊石頭在手上。

兩人緊張的盯著洞口，片刻間洞口出現了一個高大的身影，將光線擋在外面，洞內變得有些暗了。姜裕成瞇著眼仔細瞧了瞧，發現來人正是柳大。

他剛要出聲，就聽到凌績鳴忽然叫一聲，接著抓起石頭狠狠砸向柳大。

姜裕成忍著疼痛大喝道：「你瘋了不成！好好看清楚，你砸的可是我家的護衛！」

聽到姜裕成的聲音後，凌績鳴這才仔細一看，來人果然是昨日姜裕成身邊跟著的那位高壯隨從。他鬆了口氣後又抱怨道：「既然是來尋你的，為何不出聲？」

姜裕成翻了個白眼。「你是想他大聲嚷嚷，好把追兵引來嗎？」他身子虛弱，說完這句話後，已經是氣喘吁吁。

「大人，您怎麼樣了？」柳大連忙上前查看他的傷勢，傷口處雖然沒流血了，但皮肉外翻，看著有些駭人。

柳大連忙從懷裡掏出一個瓷瓶，拔了塞子將藥粉倒在姜裕成的傷口處。

姜裕成盯著柳大問道：「沒想到你還隨身帶著傷藥。」

柳大一邊替他包紮，一邊回答：「小的以前是雜耍賣藝的，表演的時候免不了受傷，傷藥一直隨身帶著，二十年來養成了習慣。」

柳大來姜家幾個月了，姜裕成還是第一次聽說他以前的事情，隨即又想起昨日夜裡，他砍人打架時俐落的身手，有些懷疑他這話裡的真實性。

他不動聲色的掩飾住自己的懷疑，打算等回去後再仔細查探，視線不經意瞄到對面的凌績鳴，只見他眼也不眨的望著自己這邊。

「柳大，你那傷藥還有沒有？」他開口問道。

柳大頭也沒抬。「有是有，不過所剩不多了。」

姜裕成點了點頭。「剩下的都給他吧。」說著指了凌績鳴一下。

柳大回頭瞥了他一眼，將瓷瓶兒扔了過去。凌績鳴接到瓷瓶後，不自在的說了聲謝謝後，學著柳大的手法，將藥粉倒在自己的傷口上，又將腰帶抽出來纏住胳膊。

為姜裕成處理好傷口後，柳大又從腰間解下水囊餵他喝水。姜裕成高熱了一整晚，嘴皮都乾裂了，清涼的水一下肚，忍不住咕嚕咕嚕的喝了起來。

對面的凌績鳴羨慕的抿了抿唇，心裡暗罵自家的護衛沒本事，都這個時候了還沒找來。這一次姜裕成沒有大方的將水分給凌績鳴，凌績鳴心裡又給他記下了一筆。

休息了半個時辰後，柳大扶著姜裕成往外走，凌績鳴見狀連忙爬起來跟上。山洞所在的位置比較隱蔽，洞口草木叢生，兩個傷者費了好大勁才走出洞口。姜裕成回望了山洞一眼，壓根記不起昨夜他是怎麼進去的了。

下山的路很不好走，姜裕成有柳大扶著還好，卻苦了凌績鳴這個手不能提、肩不能扛的柔弱書生了。柳大在姜裕成的示意下，替他找了根樹枝當做枴棍拄著，一行三人就這麼慢慢地走下山。

回到九溪城內的住處後，柳大急忙去請大夫，大夫看了姜裕成的傷處後，道：「傷口比較深，但好在沒傷及要害，我開了一些金創藥，每三日換一次藥就行，湯藥也有，需一日三次服用。」

柳大點了點頭，將大夫送了出去，這時凌績鳴的護衛上前對大夫道：「我家大人也受傷了，煩請大夫跟我走一趟。」

那大夫只好跟著去了。

姜裕成和凌績鳴在住處養了幾日傷，待傷口癒合後，又開始繼續查案。兩人將受傷前所查到的線索捋了一遍，九溪知州胡文耀被圈入他們的懷疑範圍內。

此次他們前來查的案子，跟一年前九溪丟失的一批庫銀有關。那批庫銀數目龐大，當時擔任九溪知州的蔣一涵因弄丟了庫銀，被押送回京治罪，卻不知道為什麼沒有過審，一年來一直被關押在刑部大牢裡。

半個月前，蔣一涵忽然自盡了，還留了一封遺書。他在遺書裡交代，九溪丟失的庫銀是被人監守自盜，至於為什麼當時不說，是因為那人抓了他的獨子要脅，所以他才成了替罪羊。

蔣一涵死了後，刑部尚書察覺此事有蹊蹺，連夜上報顯慶帝。顯慶帝將刑部尚書斥罵了一頓，交派下去讓大理寺和刑部聯合調查，務必將丟失的庫銀去處弄清楚。

這丟失了一年的庫銀如何好查？刑部官員大多都是晉陽侯的羽翼，只有一個姜裕成是太傅張元清的人，不想己方擔責，只能讓其他人受過了。於是，刑部侍郎左金峰將這個任務交給了姜裕成。

大理寺那邊凌績鳴卻是毛遂自薦的，他是勇毅侯硬塞進大理寺的，一直被同僚針對，為了在大理寺站穩腳跟，於是便自請去九溪查案。

根據他們查到的線索，一年前九溪現任知州胡文耀還是九溪同知，與當時的通判齊霄同為蔣一涵的屬官。但奇怪的是，後來蔣一涵被押送進京，胡文耀竟一躍成為九溪的新知州，而齊霄卻被調到了與九溪一州之隔的晉陽。

他們還沒機會細查什麼，昨日兩人便突遭襲擊。說來也莫名其妙，他們本來是在胡文耀準備的接風宴上喝酒吃菜，吃到一半，胡文耀的隨從卻忽然來報，說是九溪管轄下的兩個村子發生了大規模械鬥。

這事本與他們無關，胡文耀卻硬拉著他們一起出城，走到半道上，忽然被兩路帶著刀具和棍棒的潑皮們攔住去路。

也不知道是哪邊先動手的，潑皮們一擁而上，互相廝打在一起。他們一行人被擋在路中間，打著打著，兩夥人忽然一窩蜂的朝著他們乘坐的兩輛馬車衝了過來。

姜裕成和凌績鳴同坐一輛，胡文耀自己坐一輛，然而直到潑皮們掀翻了馬車，他們兩人才發現胡文耀的那輛馬車竟是空的。他們猜測胡文耀要嘛是趁亂逃走了，要嘛他根本就沒出城。

但當時場面太混亂，他們根本來不及細想，只能先讓護衛護著他們逃命，可惜他們運氣不好，在閃躲的過程中被人砍傷了。

姜裕成回想起當時的畫面，心裡還有些後怕。「此番遇襲也太古怪了些，我覺得有人想要我們的命。」他低聲說出自己的想法。

凌績鳴不是傻子，同意道：「你說的對，這一次咱們可要小心一些了。」

姜裕成點了點頭。「明日我要去胡文耀府上，你去嗎？」

「我……」

猶豫了一下，凌績鳴還是決定與他同去，萬一找到了什麼有用的線索，總不能讓姜裕成一個人立功吧。

兩人又續討論了一會兒案情，直到凌績鳴精神不濟，於是先行回房休息。等他離開後，一直充當背景的柳大出聲道：「大人，那日我在山上四處找您時，發現有一處怪異的地方……」

時隔幾日，姜裕成和凌績鳴跟著柳大再一次來到了之前躲避追殺的山上。與上次逃命相比，這一次上山身後沒了追殺的人，又有柳大帶路，再也不復之前的狼狽。

柳大就像是從小長在這山林間的一般，對山林間的地勢非常熟悉。姜裕成十分疑惑，一問才知趁著他們養傷的這幾日，他已經來了好幾回，正因為看到一處地方顯然有古怪，今天才領著兩位大人前來一探究竟。

柳大帶他們走的方向與他們之前躲藏的山洞方向正好相反，穿過一片茂密的林子後，從一處陡峭的斜坡下去，就能看到一片開闊的草地，草地上的草約莫有一人高，蒼蒼茫茫一大片，身在其中彷彿看不到盡頭在哪裡。

凌績鳴一扯姜裕成的袖子，壓低聲音問：「我說你那護衛到底要幹什麼？」

姜裕成看了他一眼，甩開他的手道：「你若是想跟著一道去就耐心點，若不想去，可以順著原路返回。」語氣中沒有絲毫的客氣。

凌績鳴見狀沈了臉，但果然沒再追問下去，心裡卻打定主意非跟著他們不可，人少好行動，他連護衛也沒帶，總之掙功勞的事不能讓姜裕成一個人去做。

就在這時，在前面帶路的柳大忽然停下了，他趴在地上聽了聽，臉色變得凝重起來。「有腳步聲，聽著似乎是一支五、六人的隊伍，有鎧甲磨擦和兵刃的聲音。」

姜裕成與凌績鳴相視一眼，均從對方臉上看到了驚詫。荒郊野外的為何會有穿鎧甲的兵士？

「他們靠近了，蹲下不要動。」柳大壓低聲音道。

姜裕成和凌績鳴趕緊照做。三人一動不動的蹲在草叢裡，那支五、六人的士兵隊伍離他們極近，三人屏氣凝神，生怕發出一點聲響引來他們。

「這麼冷的天，合該在營地裡喝酒吃肉才對，他奶奶的吳志林，竟然讓老子帶隊出來巡邏。」一個粗獷的聲音響起，在抱怨著自己的上司。

姜裕成悄悄撥開草叢往聲音傳來處看了一眼，說話的是一個又高又壯像鐵塔一樣的鎧甲落腮鬍士兵。

他走在最前面，身後還跟了四個穿著普通士兵服飾的年輕男人。

為了避免被發現，姜裕成只是飛快的看了幾眼便鬆開了草叢，心裡卻在疑惑，那些人穿的服飾看著為何那麼熟悉呢？
想著想著他便陷入了沈思。
「哎呀……」旁邊傳來一聲輕呼將他的思緒打斷了。
他轉頭看向一旁，原來是凌績鳴不小心跌坐在地上。這聲輕呼顯然也引起了落腮鬍他們的注意。
落腮鬍士兵突然警戒起來，壓低聲音問：「哥幾個，剛剛聽到什麼聲音沒有？」
其中一個尖嘴猴腮模樣的兵士道：「似乎聽到了。」
其餘幾個人也跟著點頭。
落腮鬍的臉色變得十分難看，粗啞著聲音道：「他奶奶的，老子心裡的火正沒處發呢，今天要是逮到了外來的人，一定要將他剝皮抽筋，方解老子心頭怒火。」說完又看向幾個手下。「哥幾個，抓住了人一律留活口，等老子來處置，聽到了沒？」
「是！」
其餘四人異口同聲答道。
接著五個人開始分頭搜尋，蹲在草叢裡的三人眼看著就要暴露了，這時柳大忽然有動作了，從懷裡掏出一個黑漆漆的東西，猛地朝外拋出去，緊接著就聽見「啞」的一聲，然後又是一陣急促的「呱呱」、「嘎嘎」聲，由近及遠，最後慢慢消失。
「大哥，沒人，就是一隻烏漆麻黑的烏鴉。」尖嘴猴腮連忙道。

落腮鬍和其他人也看見一團漆黑的東西從他們頭頂掠過，叫聲也的確是烏鴉的叫聲，於是便放鬆了警惕。

「還真是烏鴉……好吧！」他招手大聲道：「哥幾個，回營地。」

尖嘴猴腮遲疑。「咱們這就回去了嗎？可我們才巡了不到半個時辰呢。」

落腮鬍瞥了他一眼。「老二，自從下了山，你就變得膽小怕事起來了，怪不得那幫龜孫子瞧不起咱們耗兒坪的兄弟們。」

尖嘴猴腮語塞。

落腮鬍沒再管他，招呼其他人往反方向走去。尖嘴猴腮落在了隊伍最後，一副愁眉苦臉的樣子。

「耗兒坪」三個字讓姜裕成三人十分震驚。耗兒坪是九溪有名的土匪窩，聚集在那裡的都是一些窮兇極惡的土匪大盜，犯下無數命案，甚至還有九溪長年通緝的要犯。

如今真是奇了怪了，耗兒坪的土匪不在自己老窩待著，竟然下山來到了這裡，還穿著一身只有本地廂軍才能穿的鎧甲和兵士服飾，這到底是怎麼回事？

姜裕成對柳大使了個眼神，柳大點了點頭，然後撥開草叢出去了，隔了不到一盞茶的時間，他回來了，背上還扛著一個人。

仔細一瞧，正是那落單的尖嘴猴腮模樣的男人。

凌績鳴一副見鬼模樣的盯著姜裕成，低聲問：「你這護衛哪裡找的，不僅會擬聲學音，還能悄無聲息的將人捉來。」

姜裕成輕笑了兩聲，得意道：「多虧了我家娘子慧眼識珠，才得了這麼厲害的幫手。」

聽了這話，凌績鳴臉色變了，張了張嘴，一個字也說不出來。

偏偏姜裕成還在喋喋不休：「我娘子什麼都好，就是嫁給我之前識人不清，白白被一家畜生欺侮了兩年。好在後來遇到了我，我們不僅兒女雙全，還即將迎來第四個孩子，不曉得那前頭的畜生是否會後悔呢？」

畜生二字入耳，凌績鳴臉都綠了，想跟姜裕成分辯，卻又不知道從哪說起。

看著他一臉吃癟又無處發洩的樣子，姜裕成心情大好。

三人帶著尖嘴猴腮去了之前藏身的山洞裡，當尖嘴猴腮醒來時，就看到三個男人正居高臨下的看著自己。

「你們是誰，為何要抓我？」他動了動身子，發現一點力氣也使不上來，知道自己這是著了道了。

「別想耍花招，老老實實的交代，身上這身兵士服哪裡來的？你一個耗兒坪的土匪，不在耗兒坪待著，下山來幹什麼？」凌績鳴厲聲問道。

那尖嘴猴腮看了他一眼，惡狠狠道：「既然知道我是耗兒坪的人，識相的早點將我放了，不然我大哥知道了，定將你們碎屍萬段！」

姜裕成嗤笑道：「你大哥這會應該在喝酒吃肉，哪裡有閒心管你？怕是以為你被他罵了沒面子，找地方躲起來嘔氣了吧。」

聽了他的話後，尖嘴猴腮有一瞬沒反應過來。

「原來是你們！」他這才恍然大悟，剛剛巡邏時附近真的有人。

「誰叫你們那麼蠢呢？」柳大上前一步，學烏鴉叫了兩聲，與之前他們聽到的完全一致。

「說，你們到底在此地幹什麼？吳志林又是誰？」

尖嘴猴腮不僅沒有回答，反而猖狂笑了兩聲。「想必你們便是從京城來的那兩個蠢蛋吧，這般大張旗鼓的來九溪，也不曉得有沒有命留著回去過年。」

姜裕成臉色冷凝，意識到九溪當真有著不可告人的秘密。

他在刑部待了半年多，刑訊逼供的手段也見了不少，但他以前為了不弄髒自己的雙手，從未親自審訊過犯人。可今天他顧不得什麼了，於是讓柳大從旁協助，開始對尖嘴猴腮用刑。

凌績鳴在一旁看著，聽著尖嘴猴腮淒厲的叫聲，臉都白了。

姜裕成瞥了他一眼，將手中的匕首遞給他。「該你了！」

凌績鳴往後退了兩步，明擺著拒絕。姜裕成將匕首上的血漬擦了擦，漫不經心道：「你還想不想要功勞了？」

聽了這話，凌績鳴猶豫了，他閉了閉眼，睜開時一把將匕首搶下，徑直刺向尖嘴猴腮，卻在即將要刺中他胸口的時候，被柳大攔了下來。

「你這一刀刺下去，他就沒命了。」

柳大按住他的手，學著姜裕成之前的手法教他用刑。凌績鳴一開始還不斷的發抖，但真正下刀以後，才覺得爽快至極。

尖嘴猴腮承受不住用刑，將自己知道的情況全部招了出來。他本名侯冰，原是秏兒坪的土匪，年初有人上山招安，他們老大王大雷便帶著秏兒坪的所有弟兄下了山，入了這深山之中的兵營。秏兒坪雖然山頭大，王大雷卻只得了一個小官，被安排了巡邏的差事，王大雷不滿，他手下的弟兄也不滿，所以每次巡邏的時候都是敷衍了事。

聽了他的招供後，姜裕成和凌績鳴才知事情的嚴重性。原來這深山之中竟有一個私兵營，軍隊數目竟多達到五萬人，其中絕大部分是本地的廂軍，還有一部分就是像秏兒坪一樣的土匪寨子裡出來的土匪們，這些土匪都是在年初被招安收編進了私兵營。

侯冰不是重要頭目，按理說知道的不多，但因為他一向心眼多，跟本地的兵士混熟了以後，也知道了一些連王大雷都不知道的消息。比如落腮鬍口中的吳志林是九溪現任知州胡文耀的私生子，一直在這裡管理私兵營。吳志林是胡文耀早年與一名妓子生的，一直養在外面，所以外界沒有人知道他還有一個成年的兒子。

根據侯冰的供詞，姜裕成心中有個大膽的猜測，胡文耀所圖甚大。蔣一涵的遺書上交代，九溪庫銀失蹤乃是有人監守自盜，如今看來，胡文耀很有可能就是主謀。他們奉命來此查案，早就被胡文耀盯上了，且在他們養傷期間，胡文耀也沒有派人來問過他們的傷情。說明就如同侯冰所說的，胡文耀根本沒打算讓他們活著離開。

想到這裡，他的神情越發凝重起來，急急對柳大和凌績鳴道：「此地危險，我們不能回住處了。」

柳大沒問為什麼，凌績鳴卻皺眉道：「不回去難道還要住在這荒郊野外不成？」

姜裕成瞥了他一眼，冷著臉道：「若你嫌命長，可以直接回去，不過到時候恐怕朝廷又該派人來追查你的死因了。」

這話說得相當不客氣，凌績鳴頓時惱了，但姜裕成卻不給他爭論的機會，帶著柳大轉身就走，凌績鳴只感到莫名其妙，目光陰沈的盯著姜裕成主僕倆消失的背影，但忽然，他像是想到了什麼一樣，腦子變得清明起來。

剛剛只顧跟姜裕成鬥氣，忘記了這整件事情的詭異之處，此時前後一串連他便知道了關鍵重點，這才連忙追上去。

「怎麼，想明白了？」姜裕成見他追了上來，嘲諷的看著他。

凌績鳴臉色有些難看，但什麼話都沒說。

見狀，姜裕成也就不再繼續針對他。

「侯冰的供詞是十分重要，也是最危險的東西，就暫時由我來保管。現在，我和柳大打算去探一探這個私兵營，你若是不想去，就自己找個地方躲著。」距離他們抓走侯冰已經快兩個時辰了，若是落腮鬍王大雷發現侯冰不見了，肯定會察覺不對勁，到時候加強戒備，他們就不能輕易一探究竟了，所以這事宜早不宜遲。

柳大沒什麼意見，他的任務是保護姜裕成，主子去哪裡他跟著便是。但凌績鳴不想冒這個險，他道：「反正侯冰的供詞已經到手了，剩下的事情不是我們能管的，要去你自己去，我要帶著供詞回京城去。」說完還伸手找姜裕成要供詞。

姜裕成瞥了他一眼。「你不跟我們去也行，我不勉強你，但這供詞是非常重要的證據，我是不會將它交給你的。」

看著凌績鳴變了臉色，他似笑非笑道：「你大可放心，我這個人不屑於冒領別人的功勞，屬於你的我會如實上奏。」

凌績鳴的臉色更加難看了，他心中的計較被人看穿，一時間臉上升起了一股熱意。

姜裕成沒再理他，帶著柳大繼續往前走。凌績鳴看著他漸漸走遠的背影，咬了咬牙繼續跟上。

「大人，他跟上來了。」柳大低聲道。

姜裕成沒有往後看。「他不是蠢笨之人，自然知道該如何選擇。」

凌績鳴將性命和前途看得十分重要，若是有供詞在手，說不定還會拚命搏一把。但現在他什麼都沒有，護衛又全部留在住處，他一個肩不能扛手不能提的人萬一遇上胡文耀的人，要想活著下山，怕是難上加難。

姜裕成雖然只有柳大一個護衛，但他身手了得，若是發生意外，跟著他們指不定還能安安全全的回到京城。心裡這般想著，他便不遠不近的跟著前面的主僕。

有過之前差點被發現的遭遇，這一次三人都十分謹慎小心。王大雷似乎還沒發現侯冰失蹤，四周沒有任何動靜，三人無驚無險的穿過了草叢，從一處斜坡上去，下面又是一片濃密的樹林。

柳大停在斜坡上，指了指下方，示意這就是他前幾日找到的古怪之處。其他兩人探頭一看，只見下方樹林中間有一道像門一樣的入口，兩側有穿著廂軍盔甲的兵士把守。

姜裕成低聲道：「這應該就是兵營駐紮地了，我們不能進去。柳大，你查探的時候，有沒有發現其他可以看見這裡之處？」

柳大遲疑了一下，道：「是有其他地方，但都是懸崖峭壁，一般人無法通行。」

聽了這話，姜裕成也犯難了，他思索了一會兒問：「真的去不了嗎？」

「其實也不是毫無辦法，只是十分危險，小的不敢讓大人冒這個險。」

聽到有辦法，姜裕成眼睛一亮。「不入虎穴焉得虎子，就算危險也要一試才行。」看到柳大擔憂的眼神，他拍了拍他的肩膀。「放心吧，我不會拿自己的性命開玩笑，一定會非常小心的。」

姜裕成勢在必行，柳大只好帶他去另外一個隱蔽的觀望處，凌績鳴也只能硬著頭皮跟上。

穿過一條陡峭的山路，三人來到了懸崖邊，往下是一處滲著冷氣的寒潭，往上是難以攀爬的崖壁，登上崖壁後便可望見另一側下方的兵營。

懸崖高聳，氣溫嚴寒，若是一不小心掉進寒潭裡，後果不堪設想。柳大想再勸主子幾句，但他還未開口，姜裕成已經扯著藤蔓開始攀登了。

柳大只好閉嘴，時時刻刻注意著他的安全。凌績鳴可沒那麼好運了，他沒有護衛保護，又不想姜裕成獨攬功勞，儘管危險橫在眼前，也只能抓著藤蔓咬牙往上爬。

好在他們運氣著實不錯，直到爬上頂峰都安全無事。

「這……」凌績鳴爬上來時，頓時愣住了。

姜裕成面無表情的望著山下燈火通明的營地，心中越發沈重起來。

這私兵營的規模比侯冰供詞裡所述的還要大，大大小小的帳篷以及密密麻麻的兵士讓人生出一種進入軍營的錯覺。

「這胡文耀的膽子也太大了，他這分明是要造反。」凌績鳴氣得大聲道。

「是不是造反不知道，但他絕對是有所圖謀。」姜裕成皺了皺眉道：「這私兵營能建成這種規模，也不是一朝一夕的事，朝廷並未收到任何消息，要嘛是朝中有人阻攔，要嘛就是九溪已經完全被胡文耀所掌控。為今之計，我們必須儘快回京稟報此事，以免事態更為嚴重。」

凌績嗚也有此意，他看了姜裕成一眼，心裡暗自打算，一定要將首功搶到手。
三人立刻按原路返回，只是回去要比來時更為艱難一些，他們必須更加謹慎小心。
「啊！」
凌績嗚抓著藤蔓的手忽然滑了一下，接著整個身子往下墜，情急之下他抓住了姜裕成的鞋子，姜裕成因此重心不穩，柳大見狀，趕緊騰出一隻手抓住了姜裕成，這才阻止了兩人繼續往下墜。
幸好此時山下無人路過，若這時有人經過，一定會看到陡峭的崖壁上掛著三個人。
自從作了姜裕成滿身是血的噩夢後，顏娘一連好幾日都心神不寧，家裡老的老、小的小，沒一個能商量的，於是在家裡枯坐了一日，顏娘挺著大肚子去了郭家，想要找郭侍郎打聽丈夫的安危。
郭侍郎見了顏娘，在顏娘的苦苦追問下，只說姜裕成一切安好，讓她放心。
顏娘見他神情平靜，話語也不像作假，勉強信了，但心裡始終還有些擔憂。
郭夫人見狀道：「弟妹擔心子潤安危，不如去慈恩寺上香吧。」
顏娘看向她。「慈恩寺？」
郭夫人拉過她的手，笑著道：「慈恩寺的菩薩靈驗得很，包準能安妳的心。」
聽了這話，顏娘恨不得現在就去。郭夫人道：「現在天也晚了，明日一早再去吧。」

顏娘只好應了。

只是這一夜她又作了一個噩夢，再一次夢到了丈夫，這一回他不再滿身是血，而是一動不動的躺在水面上，臉上毫無血色。

顏娘扯著嗓子大喊，卻怎麼也發不出聲音。她急了，不顧自己還懷著身孕，大步的朝著水中走去，就在快要摸到姜裕成身體的時候，忽然一個大浪打過來，她整個人一下捲入了水底，窒息的感覺傳來，讓她從夢中驚醒過來。

醒過來後，她大口大口的喘著粗氣，還未從噩夢中回過神來。

突然肚皮傳來一陣緊繃感，顏娘連忙用手輕撫了一下，低聲道：「小四，你是不是也嚇到了？」

在她的輕撫下，緊繃的肚皮慢慢鬆了一些，肚裡的孩子似乎聽到了娘親的話語一樣，用小腳丫輕輕回應了一下。

顏娘摸了摸突起的地方，用只有自己能聽到的聲音道：「爹爹會沒事的，咱們等他回來過年。」

後半夜顏娘沒了睡意，天剛破曉，她連朝食都未用就吩咐鄒伯駕車去了慈恩寺，在半道上遇到了郭夫人，原來她不放心顏娘，特意陪她去上香。

郭夫人的馬車比姜家的馬車舒適柔軟多了，郭夫人讓顏娘與她同乘，只留下一個嬤嬤貼身伺候。

顏娘半夜未睡，氣色看著不大好，郭夫人關切道：「妳還懷著身孕，莫要憂思過度，對孩子不好。」

顏娘強顏笑道：「多謝嫂嫂關心，我會注意的。」

聽了這話，郭夫人不再言語，在馬車的搖晃中靠著車壁閉目養神。

慈恩寺是京城香火最旺盛的一家寺廟，跟皇家寺廟護國寺只接待達官貴族不同，慈恩寺的香客大多為京城的平民百姓。

約莫過了一個時辰，慈恩寺到了。顏娘與郭夫人從馬車上下來，在小沙彌的帶路下，徑直去了正殿。

上完香後又以姜裕成的名義捐了五十兩香油錢，希望菩薩看在她虔誠的分上，保佑大君平安歸來。

從正殿出來時，不小心與一個穿著玫紅襖裙的年輕婦人撞了一下。

「對不住，是我莽撞了。」顏娘立即同她道歉，抬頭後愣住了，原來她撞的不是別人，正是凌績鳴的現任夫人范瑾。

范瑾似乎沒有認出顏娘來，滿臉不耐的瞪了她一眼，身後的梅枝更怒聲喝道：「妳這人沒長眼睛嗎？傷了我家夫人我跟妳沒完！」

顏娘的目光定定地落在她身上，時至今日她都記得，這個刻薄的丫鬟當初如何害得她早產的。

她冷笑了兩聲，看著范瑾道：「多年不見，妳身邊的奴才依舊沒有什麼長進。」

范瑾不耐的神情改為疑惑，睜大眼睛盯著顏娘看了許久，卻依舊沒有認出她是誰來。

「我們認識嗎？」她盯著顏娘問道。

聽了這話，顏娘忽然大笑起來。「對啊，我已經不是當年那個任人欺侮的受氣包了，妳當然認不出來我是誰。」

她的話弄得范瑾更為不解了。

這時，郭夫人從旁邊的偏殿解完籤過來，看到顏娘與范瑾僵持在門口。

「顏娘，這是發生什麼事情了？」她快步上前問道。

顏娘笑了笑。「我不小心撞了凌夫人一下，正跟她道歉呢。」

聽到「顏娘」兩個字，范瑾猛然抬起頭。「妳是聶氏？」話語中帶著強烈的不敢置信。

顏娘朝她笑了笑。「怎麼，終於記起我是誰了？」

范瑾不由得後退了兩步。「不可能，妳不是聶氏，她又胖又蠢，妳不是她。妳到底是誰？為何要冒充那個女人？」

郭夫人並不知道范瑾是誰，聽了她的話後明顯不喜，皺眉道：「她雖然不小心撞了妳一下，但也道歉了，妳怎麼能說這樣的話呢？」

郭夫人不認識她，但范瑾卻認識郭夫人，她曾經跟著勇毅侯世子夫人參加過禮部尚書夫人的壽宴，與郭夫人有過一面之緣。

此刻見到郭夫人與顏娘交好，不願相信顏娘的身分也不行了。滿朝上下誰不知道，太傅張元清的兩個弟子親如兄弟，兩人的夫人也來往甚密。

范瑾當初看不起顏娘，一個原因便是覺得她又醜又胖，根本配不上凌績鳴。如今看著變瘦變好看了的顏娘，心裡就只剩下滿腹的嫉妒和憎惡了。

若不是她不肯將女兒送回凌家，她的琬琬也不會那麼小就進宮去伺候一個廢人。

她沈下臉道：「原來還真是妳。」說完這一句，她瞄了顏娘高聳的腹部一眼，惡聲道：「妳害得我與琬琬母女分離，是不會有好下場的，報應遲早會來。」

顏娘臉色變了，厲聲反擊：「妳那女兒是皇上下旨召進宮的，與我何干？還有臉說報應，我看妳的報應早就應驗了吧，凌家那一大家子可不是省油的燈，妳就等著他們的折騰吧。」

說完這話，顏娘不想再同她待在一起，轉身與郭夫人一同去了偏殿。看著顏娘遠去的身影，范瑾捏緊了手中的帕子。

偏殿是抽籤解籤的地方，顏娘抽到一支下下籤。

她將籤文遞給解籤的致遠大師，他看了籤文一眼後道：「施主所求之事險象環生，這是一盤死棋啊。」

顏娘臉色白了。「大師，可有化解之法？」

致遠大師搖了搖頭。「暫無。」

「這……」

顏娘嘴唇動了動，一個字也說不出來，忽然眼前一黑，整個人不受控制的向後倒去。

「姜夫人！」郭夫人眼疾手快的扶住了她。「大師，可否安排一間禪房，再找一個會醫術的師父來？」

致遠大師點了點頭，喚來小沙彌去幫忙。

范瑾主僕從正殿出來時，正好看到顏娘被人扶著去了禪房。

梅枝幸災樂禍低聲道：「哼，剛才還囂張狂妄呢，這會便成了這副模樣，菩薩有眼，讓聶氏遭了報應。」

范瑾卻笑不出來，凌績鳴與姜裕成同去九溪她是知道的，一連半個月都沒消息，她也是心裡擔憂才來這慈恩寺的。

剛剛聶顏娘去了偏殿，難道是抽的籤文不吉利受了刺激？

想到這裡，她急匆匆的去了偏殿，迫不及待的拿起籤筒搖籤。

「啪嗒」的聲音響起，一支籤從籤筒裡掉了下來，她彎腰將籤撿起來，只見上面寫著——「盲人騎瞎馬，夜半臨深池。」

這分明是一支下下籤。

不等致遠大師解籤，范瑾便明白了籤文的意思，她終於理解顏娘為何會被人扶著出偏殿了。

因為她也要暈了。

「夫人！」梅枝急忙扶住她。「夫人，您可不能有事啊！二姑娘和三少爺還等著您回去呢！」

范瑾藉著梅枝的手穩住身子。「我們立刻去勇毅侯府。」

看著主僕倆走遠的身影，致遠大師將顏娘抽中的籤與手中那支籤合在一起，嘆息的搖了搖頭。

兩支籤文上分別寫著——「老翁攀枯枝，轆轤臥嬰兒。」、「盲人騎瞎馬，夜半臨深池。」

「老師，子潤可能出事了。」郭侍郎面帶愁容的看著張元清。

就在他來張府之前，收到了從九溪城外探子傳來的消息，消息稱姜裕成與凌績鳴已經不在九溪城內，似乎是失蹤了。九溪城內守衛森嚴，探子不能輕易進入，還是損失了兩名暗探才將這個消息帶出來。

張元清面色變得凝重起來。「九溪果然有問題，希望子潤沒有落入心懷不軌之人手裡。」

郭侍郎急道：「老師，為今之計咱們應該上奏，請皇上立即派兵救援。」

張元清斜睨了他一眼。「關心則亂，這話還是不要再說了。」

「可……」

郭侍郎還想說什麼，就聽張元清道：「這事你不用管，多照看姜家幾分，便是對子潤最好的關心了。」

郭侍郎長嘆了一聲，憂心忡忡的點了點頭。

打發走大徒弟後，張元清立即去了勇毅侯府一趟。他跟勇毅侯關起門來商議了大半天，最後怒氣沖沖的離開。從勇毅侯府出來後，他又轉頭進宮去了。

顏娘在慈恩寺動了胎氣，這幾日一直臥床休養，郭夫人和亨氏幾乎每天都來陪她說話。

亨氏原本看不上顏娘二嫁的身分，但看見她這副模樣又心生憐憫。她勸顏娘道：「妳現在肚子裡還有一個，總該替他考慮考慮，該吃就吃，該睡就睡。」說著說著提起了滿滿三姐弟。「就算子潤不在了，妳還有孩子們啊。」

聽她說得不像話，郭夫人插話道：「顏娘，妳放心，子潤不會有事的，現在沒有消息才是好事。妳婆婆和孩子們不知道這事，妳可不要讓他們看出端倪來。」

顏娘抬眼看著她，輕輕的點了點頭。

她這幾日總睡不安穩，一閉上眼就作噩夢，為了讓她好好休養，姜母將三個孩子接到她那邊照顧去了。想到還不知情的祖孫四人，顏娘的心又是一陣絞痛，她無時無刻不向神明祈求，希望祂們能大發慈悲之心，保佑她的夫君平安歸來。

郭夫人與亨氏都在開導顏娘，卻沒有注意到門口多了一道小身影。

滿滿本來與弟弟們在祖母屋子裡玩耍，因為擔心娘親所以便過來看她，誰知剛走近門口，就聽到亨伯娘那句「就算子潤不在了」，她一下子愣住了，不知道她說這話是什麼意思。

直到聽完郭伯娘的話後，她才明白爹爹好像出事了，怪不得娘親從慈恩寺回來後就跟變了個人似的。

她沒有驚動任何人，從正房出來後直奔前院找鄢伯。

「鄢伯，你快駕車送我去恭王府。」

「大姑娘，您要出門必須經過老夫人和夫人的同意才行，我不敢擅自帶您出去。」鄢伯如實道。

滿滿急得滿頭大汗。「鄢伯，我真的有十分要緊的事，如果你不答應送我，我自己走去便是。」說完就朝外走去。

鄢伯當然不能由著她這樣出門，只好道：「大姑娘還是坐馬車去吧。」

滿滿坐著馬車去了恭王府，卻被恭王府的護衛攔在了門外，她搬出世孫衛枳的名號來，那守衛依舊不肯放她進去。

滿滿失望極了，正要離開之時，衛杉正好回來了，一眼就瞧見了她。

「滿滿。」他喊了她一聲，從馬車上跳下來走到她面前。「怎麼不進去啊？」

滿滿委屈道：「他們不肯放我進去。」他們自然是指守在門口的護衛。

衛杉看了守衛一眼，會意道：「妳別怪他們，是叔祖父下令不允許他們隨意放人進來打擾三哥。」

聽了這話，滿滿多了幾分躊躇，衛杉見狀低聲解釋：「並不是針對妳，而是防著宮裡那位二皇子。」

原來自從衛枳回京後，二皇子不知怎麼想的，幾乎每日都要出宮來找衛枳，還經常賴在恭王府不走。

用他的話來說，他們都是斷了腿的廢人，就應該處在一塊兒。

這句話恰好被恭王聽到，他最厭惡別人將衛枳當作廢人看待，也不管二皇子身分如何，當場將他趕出了王府。

二皇子自然不肯甘休，一狀告到了顯慶帝那裡。一邊是親皇叔，一邊是親兒子，顯慶帝十分為難，只好將二皇子禁足。

二皇子被禁足後，氣得砸了大半個宮殿，加上祥嬪的哭訴求情，顯慶帝心軟了，又解除了二皇子的禁足。

恭王知道後，不能怪罪顯慶帝這個姪兒，只能讓守衛守緊大門，不讓二皇子有機會進王府。

聽了緣由後，滿滿不再委屈了，衛杉領著她去見了衛枳。

見到滿滿，衛枳驚訝過後感到十分開心，連忙讓人去準備她喜歡吃的糕點，可滿滿惦記著父親的安危，哪裡還有心思吃東西，帶著哭腔道：「世孫哥哥，我爹爹好像出事了，你能不能救救他？」

衛枳聽了，臉上笑容消失了，柔聲道：「妳別急，跟我說說到底怎麼回事？」

滿滿將偷聽來的話告訴了衛枳，衛枳聽了後問：「妳是說姜大人在九溪失蹤了？」

滿滿點了點頭。「亨伯娘就是這麼說的。」

衛枳臉色變得凝重起來，又怕嚇到滿滿，緩和了語氣道：「妳放心，我讓金一帶人去九溪尋人，一有消息就立即回報。」說著看著滿滿，篤定道：「想必妳是偷偷跑出來的吧？我讓人送妳回去，免得姜夫人擔心。」

滿滿聽話的點了點頭。

將滿滿送回姜家後，衛枳吩咐金一去九溪尋人，恭王回來得知此事，沈吟道：「讓紀統領去吧，他原就是九溪人，讓他去九溪，沒人會懷疑什麼。」

衛枳有些不解，恭王沒多解釋，只讓他慢慢揣摩。

於是去九溪的人換成了紀統領，在恭王下令後，立刻帶著手下出發了。

第十九章

從恭王府回來後，滿滿每日都要去前院詢問一番，鄢伯告訴她，恭王府沒有任何消息傳來。滿滿失望極了，她人小不懂得掩飾，顏娘很快便發現她不對勁了。

這一天，顏娘將女兒喚到床邊。「滿滿，妳是不是有什麼事情瞞著娘？」

滿滿下意識的搖頭。

顏娘道：「不管有什麼事都可以跟娘說，娘來幫妳想辦法。」

滿滿忽然紅了眼眶，撲到顏娘床前。「娘，爹爹是不是出事了？」

聽了這話，顏娘臉色變得嚴肅起來。「別胡說，妳爹爹好著呢，再過幾日就會回來跟咱們團聚了。」

滿滿突然大聲道：「娘騙人，我親耳聽亨伯娘說的。」

「妳……」顏娘只覺得心口疼。「妳亨伯娘什麼都不知道，妳怎麼能信她的話呢？」

這時滿滿又道：「我去恭王府找世孫哥哥幫我找爹爹，世孫哥哥也答應了。」

顏娘聽了愣住。「妳什麼時候去的？」這幾日也沒見滿滿出門啊。

「就是亨伯娘和郭伯娘來的那一日，我讓鄢伯送我去恭王府的。」

聽了女兒的話，顏娘臉色變得難看起來，厲聲問道：「誰叫妳獨自出門的？」

她至今仍忘不了女兒幼時被拐的一幕，那種失去的痛讓她喘不過氣來。

滿滿沒想到娘親會生氣，頓時委屈極了。「我是擔心爹爹才會偷偷出門的，娘為何要責怪我？」

「就算要去恭王府，也應該跟我說一聲。」顏娘板著臉道：「如果妳也出了事，妳讓娘怎麼承受得住？」說著說著，鼻頭一酸，眼淚忍不住大顆大顆往下落。

看到娘親哭了，滿滿有些慌亂，連忙替顏娘擦淚。「娘，我錯了，您別生氣了。」

顏娘哽咽道：「娘沒有生妳的氣，娘只是害怕……害怕失去妳，害怕妳爹爹出事。」

在女兒面前哭出來後，顏娘再也忍不住將連著幾日的擔驚受怕說了出來。滿滿既擔心爹爹，又心疼娘親，也跟著哭了起來。

就在母女倆抱頭痛哭的時候，一輛不起眼的馬車從東華門進了京城。

昨夜京城下了一夜的大雪，早晨起來後，整個城區都被皚皚白雪覆蓋，氣溫也比前一日冷了許多。

姜府大門前堆滿了雪，鄒伯起身後，拿了鐵鍬和掃帚來清理。過了一會兒，止規攏著手打著呵欠過來了，鄒伯看了他一眼。「大人不在家，你也太憊懶了些。」

止規呵呵笑了笑，拿起一旁的掃帚幫著掃雪。「鄒伯，你也曉得後院都是女眷，我不能去，前院又沒什麼事，就閒得骨頭都軟了。」

鄒伯搖了搖頭，心裡盼著大人早點回來，不然止規這小子越來越不像話了。

兩人奮力的掃著門前的雪，不一會兒大門口的石板就露了出來。

鄒伯抬頭看了一眼正賣力掃雪的止規，心裡感嘆，年輕人就是不一樣，比他這個老頭子能幹多了。就在這時候，一輛標著恭王府徽記的馬車停在他的面前，衛杉掀開車簾跳下來。

「鄒伯，早啊！」

鄒伯連忙向他行禮，衛杉問：「我是來見你家夫人的，煩請帶一下路。」

鄒伯將止規喚了過來。「止規，你快帶衛少爺去見夫人。」

止規連忙應了。

衛杉到時，顏娘還未起身，聽到他來了後急忙讓青楊伺候穿衣。約莫過了半炷香的時間，顏娘匆匆出了屋子。

「衛少爺，可是我家大人有消息了？」

衛杉起身道：「夫人還是坐下聽我說吧。」

青楊扶著顏娘在椅子上坐下後，衛杉才跟著坐下來。

衛杉對顏娘道：「夫人暫且屏退左右，有些話我須單獨說。」

顏娘點了點頭，對青楊道：「妳去門口守著。」

青楊連忙應了。

現場只剩下顏娘和衛杉兩人時，顏娘急切道：「衛少爺快說吧。」

衛杉壓低聲音道：「夫人不必憂慮，姜大人已經回京，只是因故不能現身，特託我向夫人報一聲平安。」

聽到姜裕成無事，顏娘心中的大石終於落地了。她吁了口氣後問道：「他受傷了嗎？」

衛杉遲疑了一下，答道：「放心吧，都是一些皮外傷，不礙事的。」

顏娘的心又揪了起來。「我能不能去見見他？」

衛杉搖頭。「恐怕不能。」他想起來時姜裕成交代的話，道：「對了，姜大人說讓止規去照顧他即可，夫人可吩咐人收拾一些日常衣物，我一併帶過去。」

顏娘點了點頭。

衛杉臨走時又交代道：「姜大人特意囑咐了，這事需得瞞著老夫人。」

「好，你讓他安心養傷，家裡不用他操心。」

衛杉來了姜府，姜老夫人很快就知道了，吃朝食時她問顏娘：「衛小哥來咱們府上幹啥？」

顏娘拿著勺子的手頓了頓。「世孫得了一些小玩意，託他給滿滿三姐弟送來。」

姜母聞言笑了。「這世孫對咱們家三孩子多好啊，連小玩意都惦記著送過來。」說完又嘆氣道：「反倒是成兒有些不像話，出門那麼久了，也不知道來封信，眼瞅著就要過年了，不曉得什麼時候回來。」

顏娘不知道該怎麼回答，滿滿看了她一眼，脆聲道：「祖母不要擔心，爹爹過年前一定會回來的。」

聽了這話，姜母呵呵笑了。「對，妳爹爹一定會回來過年的。」

吃過朝食後，姜母嫌冷回屋去了，顏娘將滿滿叫到身邊。「妳怎麼知道妳爹爹過年前會回來？」

滿滿湊到娘親耳邊。「衛杉哥哥跟我說了，爹爹已經回來了，還說過年的時候就能回家。」

顏娘愣了愣，衛杉怎麼沒跟自己說呢，難道是安撫小姑娘的？想到這裡，她囑咐道：「妳爹爹回來的事情只有妳和娘知道，千萬不能說出去，這關係到他的安危，知道了嗎？」

滿滿聽話的點了點頭。

另一邊，被家人惦記著的姜裕成，正身受重傷的躺在恭王府的客房裡，同在恭王府的還有昏迷不醒的凌績鳴和傷勢較輕的柳大。

一探私兵營當日，三人並沒有順利離開。姜裕成被凌績鳴拉扯著滾落寒潭中，雖然沒被凍死，卻被私兵營的人發現了，三人顧不得許多，只能瘋狂逃命，在逃亡的途中凌績鳴被箭矢射中，拖慢了他們的速度。

最後三人被吳志林帶領的私兵圍困住，也在反抗的過程中受了傷，就在以為必死無疑之際，紀統領忽然帶著人前來相助，在損失了王府三個護衛的情形下，他們才成功脫險。

簡單的包紮了傷口後，他們隨著紀統領一路躲避追殺回到京城，託恭王將侯冰的供詞遞給顯慶帝，顯慶帝看了供詞後大發雷霆，命姜裕成和凌績鳴繼續留在恭王府，在此事調查清楚之前不能露面，茲事體大，他會另派密使處理此事。

姜裕成為了不讓母親和妻兒擔心，還是託衛杉先去姜府傳信，為了不走漏消息，本欲只告訴顏娘一人。誰知衛杉被滿滿纏住了，還是悄悄把消息告訴了她。

姜裕成雖在恭王府養傷，卻仍關注朝廷查探九溪私兵營一案的進展。遺憾的是，這已經屬於機密案件，就連恭王都知之甚少。

此時九溪知州府，胡文耀背著手在書房裡踱來踱去，臉上還帶著焦急的神情。

「沒想到布下天羅地網還是讓他們逃了，這下大事不妙啊！」

吳志林大馬金刀的坐在椅子上，沈著臉道：「當日他們來時，我就說過要將他們一刀解決了，父親偏要借助潑皮之手，現在倒好，人逃了不說，連私兵營都被發現了。您讓我怎麼跟主上交差？」

胡文耀聞言神色不大好看，被兒子教訓埋怨，難免有些生氣。

「若不是因為你，又怎會多出今日這些事端？」說到這裡便有些氣急敗壞。「當初你就不該擅自將那些土匪招安，一群烏合之眾哪裡能比得上我九溪的廂軍？這次就正是在他們身上栽了跟頭不是？」

吳志林立即反駁：「父親這話還是跟主上去說吧，畢竟招安土匪是主上下的命令。」

胡文耀被這話氣得直吹鬍子，瞪了兒子一眼，心裡後悔當初沒有把兒子抱回來養，如今長大了只曉得忤逆老子。

父子倆僵持了一會兒，吳志林開口道：「萬刃山已經不安全了，主上準備將營地轉移到廂軍駐地，父親儘快安排一下吧。」

胡文耀猛地抬起頭。「你們瘋了！怎麼能去廂軍駐地？這豈不是明晃晃的將把柄亮出來？」

吳志林瞇了瞇眼。「主上認為，最危險的地方就是最安全的地方，就算朝廷派人來，他們也不會想到廂軍已經成為我們的囊中之物。」

見兒子如此自信，胡文耀心裡卻升起了一絲不好的預感。

與此同時，顯慶帝在承暉殿召見了武驍侯傅雲集。

「雲集，朕得知情報，九溪遭亂臣賊子把持，朝中還不知有多少同夥，朕想讓你帶領一隊麒麟衛去解決此事，不知你可願意？」

傅雲集壓抑住心中的震驚，抱拳道：「皇上有令，莫敢不從。」說著臉上多了一絲為難之色。「只是臣怕祖母會執意阻攔。」

提起皇姑大長公主，顯慶帝也是一臉無奈。傅雲集是大長公主唯一的孫子，她一向把這個孫子看得比眼珠子還重要，在這年關將近的時候派傅雲集出去，大長公主怕是不會同意。

顯慶帝有些犯難，他沈思了一會兒後忽然有了主意。「雲集啊，你祖母那邊朕來解決，九溪就交給你了。」

傅雲集立即應下。

顯慶帝又道：「此去十分危險，朕會再暗中派遣一支密衛跟著你們，以此權杖為信號，必要時可命密衛相助。」說完拿出了一塊通體烏黑的方形權杖。

傅雲集臉上多了一絲驚訝，這密衛可是顯慶帝親手建立的護衛隊，除非事關重大，否則不會輕易派遣，看來九溪情勢兇險，他沒有猶豫，連忙將權杖接了過來。「臣遵旨。」

武驍侯傅雲集領密旨前往九溪，朝中上下沒人知道此事。

五年後——

春日冬雪消融，萬物復甦，被寒冬壓制了幾個月的京城又熱鬧了起來。

二月初八是晉陽侯老夫人的六十壽辰，晉陽侯府舉辦了一場空前熱鬧的壽宴，邀請的客人都是京中有頭有臉的人家，還有一些沒有受邀的，也都奉上禮物前來拜壽，賀禮被收了也沒能進入晉陽侯府的大門。

姜家也收到了晉陽侯府的請帖。

按理說姜家還不夠格去侯府參加壽宴，但因為有張元清這個太傅和姜裕成這個顯慶帝身邊的紅人在，晉陽侯府早早就給姜家送了請帖。

與姜家一樣情況的還有凌家，凌績鳴和范瑾也在受邀之列。

這一切都得從五年前那場九溪之亂說起。

姜裕成和凌績鳴去九溪調查庫銀丟失一案，沒想到卻誤打誤撞發現了九溪知州胡文耀暗中屯兵設立了私兵營。

為了調查私兵營，他們經歷了被追殺、落寒潭的危境，後來被恭王府的紀統領所救，歷盡千辛萬苦終於回到了京城，將侯冰的供詞和私兵營的方位向顯慶帝稟報。

顯慶帝命武驍侯傅雲集前去九溪查探，歷時半年多，揪出了以九溪知州胡文耀為首的一支逆王餘孽。

胡文耀年輕時受過逆王恩惠，逆王被先帝處死後，還有一個遺留在外的私生子沒被發現，僥倖逃過一劫。

逆王私生子生母是一個妓子，當初在逆王醉酒下得到寵幸，為攀上逆王，不惜壞了規矩偷換了避子湯，十月懷胎後生下了一個兒子。

妓子生下兒子後，抱著還未滿月的孩子去找逆王。彼時逆王還是先帝器重的皇子，家裡妻妾成群，庶出嫡出的兒女一大堆。他將妓子生的兒子視為恥辱，哪裡肯認這個兒子？

原本想要暗中解決了母子倆，最後不知為何又改了主意，將他們安置到一處新購的宅子裡，每月派人送些銀錢和吃食去。妓子和兒子留在那宅子裡待了幾年，直到逆王謀逆被處死。

逆王死後，逆王的妻妾子女無一人活下來，妓子心生恐懼，連忙帶著兒子離開京城，投奔了當初在青樓的好友。

妓子的好友正是吳志林的生母，那時正與胡文耀打得火熱，還給他生了個兒子。逆王對胡文耀有恩，胡文耀得知逆王還有血脈存活時，便將那孩子與自己的私生子養在一起。

一開始他只存了報恩的想法，但在官場沈浮了十幾年後，認為自己懷才不遇，總是被人打壓，於是起了擁立新主的念頭，九溪便是他們的勢力起源之地，當年那批丟失的庫銀自然也是他動了手腳，做為購買兵器之用。

本來一切都安排得好好的，哪知姜裕成和凌績鳴來此查案，一路追踪到私兵營，破壞了他的計劃，消息外洩，顯慶帝隨後更遣傅雲集到九溪清剿私兵，前後用了半年時間將他們一網打盡，胡文耀及其屬下被押解進京，逆王血脈被秘密處死。

論功行賞時，武驍侯傅雲集得了首功，姜裕成次之，凌績鳴則在姜裕成之後。

姜裕成被擢升為從四品翰林院侍讀學士，凌績鳴升任正五品刑部員外郎。

姜裕成這個翰林院侍讀學士，在顯慶帝面前露臉的機會多了，漸漸的得了顯慶帝的看重，成了皇帝面前的紅人。他不僅自己升了官，還為母親和妻子請封了誥命，姜母和顏娘如今都有誥命在身。

晉陽侯府的壽宴去的人多，顏娘帶了女兒滿滿和雙生子前去赴宴，小兒子則留在家中由姜母照看。

滿滿今年十三歲了，正是相看人家的年齡，顏娘近來出門都帶著她。如此若有合適的，就可以先定下。

滿滿並不知娘親的心思，她覺得自己年紀還小呢，並不急著嫁人。在顏娘領著她拜見過晉陽侯老夫人後，她與手帕交張玉瑤一起出去找其他認識的小姐妹去了。

亭氏看著兩人走遠的身影，道：「我們家玉瑤這幾年總算是長開了，要是還像幼時那般，我可不願她跟妳家滿滿待在一起。」

這麼多年相處下來，顏娘也知道了亭氏的脾性，心思不壞，就是總想跟人比高低。她笑著道：「玉瑤越大越文靜，不像我家那個猴兒，調皮得緊。」

「那倒是實話，也不看看我家玉瑤是什麼身分。」亭氏有些小得意。她家玉瑤出身書香門第，自幼便跟著太傅祖父讀書，這滿京城的姑娘小姐們，能有幾個比得上的？

郭夫人見她尾巴快要翹到天上了，怕她說出一些不合時宜的話，連忙打岔道：「妳家瓊英也有十歲了，也該帶出來讓各家夫人們瞧瞧了。」

郭夫人口中的瓊英是亭氏的次女，長得玉雪可愛、聰明伶俐，但亭氏就是不喜歡她。此刻聽郭夫人提起她，亭氏立即閉了嘴，臉上的笑容也淡了幾分。

顏娘和郭夫人相視一眼，均從對方臉上看到了無奈。

眼看著氣氛僵了起來，顏娘轉移話題道：「紅櫻快生了吧，嫂嫂最近可有去看過她？」

「產期就在月底，我打算明日就去聞府看看。」提起女兒，郭夫人臉上笑意盈盈。「妳們若是得空，就一塊去吧。」

亭氏擺手道：「我可沒空，明日我要帶玉瑤回趟娘家。」

郭夫人又看向顏娘，顏娘點頭。「我明日空閒，到時陪嫂嫂前往吧。」

聽了顏娘的話後，亭氏又道：「我就不明白了，那聞家老太君又不是吃人的妖怪，為何嫂嫂每次去看紅櫻都要找人陪同？」

郭夫人難得的有些氣弱。「也不知怎地，每次一對上她那雙利眼，我心裡就怕得很。」

亭氏道：「不過是活得久了些，有什麼好怕的？」

郭夫人無奈的嘆了嘆氣，不再說話。

這時一位穿著橘紅祥雲襖裙的婦人走了過來，顏娘疑惑道：「徐姐姐出去了一趟，怎地還換了一身衣裳？」

這婦人是國子監祭酒于大人的夫人徐氏，與郭夫人一向交好，郭夫人將顏娘介紹給她認識後，徐氏與顏娘一見如故成了好友。

徐氏坐了下來，不高興道：「今日真是倒楣，竟與我那庶妹遇到了，不僅被她奚落了一番，還弄髒了原來那一身衣裳。」

亭氏皺眉道：「妳那庶妹也太囂張了些，仗著女兒為太子生了唯一的兒子，就真拿自己當太子岳母啦，真不要臉。」

郭夫人扯了扯她的袖子。「這是什麼場合，不該說的一個字也別提。」

亭氏自知失言，連忙閉了嘴，卻打心眼裡瞧不起小徐氏的做派。

太子五年前娶妻納妾後，五年間只得了個女兒。顯慶帝著急抱孫子，前年進行了一次小選，徐氏庶妹小徐氏的女兒被選入東宮，去年便生下了太子的長子。

顯慶帝大喜，對長孫十分疼愛，見長孫生母母族位卑，不僅升了小徐氏女兒的位分，還將小徐氏的夫君雍證其調到了京城為官。

小徐氏未嫁時受了嫡姐的氣，如今靠著女兒翻身後，只要一見到嫡姐就會出言譏諷，徐氏已經是忍無可忍。

她又道：「我剛剛出去還碰見范瑾了，與我那庶妹親親熱熱的，好像她們才是兩姐妹一樣。」

亨氏問：「她倆怎麼好上了？我記得前些日子勇毅侯世子才彈劾了雍證其，范瑾不是勇毅侯的外孫女嗎，為何會跟小徐氏攪和在一起？」說著眼睛還瞟了顏娘一眼。

顏娘道：「妳別看我，我跟她又不熟。」

徐氏也插言道：「還能為什麼？物以類聚，人以群分，兩個都不是什麼好東西，聚在一起，估計是在商量怎麼使壞。」

郭夫人在一旁一句話也沒說，她這會兒正在心裡擔憂著長女雪瑩的處境呢。

郭雪瑩五年前入東宮做了太子承徽，第二年便有了身孕，十月懷胎後生下太子的長女。因她生下的是女兒，除了太子，顯慶帝和傅太后都不怎麼開心。顯慶帝給長孫女賜名「招」，希望她能給太子招來幾個兒子。

太子得知顯慶帝為女兒取的名字後，當即不幹了，在承暉殿磨了半個月，才把女兒名字裡的「招」改為「昭」。

改名雖不是郭雪瑩的主意，顯慶帝卻認為郭雪瑩給太子吹了枕頭風，於是以郭雪瑩承徽之位不配養育東宮子嗣為由，命人將衛昭抱到了太子妃德容郡主那裡，由德容郡主撫育。

女兒被抱走後，郭雪瑩受了很大的打擊，太子見狀對她更為憐惜，一個月裡有十來天都歇在她的院子裡，郭雪瑩本想趁此機會再懷一胎，可兩年過去了，肚子始終沒有動靜。

這時候東宮又進了新人，其中雍奉儀還搶先生下了太子的長子，郭雪瑩在太子那裡慢慢失了原先的寵愛。

郭夫人雖不在宮中，也仍時刻關注著女兒。東宮上有地位尊貴的太子妃，中有太后娘家姪孫女傅良娣，下有生了太子長子的雍奉儀，郭雪瑩的處境越發艱難。

郭夫人還曾向顏娘討要生子的秘訣，顏娘聽了一臉為難，因為她根本沒有什麼秘訣。郭夫人見她不似作偽，便託娘家人暗中尋找能夠讓婦人一舉得男的秘方，只是幾個月過去了，依舊沒有半點消息。

郭夫人愁眉不展，引得顏娘三人也有些沈鬱起來。

徐氏快人快語道：「姐姐，今日是晉陽侯老夫人壽辰，妳還是多笑笑吧，免得被有心之人說閒話。」

郭夫人點了點頭，露出一個勉強的笑容。徐氏見狀，與顏娘交換了一個眼神。

顏娘立即心領神會，話題又回到了郭紅櫻身上，郭夫人這才高興了些。

隅中時分，晉陽侯府的小丫頭來請各家夫人太太們移步宴席廳，壽宴即將開始。

顏娘幾個跟隨大家一起到了宴席廳，按著座次坐了下來。她左邊是徐氏，右邊是亨氏，郭夫人座次還要更靠前一些。

顏娘正與徐氏、亨氏說話，這時一個穿著翠綠衣衫、妖妖嬈嬈的中年婦人走了過來。她對顏娘道：「姜夫人，我與長姐多年未同桌了，今日煩請給個方便，讓我姐妹倆坐著好生說會話。」

顏娘瞥了她一眼，眼睛看向徐氏，只見她臉上是毫不掩飾的嫌惡。

顏娘笑了笑，並不打算讓出自己的座位。「雍夫人回京應該有半年了吧，若是真的想與徐姐姐訴姐妹親情，早就去于府拜會了，這會卻要在宴席上與徐姐姐親熱，我們這些外人都覺得有失妥帖。」

小徐氏神色變了變，很快又恢復了笑容。「我們一家初來京城，因事情繁多才未去煩勞姐姐與姐夫，想著哪日得空了再上門拜會。」

顏娘哦了一聲。「既然這樣，那就等妳得空了再去于府找徐姐姐說話吧。今日宴席座次都是主家安排好了的，怕是不能讓與妳了。」

她話音剛落，亨氏就出言道：「也不掂量掂量自己的身分，這個位置是妳能坐的嗎？」

亨氏這話沒給小徐氏一點臉面，弄得小徐氏一臉難堪。她不甘心道：「我是皇長孫的外祖母，怎麼就沒資格坐這裡了？」

一直沒說話的徐氏起身道：「看在咱們同出一脈的分上，我勸妳還是不要再說這樣的話。舉國上下誰都知皇長孫的外祖母是沁陽公主，妳算哪個牌面上的東西。」說完又壓低聲音道：「今日沁陽公主也來了侯府，若是被她聽到妳自稱是皇長孫的外祖母，妳說她會怎麼想？」

小徐氏臉色一白，扔下一句：「我懶得與妳們多說。」而後慌慌張張走了。

徐氏坐了下來，不屑道：「小人得志便猖狂，當初未嫁時整日裝作一副柔弱被欺負的樣子，我那好父親因此責罵了我好幾回。」

亭氏最討厭庶出，也跟著附和道：「都是小娘養的，跟她計較反倒失了自己的身分。」

顏娘沒有說話，因為她實在是不知道該說什麼。

從晉陽侯府回去後，顏娘與姜裕成說起了此事，姜裕成搖了搖頭。「雍家太過張揚，總有一日會自食惡果。」

顏娘聞言一愣，想到丈夫如今的官職，怕是在承暉殿行走時瞧出什麼來了。

這時滿滿卻忽然對顏娘道：「娘，我今日在侯府遇到凌珺珺了，小小年紀便十分驕橫，還跟女兒炫耀，她姐姐凌琬琬就要當二皇子妃了。」

聽了這話，顏娘看向姜裕成，姜裕成笑了笑道：「凌家也太心急了些。」

這話的意思是要讓凌琬琬當二皇子妃，這凌家真是一廂情願，畢竟顯慶帝和祥妃都沒表態呢。

而此時正被他們議論的凌琬琬剛剛才從罰跪中起身。她揉了揉快要失去知覺的膝蓋，心裡對二皇子的恨意又多了幾分。

她入宮陪伴這個廢人二皇子已經八年了，八歲那年她差點被他折磨死，她向祥妃求情，向父母求助，得到的答案都是讓她好生陪在二皇子身邊，不要惹他生氣就好。

當時年僅八歲的她，捂著被子哭了整整一夜，第二日還是強撐著精神去陪那個廢物玩耍。

日子一久，她也知道了怎麼才能不惹他發怒，更懂得了在他遷怒自己的時候，怎樣將傷害降到最低。

在她忍耐的過程中，二皇子對她越來越依賴，折磨和懲罰也越來越輕。

今日這場罰跪原本與她無關的。二皇子今年十四歲了，祥妃覺得他到了知人事的時候，於是便賜了兩個教導他房事的宮女下來。

其中一個教導宮女為了完成祥妃的任務，穿著一身薄紗躲在二皇子的房裡，被二皇子發現後，還未來得及出聲便被拖了出去。

暴怒的二皇子下令將她亂棍打死，另一個安分的也沒放過。打死了兩個教導宮女後，他還不解氣，又命凌琬琬在殿外跪滿一個時辰。

這些年，凌琬琬漸漸的知道了自己進宮的緣由，對勇毅侯府和祥妃是恨之入骨。她迫切的盼望二皇子能夠儘快娶妻，那樣她就能離開這吃人的皇宮了。

她不知道的是，祥妃母子此時也在談論二皇子娶妻之事。

祥妃想起兒子暴怒之下打死了自己賜下的宮女，有些不滿道：「你不喜歡她們跟母妃說就是，為何要打死她們？你父皇知道了，又要斥責你暴虐殘忍。」

二皇子漫不經心道：「我本就是個廢人，若是心慈手軟，怕是早就活不下去了。」

祥妃聞言怔了怔，又道：「前幾日你曾外祖父同我商議，欲將椿兒嫁與你作正妻，完婚後最好早日生一個帶有柳家血脈的皇孫，咱們才有機會同太子爭一爭。」

祥妃的話讓二皇子猛然抬起頭，他嗤笑。「父皇還未老邁，太子剛過及冠之年，膝下還有一個活蹦亂跳的兒子，母妃和曾外祖父覺得，僅憑一個莫須有的孩子就能爭贏那個位置？」

祥妃有些惱怒。「你這孩子怎麼盡長他人志氣，滅自己威風呢？晉陽侯府勢大又怎樣，你曾外祖父這些年也拉攏了不少朝臣，沒到最後，誰能肯定晉陽侯府一定贏？」

二皇子哼笑了一聲，不想再跟癡心妄想的母親多說一個字。

離開祥妃住處時，他道：「若母妃真想替我娶妻，何必捨近求遠，兒子覺得凌琬琬能擔此大任。」

「混帳！凌琬琬才多大？」祥妃惱了。「再說了，她的身分哪裡配得上你。」

二皇子勾了勾唇，沒有再理會她。

二皇子的一番話讓祥妃氣得摔了一套茶具，對余姚姑姑道：「當初本宮打算接椿兒進宮，祖父偏要抬舉那凌績鳴與前妻的女兒，最後卻弄了個庶出兒子的女兒進宮，如今竟打起我兒正妻的主意，真是氣死本宮了。」

余姚姑姑讓小宮女去拿了一套新茶具來，又將新沏好的茶端給祥妃。「娘娘莫要生氣，氣壞了自個身子反倒不划算。」

祥妃喝了一口熱茶，心裡的鬱氣消了一些。「本宮當初為何進宮？還不是祖父雄心壯志想要同晉陽侯府爭上一爭，若樺兒還好好的，太子那位置坐不坐得穩還尚且未知呢。如今憑一個剛斷奶的娃娃去皇上面前爭寵，本宮若是有孫兒，豈會比他差？」

因是在自己的地盤，祥妃說起話來沒有什麼顧忌，余姚姑姑卻怕有心人偷聽了去，壓低聲音道：「奴婢知道娘娘心裡苦悶，但有些話還是悶在自己心裡為好。」

祥妃看了她一眼，她繼續道：「二皇子年紀還小，再等兩年婚配也不為過。凌大姑娘那裡，娘娘若是不喜，放她出宮便是。」

聽了這話，祥妃道：「還是妳最懂我。」

余姚姑姑伏身道：「為人奴婢，自當為主子分憂。」

祥妃滿意的笑了。「送凌琬琬出宮的事情，就由妳去辦吧。」

余姚姑姑點頭應了，正要離開時，又聽祥妃囑咐了一句：「先瞞著樺兒，過幾日再讓他知曉。」

余姚姑姑領命而去，從興慶宮出來後直奔大公主的雲霓殿。

自從滿了十歲後，凌琬琬就從二皇子寢宮搬了出來，住進了祥妃為大公主準備的雲霓殿的偏殿裡。每日辰時初起身去鴻福宮陪伴二皇子，戌時初才回來就寢。

今日二皇子打死了兩個教導宮女，凌琬琬順道被罰跪了一場，余姚姑姑差人問了她的下落，知道此刻她不在鴻福宮，而是回了雲霓殿偏殿。

余姚姑姑有些慶幸，若是在鴻福宮說起讓凌琬琬離宮的事，二皇子聽見了不曉得又要發多大的火。

偏殿裡，凌琬琬剛給自己的膝蓋上完藥，伺候她的小宮女來稟報，說是余姚姑姑來了，凌琬琬顧不得膝蓋上的疼痛，連忙出去見人。

「姑姑來啦，快請坐。」凌琬琬笑意盈盈道。

余姚姑姑順勢坐了下來。

凌琬琬讓小宮女去沏茶，余姚姑姑卻搖了搖頭。「不用麻煩了，我今日來就說一件事，說完就走。」

凌琬琬柔聲道：「姑姑請說。」

余姚姑姑道：「娘娘體恤姑娘幼時離家，至今未曾與爹娘姐妹相聚過，特派我來告知姑娘一聲，明日一早便送姑娘回家。」

凌琬琬愣住了，一時間不敢相信這話的真假。從進宮第一天起，她就盼望著能逃離這牢籠，如今夢想突然成真了，卻覺得一點也不真實。

余姚姑姑見她呆愣的模樣，道：「姑娘趕緊收拾一下吧，明日就要離宮，以後可能不會再回來了。」

凌琬琬回過神來，朝余姚姑姑道：「多謝姑姑告知。」

余姚姑姑沒說什麼，傳完話就離開了。

屋子裡只剩下凌琬琬一個人，心情從不敢置信變成了狂喜，她終於要離開這個鬼地方了！終於要擺脫那個殘暴的廢物了！

她忍著膝蓋的疼痛，開心的在屋子裡轉了兩圈，然後打開箱子收拾自己的衣物，收拾到一半時，她忽然停下手中的動作。

她已經八年沒有回過家了，她的家人會開心她回家嗎？會真心接納她嗎？想到這裡，她忽然沒有了之前的歡欣雀躍，心中有些近鄉情怯的忐忑。

翌日一早，凌琬琬去興慶宮拜別祥妃後，立即被祥妃安排的人送出了皇宮。

於此同時，滿滿跟著顏娘和郭夫人正在前往郭紅櫻夫家的路上，和從宮裡出來的凌琬琬的馬車在十字街拐角處相遇，然後交錯而過，就如同命運一樣。

郭家的馬車裡，郭夫人又提起了聞老太君。「不是我喜歡在背後說人壞話，紅櫻那人婆婆實在是太嚇人了，好在她婆婆不會這樣，若她婆婆也是這樣，我絕對不會將女兒嫁到聞家去。」

顏娘有些無奈。「嫂嫂，聞老太君不過是個年紀大一些的長輩罷了，哪裡用得著怕她。」

郭夫人不出聲了，沒有人懂她那種懼怕的感覺。

馬車一路平穩地到了聞家，聞夫人見親家上門，親親熱熱的招呼著。

郭夫人提出要先去拜見聞老太君，聞夫人笑容滯了一下。「婆婆昨日著了涼，剛才服了藥，正在屋裡歇著呢，親家怕是見不成了。」

聽了這話，郭夫人暗鬆了口氣。「沒事沒事，老太君既然病了，我們就不去驚擾了。」

聞夫人點了點頭，視線落到了挨著顏娘站著的滿滿，問道：「這位就是姜夫人的愛女吧？」

滿滿立即朝她施禮。「小女清芷見過夫人。」

聞夫人笑著將手腕上的翠綠手串取下，套到滿滿手腕上。「好孩子，這是伯娘給妳的見面禮。」

滿滿正要推辭，又聽她道：「伯娘家裡還有一個與妳差不多大的女兒，今日恰巧不在家，以後妳可以常來伯娘家裡找她玩耍。」

滿滿推辭不得，只好收了這份禮。

顏娘道：「多謝夫人厚愛，讓妳破費了。」

聞夫人擺了擺手。「這不算什麼。我聽紅櫻說，姜大人與親家老爺親如兄弟，紅櫻嫁到聞家，我們也算是一家人了，以後還是要多走動才是。」

「夫人說的是。」顏娘笑了笑。

聞夫人知道她們此番前來是來看兒媳婦的，親自領著幾人去了郭紅櫻的院子，後又藉故要去理帳，沒有久留。

郭紅櫻產期在月底，這是她的第一胎，聞家上下都很看重，她住的院子是除了正院以外最大的院子。

見到娘家人後，郭紅櫻非常開心，一直拉著郭夫人的手不肯放開。郭夫人見女兒雖然在笑，眉頭之間總有些憂愁。她擔憂的問道：「聞家有人給妳氣受了？」

郭紅櫻笑容一滯。「娘妳說什麼呢，他們家每個人都待我很好，沒人給女兒氣受。」

郭夫人點了點她的額頭。「妳是從我肚子裡出來的，我還不瞭解妳？說吧，到底是誰？」

郭紅櫻嘆了口氣。「娘，您是否知道我太婆婆病了？」

「知道，妳婆婆跟我說了，說是著了涼。」

郭紅櫻搖了搖頭。「太婆婆不是著涼，而是被夫君氣病了。」

女兒這話讓郭夫人驚住了。「妳說什麼？」

郭紅櫻屏退了伺候的人，慢慢講出了事情的經過。

原來郭紅櫻嫁到聞家三年未曾生養，聞老太君便把身邊的丫鬟翡翠給了孫子聞卿作通房。誰知這事過沒幾天，郭紅櫻便診出有了身孕，聞卿又將翡翠退了回去。

聞老太君很生氣，但看在郭紅櫻懷孕的分上也就忍了。就在半個月前，聞老太君忽然又將翡翠送了過來，還說要將她升為姨娘，原因是翡翠懷了聞卿的孩子。

聞卿從來沒有碰過翡翠，她肚子裡的孩子怎麼可能是他的？於是忍著怒氣悄悄查證，才知道翡翠當初被送回去後不久，就與二房的聞溥有了首尾，那孩子也是聞溥的。

昨天他將翡翠與聞溥有染的事情捅到了聞老太君那裡，聞老太君堅決不信，非認定翡翠肚子裡懷的是聞卿的種不可。聞卿一氣之下，當著聞老太君的面將聞溥狠狠揍了一頓，聞溥最後只得承認翡翠肚子裡的孩子是他的。

聞老太君目睹了這一切，當場氣病了，聞家只好對外說是著了涼。

聽了緣由後，郭夫人憤憤道：「真是的，妳婆婆都沒管你們小倆口的事情了，她一個隔了輩的太婆婆，手伸得也太長了些。」

郭紅櫻嘆氣。「我婆婆年輕時在她手裡吃了虧，所以才不忍心折騰我。您沒看見，二嬸是如何對聞溥媳婦的，簡直就是太婆婆的翻版。」

郭夫人冷哼。「所以我才看不上妳那二嬸，出去了連個屁都不敢放，只曉得窩裡橫。若當初聞家大房也是這般，我就算拚著與妳爹鬧翻，也不會讓妳嫁進來。」

「娘，婆婆與夫君待我很好，剛才那些話您可別再說了。」

顏娘也道：「是啊嫂嫂，紅櫻如今日子好過，多虧了有個體貼兒媳的好婆婆。」

郭夫人點了點頭。「只要他家好生待我女兒，我也不是那種挑事的人。」

為了岔開話題，郭紅櫻提起了郭雪瑩。「姐姐用了那些方子，還是沒有效果嗎？」

說到這個，郭夫人不由得嘆了嘆氣。「妳姐姐壓根不肯服用那些方子，說是怕中了別人的算計。」

「娘，其實姐姐不用那些方子也是對的，宮裡人多手雜，謹慎一些也是應該的。」她勸慰郭夫人道：「姐姐進宮時不是帶了會藥理的雪盞嗎？有那丫頭在，姐姐的身子應當無礙，早晚都會開懷的。」

女兒的話讓郭夫人寬心了許多，想到來了大半天，也該回去了，臨走時又囑咐女兒。

「最近當心一些，不管發生什麼事情，妳都不要理會，一切都等生產完再說。若是要生了，打發個小丫頭來報信。」

顏娘也道：「不要成日待在屋裡，多走動走動，到時也好生一些。」

郭紅櫻點了點頭，拖著笨重的身子將娘親和嬸嬸送到了院門口。

離開郭紅櫻的院子後，聞夫人要留她們吃午食，郭夫人婉拒了，只拜託聞夫人對女兒上心一些。

顏娘與女兒回到家後，戚氏立即稟報：「夫人，您出門後不久，門房送來一張拜帖。」

顏娘接過拜帖大致瀏覽了一遍，看完後十分欣喜。「雲姨回京了。」

滿滿在一旁問道：「娘，妳在說什麼啊？」

顏娘摟著女兒。「妳還記得雲奶奶嗎？就是海棠小姨的乾娘，在娘嫁給妳爹前，她是對娘最好的一個長輩。」

滿滿疑惑道：「為什麼這麼多年我都沒見過她呢？」

顏娘合上拜帖，嘆氣道：「當初我們進京時，妳雲奶奶已經跟著兒子去了外放之地，這麼多年，咱們兩家只有書信往來。」

滿滿點了點頭。

顏娘又說：「妳祖母還不知道這個消息，咱們把這個好消息告訴她吧。」說完，帶著女兒去了姜母那裡。

姜母得知雲氏要來姜家，開心道：「這真是好事。」說著又感嘆：「這麼多年未見，也不知她過得好不好。」

顏娘道：「娘，您就別嘆氣了，明天雲姨來了，您再細問吧。」

姜母點了點頭，囑咐顏娘好生準備明日待客所需。

第二日，顏娘特意替雙生子們告了假，讓他們也留在家裡見客人。

文硯有些不大高興。「我與展蕭約好了今日要進行拳腳比試的，現在不能去學堂，他要是誤會我臨陣脫逃怎麼辦？」

文博瞥了弟弟一眼。「你為何要在意別人的看法，他要誤會就讓他誤會唄。」

文硯瞪了他一眼。「你說得輕巧，當初是誰默寫輸給了祁言志，回來後熬了個通宵背書的？」

文博被弟弟拆了台，拿起手上的書本敲了敲他的頭。「哼，我記得你還有功課沒有完成吧，當心爹爹下值回來收拾你。」

文硯這下如霜打的茄子一樣，可憐兮兮道：「哥，你大人不記小人過，就幫弟弟這一回吧。」

文博不予理會，文硯又繼續哀求，這時一道清脆的孩童聲響起：「二哥羞羞，這麼大了還跟大哥撒嬌。」

兄弟倆齊齊朝著聲音傳來處看去，只見一個身材纖細的妙齡少女牽著一個白胖可愛的男童走了過來。

「大姐。」兄弟倆連忙起身。

滿滿的視線在他們臉上來來回回了好幾遍。「今天家裡有客人來，你們必須好好表現，不能給爹娘丟臉。」

文博文硯齊齊點頭。

「大哥二哥，你們看不見我嗎？」四歲多的小豆丁文瑜不滿的嘟囔道。

文硯捏了捏他的胖臉。「你長那麼胖，想不看見都難。」

文瑜撇了撇嘴。「我不胖，我只是肉肉多了一些。」說著竟然一副要哭的架勢。

滿滿瞪了文硯一眼，蹲下身來安撫幼弟。「魚兒乖，胖胖的才可愛，你二哥是醜八怪，咱們不理他。」

文瑜聽了破涕為笑，文硯有些不甘心，拉著文博嚷嚷。「大哥，咱們是一母同胞的兄弟，說我難看也就是說你難看，你都不生氣嗎？」

文博：「我為何要生氣，大姐說的是你又不是我。」說完順勢牽起文瑜的另一隻手。「魚兒走，咱們不理那個醜八怪。」

看著姐弟仨手牽手的親熱勁，深感被拋棄的文硯氣得跳腳。

巳初三刻，雲氏帶著兩個兒媳並一個孫子、一個孫女上門了。

顏娘帶著孩子們去門口迎接，見到雲氏後，不由得紅了眼眶。

「雲姨，您總算回來了。」她語帶哽咽道。

雲氏拉著她的雙手，上上下下仔細的將她打量了一番。「海棠當初跟我說顏娘妳瘦下來一定很好看，今天一見果然如此！」

顏娘有些臉熱。「雲姨快別說了，怪難為情的。」

雲氏呵呵笑了。「有什麼難為情的？妳啊，都是四個孩子的娘了，臉皮還這般薄。」

顏娘臉更紅了，轉移話題道：「雲姨，這裡多有不便，咱們還是進去說話吧。」

雲氏點了點頭。

於是，一行人移步去了姜家迎客的正廳，姜母早就眼巴巴的盼著了。

雲氏與姜母見面，拉著手說了好大一通話，等她們說夠了後，兩人才開始互相介紹自己的家人。

先看雲氏這邊，雲氏的大兒媳琴娘是她小姑子的女兒，與長子劉聞成婚八載，有一個七歲的兒子。小兒媳韋氏是在京中聘娶的，是小兒子劉郗上司的庶女，兩人只得了個女兒，今年剛滿五歲。

在他們施禮過後，姜母與顏娘婆媳倆分別給了他們一份見面禮。

接下來輪到姜家的孩子們，大姐滿滿帶著三個弟弟給雲氏婆媳三個見禮，雲氏這邊也給了姐弟四個一人一個荷包。

大人們還有話說，怕孩子們待著無聊，顏娘讓滿滿領著他們去外面玩兒。

正廳裡只剩下幾個大人時，雲氏又提起了海棠，問顏娘：「這幾年還是沒有海棠的消息嗎？」

顏娘眼神黯了黯。「能打聽的地方都打聽了，一點消息也沒有。」

久別重逢的氣氛被愁緒籠罩，姜母有些不適應，她道：「海棠那丫頭精得很，不會有事的。」

雲氏聽了這話，沈默了一陣後道：「哎，沒有消息就是最好的消息，起碼證明她還活著。」

顏娘點了點頭，氣氛漸漸的開始好轉。

「雲姨，這次回來後不會再走了吧？」顏娘問道。

雲氏點頭。「不走了，大郎這次考評應該能留在京城，我和當家的商量，準備在京城開一家醫館，以後就在京城謀生了。」

「可朝廷不是禁止官員家眷經商嗎？」

「開醫館與別的生意不同，是利民惠民的好事，朝廷禁令相對放得開些。」解釋完這些，雲氏忽然想起新顏坊來，隨口問了幾句。

顏娘道：「烏娘子原打算將鋪子開到京城來，誰知京城已經有了一家類似的鋪子。我著人打聽後才知道，這家鋪子原是蘇家的，後來幾經轉手，成了吳王府的產業。」

雲氏隱約記得顏娘來信時說過，當年蘇昀似乎將生意做到吳王府上去了。後來因吳王側妃用了他鋪子裡一款美白的藥膏爛了臉，吳王砸了他在京城的所有鋪子，將他打了一頓後趕出京城。

既然是這樣，為何那鋪子卻成了吳王府的產業呢？

收到雲氏疑惑不解的眼神，顏娘道：「是吳王妃將那鋪子拿了去，如今也賣著各種膏子。」

雲氏更加不解了。「那膏方是否還是從咱們手上流出去的那些？」

當著兩個兒媳的面，雲氏不好直說，只得用眼神暗示顏娘。

顏娘懂了，搖頭道：「我去買過一盒，拿給相熟的大夫看過，減了兩味藥材，功效要比原來的方子好一些。」

雲氏聽懂了，也就是說吳王妃知道了方子的蹊蹺之處，減了兩味藥材後，跟她們新顏坊用的方子是相同的了。

「會不會是海棠？」她有些激動的問道。這膏方可是海棠搗鼓出來的，若能找到其中的不同之處，非海棠莫屬。

顏娘再次搖頭。「據說修改膏方的是吳王妃身邊的一個陪嫁丫鬟，自從鋪子開張後，那丫鬟一直守在鋪子裡，我去見過，不管是身材還是外貌，都與海棠相差甚遠。」

聽了這話，雲氏失望的嘆了口氣。

一直坐在旁邊當背景的琴娘忽然開口道：「娘，韋家在京城住了幾十年，人熟地也熟，您若是想找妹妹，不如讓弟妹回去問問。」

雲氏還未出聲，被點名的韋氏一臉不情願道：「妹妹這麼多年都沒消息，誰知道她在哪裡啊，萬一已經遭遇不測，我娘家就算有再大的能耐也不能……」

「胡說八道！」韋氏還沒說完，雲氏鐵青著臉打斷了她的話。「妳妹妹好著呢，不許咒她。」

顏娘的臉色變得難看起來，姜母臉上也是掩不住的詫異。

韋氏這才驚覺自己說錯了話。「娘，我沒有咒妹妹，是大嫂故意挖坑讓我跳的。」說完還狠狠地剜了琴娘一眼。

琴娘連忙道：「娘，弟妹誤會我了，我只是想為娘分憂而已。」

雲氏揉了揉眉心，氣道：「都是不省心的東西，在家有些口角也就罷了，出門在外還不知收斂，真是丟人現眼。」

兩個兒媳心中在想什麼，雲氏哪裡不知道，她恨鐵不成鋼的瞪了兩人一眼，對顏娘和姜母道：「實在對不住，她倆不懂事，讓妳們看笑話了。」

顏娘沒說什麼，姜母擺手道：「哪裡哪裡，家家都有一本難唸的經。」

琴娘和韋氏被婆婆訓斥了，都閉緊嘴巴不再開口。只是明眼人一眼就能看出來，妯娌倆之間的氣氛很是不對，雲氏懶得跟她們計較，打算回家後再說。

劉家人在姜家一直待到快酉時才走。他們走後不久，姜裕成下值回來了。

不知是誰惹了他，一向溫和的臉上帶著掩不住的怒氣。

「姜文博姜文硯，給老子滾出來！」一看就是氣狠了，都爆粗口了。

顏娘聞聲後出來，見自家夫君一臉盛怒的出現在院子裡，連忙問：「你這是怎麼了？」

姜裕成沒有回答，而是問道：「那兩個臭小子在裡面嗎？」

顏娘點了點頭，姜裕成從她身邊繞過，徑直朝屋裡走去，顏娘連忙跟上。

此時，滿滿正在跟文瑜一起玩七巧板，雙生子緊緊挨在一起，臉上是顯而易見的懼意。

滿滿皺眉。「你倆到底幹了什麼，為何爹爹那麼生氣？」

兄弟倆相視一眼後跑到滿滿身邊，一人抱著她一隻胳膊，乞求道：「大姐，救救我們。」

滿滿想抽出手，但兩人抱得非常緊。她無奈道：「爹爹那麼生氣，一定是你們做了不可饒恕的錯事，別說我了，就算是娘和祖母也保不住你們。一會兒你倆乖乖認錯，說不定還會少挨些打。」

她話音剛落，姜裕成拿著戒尺進來了。那戒尺通體烏黑，約莫有一本書的厚度。兄弟倆看了戒尺一眼，嚇得腿都軟了。不用姜裕成呵斥，兩人齊刷刷的跪了下來。

除了父子三人，其餘人都不知道雙生子究竟做了什麼錯事。

「哼，看來戒尺比我這個當父親的還有威嚴一些。」姜裕成厲聲問道：「說，你們為何要合夥欺負凌曜？」

兄弟倆埋著頭一聲不吭，姜裕成更氣了。「不說是吧，把手伸出來。」

文博先伸手，文硯看到哥哥伸手了，也慢慢的伸了出來。

「啪啪」的聲音響起，雙生子各挨了兩下。

看著兒子挨打，顏娘心疼極了，但她不能干涉。

姜母得了消息趕過來，看到兩個大孫子眼淚汪汪的跪在地上，搶過姜裕成手裡的戒尺罵道：「你這是幹什麼？一回來拿兩孩子撒氣。」

「娘，您去邊上坐著，別管這事。」

「我怎麼不能管了？你要是敢打他們一下，我就打你！」

看著胡攪蠻纏的親娘，姜裕成惱了。「您知不知道他們在學堂幹了什麼？兩人將凌曜騙到一間老鼠蟑螂橫行的屋子裡鎖了起來，把人都嚇暈過去了，若不是被人發現得早，怕是會擔上一條人命。」

聽了這話，所有人都驚呆了，姜母張了張嘴，一個字也說不出來。她將戒尺還給兒子，不打算管了。

顏娘對兒子的心疼全都化成了怒火。「你們知不知道自己在做什麼，我和你們爹平日裡是怎麼教你們的，讓你們去欺負弱小了嗎？讓你們去做那些惡事了嗎？」

一向溫柔可親的娘親發怒了，雙生子覺得比拿著戒尺的父親還要可怕。

在顏娘的逼問下，文硯壯著膽子道：「誰讓他姐姐嘴巴不乾淨，不僅罵了大姐，還咒娘不得好死。」

聽了這話，顏娘轉頭看向滿滿。「什麼時候的事？」

滿滿咬了咬唇，答道：「就是晉陽侯府老夫人壽辰那日。」

顏娘和姜裕成都記起來了，那日回來時，滿滿似乎提起過遇到凌珺珺的事情。

「凌曜是凌曜，他姐姐是他姐姐，冤有頭債有主，你們不該去找他的麻煩。」雖然知道了原因，姜裕成並不打算放過他們。

這一回兄弟倆沒有再爭論什麼，老老實實的受了罰。

夜裡，顏娘問姜裕成：「咱們什麼時候去凌家那邊賠罪？」

姜裕成搖頭。「不用去凌家，這次是凌績鳴單獨找我的，說是凌曜只告訴了他一人，凌家其他人並不知道這事。凌績鳴不想鬧得太大，我帶著兩小子私下裡跟他們父子賠罪便是。」

顏娘想到凌家人的脾性，倒是能理解凌績鳴為何要私下處理了。

第二日，姜裕成領著兩個兒子，與凌績鳴約好在金滿樓見面。姜裕成將準備好的賠禮奉上，又讓雙生子給凌曜道歉。

雙生子昨日挨了打，手腫得像豬蹄一樣，他們老老實實的給凌曜鞠了一躬。「凌曜，對不起，我們以後不會再欺負你了。」

凌曜朝凌績鳴看了一眼。「父親，我能原諒他們嗎？」

凌績鳴道：「你自己決定。」

凌曜點了點頭，從板凳上跳下去，走到雙生子面前。「好啦，我原諒你們了。」

不光是文博文硯，就連姜裕成都十分驚訝，他們都沒想到凌曜竟然那麼快就原諒了害自己受罪的人。

這時凌績鳴不悅道：「若不是曜兒心腸軟，我是不會輕易放過你們這兩個臭小子的。」

凌曜看起來人滿好的嘛！兄弟倆你看看我我看看你，不約而同的想到了昨晚文瑜說的話

——文瑜說：「既然他姐姐那麼討厭，你們就跟他做朋友啊，比他姐姐對他還要好，只要他聽你們的，他姐姐一定會氣死。」

第二十章

郭雪瑩從太子妃德容郡主寢宮請安出來，剛走了幾步就聽到身後有人在喊自己。她回過頭，喊她的竟是一向沒有什麼來往的吳承徽。

郭雪瑩停下來等她走近。「不知吳承徽喚我何事？」

吳承徽笑了笑，圓潤的臉蛋上帶著一絲純真。「妳我都是承徽，本該相互扶持，只是妹妹體弱，一向深居簡出，如今身子大好，總想著該與姐姐親香親香才是。」

吳承徽進東宮後，一直不怎麼得寵，太子每月很少去她那裡，她也不似其他人一樣爭寵，在東宮就是一個透明人。

聽了她的話後，郭雪瑩臉上神情未變，心裡卻多了幾分警惕。

場面話誰不會說，她笑著道：「沉香殿平日也只我一個人，妹妹若是得閒，可以過來找我說話。」

吳承徽點了點頭。「若到時多有打擾，還請姐姐勿怪。」

郭雪瑩答：「不會的，妹妹儘管來就是。」

兩人相視一笑，並肩走了一段路後分開。

回到沉香殿，郭雪瑩在雪盞的服侍下換了一身家常的衣裳。想到吳承徽的舉動，不由得問雪盞：「妳說，吳承徽到底是什麼意思？」
雪盞停下手上的動作。「奴婢覺得，她是想跟您結為同盟。」
郭雪瑩看了她一眼，示意她繼續。
雪盞又道：「東宮的女眷中，太子妃最為尊貴，陸良媛和以蘇奉儀為首的幾個奉儀為她馬首是瞻。其次是傅良娣，韋良媛和生了皇長孫的雍奉儀一直是她陣營裡的人。您和吳承徽一直站在中間，所以她便認為兩位承徽自成一派了。」
郭雪瑩忽然笑了。「她倒是看得清楚，難道就不怕我是太子妃的人？畢竟我的女兒還在太子妃宮裡養著呢。」
雪盞沒有出聲。
「我拚死生下的女兒，卻由別的女人養著，我心裡真的不甘心啊！」郭雪瑩的臉上多了幾絲憤慨。想到女兒生下來才幾天，就被顯慶帝派來的人抱走了，還在月子裡的她差點哭瞎眼睛。若不是雪盞和太子安慰自己，她也許會一蹶不振。
出了月子後，她每日風雨無阻的去給太子妃請安，為的就是能夠多見見女兒。誰知太子妃也是個心狠的，女兒快滿四歲了，她見她的次數也寥寥無幾。
太子妃話裡話外表露這是顯慶帝的意思，但她不是傻子，明明是太子妃怕女兒跟自己親近了會不認養母，所以才總是防著自己。
只要一想到自己十月懷胎生下的女兒喊別的女人母妃，她的心就如同刀割一樣疼。

什麼時候才能將女兒要回來呢，什麼時候才能聽她喊一聲母妃呢？

「主子，不要難過，一切都會好的。」雪盞輕柔的聲音響起，讓郭雪瑩從自己的思緒裡回過神來。

她拍了拍雪盞的手。「幸好還有妳在。」

「主子放心，雪盞會一直陪在您身邊的。」雪盞一臉正色的保證道。

聽她這樣說，郭雪瑩噗哧一聲笑了。「真是傻子，當初妳答應進宮幫我時，我就說過，只要妳滿了二十五歲，一定會放妳出宮的，現今我還是這個想法。」

雪盞張了張嘴，話到嘴邊又咽了下去。

過了幾日，吳承徽果然來了沉香殿，還給郭雪瑩帶了一份特別的禮物——一隻通體雪白的倉鼠。

吳承徽當著郭雪瑩的面打開籠子，將倉鼠捧在手心。「這小東西是我特意命人去豹房裡捉來的，每日用加了料的糕點餵養，如今普通的食物碰也不碰了。」

她話音剛落，貼身宮女紅雅就將一塊寫滿字的布巾子朝著郭雪瑩遞了過去。

郭雪瑩剛要伸手，卻被雪盞搶了先。

「雪盞姑娘忠心護主，謹慎一些也是對的。」吳承徽見狀笑著道。

雪盞仔細檢查了一遍，見布巾子沒有任何問題後才將其交給了郭雪瑩。

郭雪瑩快速瀏覽了一遍上面的內容，發現寫的都是一些常見的糕點，其中還有她最喜歡的豆沙糕。

她抬頭看向吳承徽，吳承徽道：「姐姐可知，這上面寫的糕點是咱們東宮女眷最喜歡吃的。」

見郭雪瑩皺眉，她嘆了口氣。「雲片糕是傅良娣的心頭之好，八珍糕是陸良媛每日都要吃的，韋良媛和蘇奉儀最愛玉帶糕……」

聽著她將上面的糕點對號入座，郭雪瑩忽然明白了什麼，她驚疑不定的看著吳承徽。

「姐姐果然是聰明人。」吳承徽感嘆道。

郭雪瑩臉色變了。「不知吳承徽說這些意欲何為？」

吳承徽勾了勾唇，語帶玩味道：「姐姐心裡想必有數吧，我手上的小動物，每日都會換著花樣吃布巾子上列的糕點，每一次都能吃完一整塊。」說到這裡，她忽然湊上去低聲道：「姐姐難道不好奇，這上面為何沒有雍奉儀喜歡吃的點心？」

「為何沒有她的？」

吳承徽輕笑了一聲。「她呀，想必在家時沒吃過什麼好東西，驟然富貴了，也只念著大魚大肉，對精緻甜膩的玩意不怎麼上心。」

聽了這話，郭雪瑩的心沈了下來。她讓雪盞端來一盤宮中膳房做好送來的豆沙糕，捏了一小塊去餵吳承徽的小倉鼠，小倉鼠很快就吃了。

見狀，她又讓雪蓋端來另外一盤布巾子上頭沒有的芝麻糕，小倉鼠聞了聞，將頭撇到了一邊。

郭雪瑩擦了擦手，對雪蓋道：「妳去外面守著。」

同時，吳承徽也示意紅雅跟著出去。

當屋內只剩下郭雪瑩和吳承徽時，郭雪瑩立刻問道：「是太子妃嗎？」

吳承徽笑了笑，答案不言而喻。

「她在糕點裡加了什麼？」

「姐姐可記得沁陽公主的封地在哪裡？」

郭雪瑩回想了一下道：「穌州。」

吳承徽道：「對，就是穌州。穌州有一種名為斷子草的藥草，長在懸崖峭壁之上，其根莖有毒，一株的分量便可斷絕婦人生育能力，但不會顯示在脈象上。」

「她竟敢明目張膽的做這種事？」

「她自然有所倚仗。鮮少有人知道斷子草能斷絕婦人生育能力，因為在穌州，人們都叫它生陽草，若男子房事不力，將其根莖與雞子一起熬煮，連服三日便能見效。」

聽了這話，郭雪瑩震驚極了。

「妳說了這麼多，如何讓我相信妳說的是真的。」她問。

在東宮，除了雪蓋，她不會輕易相信任何人。

吳承徽能夠理解她的想法，隨即自述身世，原來她並非吳大人的親生女兒，而是吳大人的養女，幼時曾在鄉間住過一段時間，跟隨當赤腳大夫的祖父生活，因此略懂醫理，因緣際會見過穌州特有的生陽草，知其根莖有毒，女子碰不得。

後來進了東宮以後，她與人閒聊時得知，太子妃的母親沁陽公主的封地就在穌州，從那時起她就多留意了一些。

經過這幾年的暗中查探，她終於能夠確定，太子妃在東宮女眷常吃的糕點裡加了斷子草的毒粉，分量極輕，因此無法輕易察覺，就算出現不適，太醫診脈後也會歸結到其他方面，壓根沒人會知道讓東宮女眷不孕的罪魁禍首藏在糕點裡。

吳承徽的身世又讓郭雪瑩震驚了一回。若她說的是真的，這吳家也太大膽了，竟然讓養女來參選，這是欺君之罪啊！

她不太相信吳承徽會拿吳家來做筏子，所以對她的話抱有一絲懷疑。「妳說這些，是想要我做什麼？」

此時，吳承徽收起之前的散漫，輕輕撫了撫自己的小腹。「我想讓姐姐幫我轉移太子妃與傅良娣的注意，待我平安生下這個孩子後，定會幫姐姐奪回大郡主。」

吳承徽接二連三的重料讓郭雪瑩快要喘不過氣來，她不可置信的指著她道：「妳竟然……」

後半句她沒說出來，但吳承徽卻明白她的意思。「姐姐莫忘了，這宮裡別人不識斷子草，但我卻是知道的，所以從膳房送來的糕點我從未吃過，就算是在太子妃那裡用回來後也會立即催吐。」

聽了這話，郭雪瑩很想質問她，既然知道太子妃害人為何不去跟太子說？或者是給大家提個醒也好。

但這個念頭剛產生，她又想通了，東宮裡的每個女人都是利益爭奪者，誰又管得了誰呢？

東宮前前後後進了那麼多女人，除了她和雍奉儀生下孩子外，五年來竟無一人開懷過。她也懷疑過太子妃或其他人做了什麼，吃的、穿的以及用的都讓雪盞仔細檢查過，沒有任何可疑之處，就連太醫平日來請平安脈，脈象也是正常的，沒想到她們都栽在一株用來給男子服用的藥草上。

吳承徽提出的條件很誘人，她還有女兒在，絕對不能讓女兒留在那個毒婦身邊。

「好，我答應妳。」她做了決定。

吳承徽笑了。「姐姐爽快，妹妹一定會幫姐姐圓了心願的。」

郭雪瑩今日受的打擊太大，眉心疼得厲害，無心與她多說，吳承徽很識趣，隨即起身告辭。

等她走後，郭雪瑩將雪盞喚了進來。「這個月開始我不換洗了，妳那丸藥可以派上用場了。」

雪盞驚訝道：「主子，您已經答應跟吳承徽合作了？」

郭雪瑩頷首，將吳承徽所說的斷子草一事告訴了雪盞。聽完後，雪盞下意識的搖頭。「不可能，那斷子草若真有令女子斷絕生育能力的功效，為何那麼多的大夫都不知道？」

不管此事真假與否，郭雪瑩都決定先跟吳承徽合作，她道：「我努力了幾年也沒開懷，目前最大的心願就是將昭兒要回來，太子妃幫我養了四年女兒，如今也不必麻煩她了。」

主子心意已決，雪盞也只好遵從她的指示。她手裡有一種祖傳的丸藥，女子服下後，可以暫緩月事，並且會在脈象上呈現一種滑脈的假象。

郭雪瑩服用了丸藥後，當月的月事果然沒來，她讓雪盞去膳房弄了一些雞血抹在月事帶上，裝作換洗過的樣子。

在吃飯的時候，還時不時的乾嘔幾下，葷腥之物碰都不碰一下，除了這兩種情況外，她還喜食酸的東西，飯量也增加了很多。

她的變化被有心人看在眼裡，沒過多久傅良娣就得知了此事。

「妳說郭雪瑩很有可能有身孕了？」她幾乎是扯著嗓子喊出來的。

她的貼身宮女胭脂小心翼翼的點了點頭。「沉香殿的探子是這樣說的。」

傅良娣努力將心情平復下來，問：「沉香殿在這之前有沒有其他可疑之處？」

胭脂道：「五天前，靜心閣的吳承徽去了一趟，在裡面待了大半天才走，走時臉色有些不對。」

傅良娣思索了一陣後道：「看來郭雪瑩現在還不想聲張，本良娣也就不當壞人了。」她冷哼了一聲。「咱們這位太子妃娘娘一向賢良淑德，就是不知道她若得知此事，是否還穩得住？」

太子妃與傅良娣幾乎是同一時間得知的，心腹董姑姑前來稟報時，她正在教衛昭描紅。看了一眼正認真寫字的衛昭，她柔聲道：「昭兒先自己寫一會兒，母妃有些事情要去處理，等會再回來陪妳。」

衛昭乖巧的點了點頭。「母妃去吧，昭兒在這等您。」

太子妃笑著摸了摸她的頭，讓貼身宮女綠茵留下守著衛昭，自己則帶著董姑姑去了正殿。

「消息確定嗎？」只剩她與董姑姑兩人時，太子妃迫不及待的發問。

董姑姑搖頭。「不知道真假，咱們安插在沉香殿的探子說，看見郭承徽身邊的雪螽偷偷去膳房弄了一些雞血抹在月事帶上，還說瞧見郭承徽乾嘔了幾次，氣色看著不大對，跟懷大郡主那會相差無幾。」

聽了這話，太子妃的眉頭緊緊擰了起來。「按理說她不可能有孕的，母親說過，那斷子草的藥效霸道，沒有人能受得住的。」

董姑姑道：「萬事沒有絕對，雍奉儀當初不就是個例外嗎？」

提起雍奉儀，太子妃不由得多了一絲怒火，那個鄉下來的土包子，竟然頓頓吃那些油膩的東西，也不碰她做了手腳的精緻點心。不曉得是真的蠢笨，還是運氣太好，太子才去了她那一次，她就懷上了皇長孫。

原本她打算故技重施，傳出些流言讓顯慶帝與太后厭惡了她，她便能順理成章的撫養皇長孫，等到她有了自己的孩子後，那鄉下女人生的小土包子也就無用了。

誰知顯慶帝竟然將皇長孫交給傅良娣撫養，雍奉儀那個女人也沒有任何異議，反倒成了傅良娣的忠實走狗。

她和傅良娣本就是互相牽制的關係，在雍奉儀生下皇長孫前，她一直壓了傅良娣一頭。而傅良娣撫養了皇長孫以後，她反倒成了被壓制的一方。

皇長孫女與皇長孫，雖然只差了一個字，分量卻是不能比較的。這一點從顯慶帝的態度中就能看出來。

只不過，雖然顯慶帝偏愛皇長孫，太子卻對自己的長女疼愛的緊，她也因此得了許多實惠。

「姑姑，妳說本宮為何就是懷不上呢？」她摸了摸自己的肚子，悵然若失道。

董姑姑安慰她：「您還年輕，總會開懷的，公主當年也是成婚後第八年才生了您，先開花後結果，在您一周歲時，又生下了唯少爺。現在您已經有了大郡主，說不定小主子馬上就要來了。」她頓了頓繼續道：「從您肚子裡出來的可是尊貴的嫡出，哪裡是那些庶出種子能比的。您就放寬心好好調養身體，其他的什麼都別想。」

董姑姑的話讓太子妃心情平復了許多，想到可能有孕的郭雪瑩，她瞇了瞇眼道：「沉香殿那邊盯緊些，若是確定有孕，妳知道該怎麼做的。」

董姑姑點了點頭。

就在郭雪瑩的掩飾下，吳承徽終於度過了危險的頭三個月，之後便在一次家宴上故意暈倒，曝出了自己身懷有孕的事。

她順勢當著顯慶帝和傅太后的面，拿出證據告發太子妃毒害東宮女眷，使得她們喪失生育能力，請求顯慶帝和傅太后徹查此事。

吳承徽的話如同在平靜的湖面上投了一枚石子，震得在場的眾人一陣恍惚。

太子妃最先反應過來，心裡咯噔了一下，立即跪下喊冤。「求父皇、皇祖母明察，德容從未做過毒害皇家子嗣的事情。」

「哼，妳是沒做過毒害皇家子嗣的事情，妳做得更絕，直接斷送東宮女眷做母親的機會！」傅良娣早兩天便知道了這事，當時就恨不得殺了這個毒婦，後來還是忍住了。

她要讓她永遠翻不了身。

她從席位上起身，走到吳承徽旁邊跪下，大聲道：「求皇上、太后娘娘為東宮女眷做主，徹查太子妃下毒一事。」

接著是韋良媛和雍奉儀，兩人也一同跪下求顯慶帝和傅太后做主。

韋良媛喊完後安安靜靜的跪在那裡，雍奉儀卻道：「妾本來還想替皇長孫再添個弟弟，沒想到以後都不能生了，皇上、太后娘娘，您二位一定要為兒媳做主啊。」

她說著說著眼淚就流了下來。

顯慶帝臉色難看至極，傅太后也好不到哪裡去，後宮中其餘的妃妾例如祥妃正擺著一副看好戲的臉。

二皇子和大公主兄妹倆都有些不耐煩，好好的一頓家宴，被幾個哭哭啼啼的女人毀了，真是一點胃口也沒有。

「父皇，兒臣有些累了，就先告退了。」二皇子率先開口。

他話音剛落，大公主也道：「父皇、皇祖母，筠兒也累了，跟二皇兄一起退下啦。」

顯慶帝點了點頭，兄妹倆一起離開了。這時蘇貴妃也起身告退，接著又有其他妃子陸陸續續走了，只祥妃還端坐在位置上，傅太后橫了她一眼。

「怎麼，祥妃是想留下來看熱鬧嗎？」

太后的話語裡含著嚴厲的警告，祥妃偷偷瞄了顯慶帝一眼，只見他面無表情的看著自己。她立即起身道：「請皇上和太后娘娘恕罪，臣妾剛剛走神了，馬上就走，馬上就走。」

說完，對著宮裡的兩尊大神草草的施禮後，帶著余姚姑姑匆匆離開了。

祥妃走後，家宴現場只剩下顯慶帝、傅太后以及東宮的女眷。

顯慶帝命人守在殿門口，不允許任何人打探，因為這關係到東宮和太子的顏面。他居高臨下的看著太子妃，問：「太子妃，東宮女眷狀告妳毒害她們一事，妳有什麼想說的？」

太子妃一臉鎮定，不慌不忙道：「在太子選妃之前，傅良娣一直將太子妃之位當成自己的囊中之物。後來您和皇祖母選了兒媳做太子妃後，傅良娣與兒媳一直是面和心不和，在東宮裡收買人心，處處與我作對。下毒一事也是她與吳承徽、韋良媛幾個一起合謀誣陷我的。」

聽了這話，顯慶帝又看向傅良娣，傅良娣道：「皇上，在我自辯前，能不能先讓吳承徽坐著，畢竟她還懷著身孕呢。」

顯慶帝的視線落到了吳承徽身上。「來人，給吳承徽添張椅子。」

立即有人按命令行事。

傅良娣這才道：「我原先的確是想當太子妃，但我自知已無緣此位，便就老老實實的待在東宮做我的良娣，每日請安從未藉故不去或是遲到過，一直謹守上下尊卑的本分。至於韋良媛和雍奉儀，大家同為太子妾室，本就是一家姐妹，平日裡往來多了些，怎知竟讓妳紅口白牙的誣陷我們？太子妃，妳不是一向最喜歡用事實說話嗎？若是想證明自己的清白，那就拿出證據來啊。」

「妳……」太子妃被傅良娣氣到了。「奇怪了，我又不是神仙，哪裡知道妳會在家寡上陷害我，若真是這樣，我定會好好準備一番，不會讓妳的奸計得逞。」

傅良娣笑了笑沒有說話。

太子妃繼續道：「妳說我害得東宮女眷沒有生育能力，那雍奉儀和郭承徽又怎麼會生下皇長孫和大郡主，吳承徽又如何會有身孕？」她又提起了沒有在場的郭雪瑩，對顯慶帝和傅太后道：「那郭承徽今日身子不爽未曾在場，其實也正是因為有了身孕在沉香殿休養。」

她這話一出，顯慶帝和傅太后齊聲問：「這可是真的？」

太子妃正要回話，傅良娣搶先道：「稟皇上、太后娘娘，郭承徽並未懷孕，而是月事不調引起的身體虛弱。」

「傅良娣，當著父皇和皇祖母的面妳還要胡說八道嗎？果真是居心不良。」太子妃呵斥道。

傅太后聽得有些不耐煩了。「妳們兩個都閉嘴。」她轉頭吩咐錦玉姑姑。「妳親自去東宮將郭承徽帶來。」

錦玉姑姑領命而去。

傅太后又對顯慶帝道：「皇帝，國師近日外出歸來，哀家聽說他身邊常年帶著的那個大夫醫術了得，不如讓他來給東宮的女眷們診脈，看看她們的身子到底有沒有受損。」

「母后，那蔣釗畢竟是外人，診脈之事還是由太醫來做吧。」

「太醫院那麼多太醫，有誰診出問題來了？都這個時候了，你還猶豫什麼，難道要等太子回來後自己查證嗎？」

顯慶帝被傅太后斥責了幾句，面子上有些掛不住，於是讓梁炳芳去請國師和蔣釗。

郭雪瑩、國師和蔣釗三人幾乎是前後腳到的。

「蔣大夫，哀家聽說你醫術高明，你旁邊的郭承徽近來身子不大爽利，你替她診診脈，看看到底是怎麼了？」

郭雪瑩心裡咯噔了一下，好在她早有準備，太后話音落下，她便伸出了手腕。

旁邊的宮女立即在上面搭了一方錦帕，蔣釗隔著錦帕替郭雪瑩診脈，左右手輪流診了一遍。

「稟皇上，稟太后娘娘，這位郭承徽沒有別的毛病，氣血虛弱乃是月事不調引起的，只需好好調理一番便能痊癒。」

「庸醫！她明明是有了身孕才如此虛弱的。」太子妃不管不顧的大聲道。

蔣釗最討厭別人質疑他，當下不顧在場之人的身分，不客氣道：「這位娘娘，胡說也得有個度吧，郭承徽氣血如此虛弱，若不調養個三五年，就算懷上了也會保不住的。更別說了，她的脈象顯示，似乎是誤服了什麼虎狼之藥，以後很難再有子嗣。」

雖然早有預料，但聽了蔣釗的話後，郭雪瑩還是控制不住軟了腿。

太子妃又驚又疑又怕，她沒想到蔣釗竟然能看出來。

這時目睹了一切的顯慶帝道：「東宮女眷都在這裡，蔣大夫一併替她們看看吧。」

蔣釗領命，傅良娣最先伸手，蔣釗診脈時眉頭擰得緊緊的，一直診完了所有女眷後，眉頭都沒有鬆開過。

「怎麼樣？」傅太后迫不及待問道。

蔣釗搖了搖頭。「她們似乎都服用了跟郭承徽一樣的藥物，身子雖比郭承徽要康健些，但子嗣方面怕是……」

他話沒有說完，但大家都明白了他的意思。韋良媛和陸良媛當場低泣起來，雍奉儀則暈了過去，傅良娣用看死人一樣的目光看著太子妃，恨不得將她碎屍萬段。

這時候太后再度開口：「蔣大夫，再給太子妃和吳承徽也看看。」

太子妃拒不伸手，錦玉姑姑在太后的示意下，與一個小宮女一起，將她的手腕扯著遞到了蔣釗面前，蔣釗迅速替她診脈後道：「太子妃脈象強健有力，沒有任何不適之處。」

接著是吳承徽。

「吳承徽已有近四個月身孕，母體和胎兒都很健康。」

從大殿裡出來後，蔣釗才發現自己後背竟然全濕了。國師笑著道：「剛剛在皇上和太后面前臨危不亂，老朽還挺佩服你的。」

蔣釗瞥了他一眼。「你就不要取笑我了，這回運氣好，沒有被你害死。老頭，明天我就收拾包袱離開京城，再也不跟你待一塊了，上次是恭王世孫，這次是太子的妻妾，下一次要是輪到那兩位，我還活不活了？」

說完抬腳加快速度離開，像是要擺脫身後的人一樣。

國師望著他的背影，無聲的笑了。

他想起東宮眾女眷的面相，搖了搖頭，那分明都是無子之相啊！

大殿內，太子妃終於明白了，傅良娣和吳承徽早就謀劃好了，要徹底將她趕盡殺絕。她做過的事情不能承認，所以在顯慶帝和傅太后面前，她淚如雨下的一直哭訴自己是冤枉的。傅良娣稟明顯慶帝和傅太后，在他們的允許下，將太子妃的心腹董姑姑帶上來了。

今日的家宴原本是該董姑姑陪著太子妃的，只是不知為何，臨走時董姑姑卻忽然鬧起了肚子，太子妃只好換了貼身宮女棉蕊陪同前來。

董姑姑看著十分憔悴，進殿拜見過顯慶帝和傅太后以後，刻意的躲避著太子妃，不敢看她。

太子妃心裡生出一絲不好的預感，她的直覺告訴她，董姑姑背叛了自己。

果然，在傅良娣簡單的幾個問題後，董姑姑就一字不漏的將太子妃下藥的事情交代了，還說出了太子妃放藥粉的地方。

傅太后立即讓錦玉姑姑去太子妃的寢宮搜查，大約過了兩炷香的時間，錦玉姑姑帶著藥粉回來了。

看到那熟悉的瓷瓶，太子妃知大勢已去，她冷眼盯著董姑姑。「為什麼，為什麼要背叛我？」

董姑姑是沁陽公主身邊最得力的心腹，德容郡主成了太子妃以後，沁陽公主便將董姑姑給了女兒。在太子妃眼裡，對董姑姑的信任和依賴不亞於母親沁陽公主。在東宮，很多她不便出手的事情，幾乎都是經由董姑姑之手去做的。

董姑姑痛苦的搖頭。「郡主，不是奴婢故意要背叛您，而是晉陽侯府的人抓了奴婢的兒子和丈夫，他們威脅奴婢，若不如實交代您讓我做的事情，就要殺了他們。」

太子妃冷笑。「背主就是背主，何必找那麼多藉口。是我和母親都瞎了眼，竟然讓妳這種忘恩負義的人跟在身邊，如今落到了這步田地。」

傅良娣嘲諷道：「這可怪不得別人，若不是妳心腸狠毒，哪裡會落得今天這個下場。」

太子妃看了她一眼，沒有說什麼，而是走到顯慶帝和傅太后面前跪下。「外祖母、皇舅舅，這一切都是德容一個人做下的，與我母親和弟弟無關，還請您們不要怪罪他們。」

顯慶帝一言不發，傅太后眉頭緊皺，這對最尊貴的母子沒有發話，下面的眾人大氣也不敢出。

過了許久，顯慶帝才開口。「來人，將太子妃押入禁宮，任何人不得探視。」

「皇帝，你……」傅太后欲言又止。禁宮是宮裡罪大惡極的妃子所去之處，比冷宮和慎刑司還要更駭人。

傅太后的意思是讓她直接病逝，以免遭人議論。

顯慶帝道：「犯了錯就該接受懲罰，讓她去禁宮待幾日，為自己所犯的過錯贖罪。」一若是挺得過去，就留她一命吧。

太子妃那聲皇舅舅還是讓顯慶帝多了一絲憐憫之心。

太子妃的去處已定，沒能當場廢掉她的太子妃之位，傅良娣深感可惜。但她知道，欲速則不達，不能逼得太緊，得一步一步慢慢來。

她抬頭朝傅太后看去，只見傅太后用眼神示意她不要輕舉妄動。

傅良娣微微點了點頭。

隨後，傅太后讓東宮女眷們回去，臨走時警告她們，什麼該說、什麼不該說的要記住，總之今天的事回去都別碎嘴。

於是此番太子回京後，東宮女眷們變得十分乖覺，誰也不再往他身邊湊。太子還以為自己魅力下降，以至於他的女人們都不來爭寵了。

從顯慶帝和太后那裡回來後，太子先是去了太子妃寢宮，卻沒見到太子妃，只見到了自己的長女衛昭。

一問之下，他得到的回答是，太子妃被太后留在壽安宮抄寫供奉給觀音大士的經書。但太子很是不解，為何他去給皇祖母請安時，皇祖母卻並未提起這事呢？

太子妃的兩個心腹棉蕊和董姑姑都被處死了，寢宮裡只留了另一個貼身宮女綠茵照看衛昭。綠茵對發生的事一無所知，前兩日，當東宮的其他主子都從家宴回來了，只有太子妃沒有回來，而在這之前，董姑姑還被錦玉姑姑帶走，她就覺得很不對勁。

本來想給公主府傳信，誰知根本傳不出去，期間她也去跟其他人打探消息，但那些人要嘛不知道，要嘛就絕口不提家宴上的事情。

她知道主子一定出事了，卻沒有任何辦法，只能等太子回來。

等太子看完女兒後，綠茵立即跪在他面前。「殿下，求求您救救我們主子吧，奴婢雖然不知道她在哪裡，但能肯定她絕對沒有在太后娘娘那裡抄經書。」

太子臉色變得凝重起來。「怎麼回事，妳仔細跟孤說一說。」

綠茵將最近幾天發生的事情以及東宮的反常都告訴了太子，太子聽完，起身向外走去。

這時，傅良娣匆匆趕了過來。

「殿下，您剛回來怎麼不歇著啊？」

太子停下腳步。「孤有事要去皇祖母那裡一趟。」

傅良娣知道他要去幹什麼，但不能讓他去。「您回來還沒去看過旼兒呢，可不能厚此薄彼啊。」旼兒是皇長孫的名字。

太子道：「等孤從皇祖母那裡回來後就去看你們。」

說完大步離開了。

望著他遠去的背影，傅良娣心裡存了氣，她轉頭看了立在門口的綠茵，冷笑了兩聲後也離開了。

都是些秋後的螞蚱，不值得為她們氣惱。

在去壽安宮的路上，太子碰到了二皇子。

見到他，二皇子破天荒的給了他一個笑容。「皇兄，這麼著急是要去哪裡啊？」

太子停下腳步。「孤要去皇祖母那裡，稍後再來找二皇弟說話。」

二皇子讓人將輪椅推到太子面前。「皇兄是去太后那裡找太子妃嫂嫂嗎？如果是這樣，弟弟勸你不要去了，因為太子妃並不在壽安宮。」

太子擰眉。「你這是什麼意思？」

二皇子臉上笑容更甚了。「皇兄還不知道嗎？太子妃給東宮女眷下了絕育藥，如今被父皇關進了禁宮呢。」

他嘖嘖道：「都好幾日了，也不曉得一向端莊穩重的太子妃，如今變成什麼模樣了。」

太子受到打擊，向後退了兩步。「不，不可能。」

二皇子又笑了。「我想起來了，父皇下令不許任何人對你說起此事。這樣看來，還是弟弟比較心疼皇兄，不忍心讓你被瞞在鼓裡，索性將實情告知於你。」

「孤不相信你，孤要去找父皇。」太子調轉方向去了承暉殿。

二皇子留在原地，臉上全是嘲諷。

他永遠都不會忘記，當年就是在這個地方，他被突然斷裂的假山石砸到了雙腿。那時他看到了熟悉的明黃色一閃而過，在他奮力呼救時，那抹明黃色就在轉角消失了。

宮裡能穿明黃色的只有父皇和太子，父皇那時正在行宮，所以那人是太子。

「呵，當初你對我見死不救，今日我卻好心告知你實情，我這樣的好弟弟可沒有第二個了。」

皇宮喪鐘響起時，顏娘正在理帳。第一聲時，她還沒覺得有什麼，第二聲時才覺得不對勁。她心裡咯噔了一下，趕緊停下手中的事情。

鐘聲哀鳴，餘音繚遠，鐘聲每響一次，顏娘跟著數一遍，一共響了十六聲。是太子妃薨了。

皇宮的喪鐘是有規矩的，皇帝駕崩三十六聲，太子薨逝三十聲，太后崩逝二十七聲，皇后是二十七聲，太子妃是十六聲。

顏娘有些手抖，太子妃今年才二十一歲，從未聽說她生病，年紀輕輕的怎麼會突然去了呢？

按理說，太子妃去世，官員家眷是要去東宮哭靈的，顏娘從未經歷過此事，一時也不知道該怎麼辦。

她喚來戚氏，戚氏提議道：「不如去郭侍郎府上問一問？」

顏娘點頭。「妳親自跑一趟，問清楚了就趕緊回來。」

戚氏匆匆去了。

戚氏還沒回來，姜裕成就打發止規回來報信。「夫人，大人說了，太子妃薨逝不必去東宮哭靈，只需把家裡的裝飾換成素淨的便可。」

顏娘還想問兩句，止規道：「小的只是聽從大人的吩咐，其餘的什麼都不知道。」

於此同時，京中其他官家也都收到了同樣的消息。太子妃薨逝，竟然不讓大家去東宮哭靈，要說這裡面沒有蹊蹺誰都不會相信。大家都在猜測，是不是太子妃做了什麼錯事，才連死後的哀榮都沒有？

但宮裡沒有任何消息傳出來，眾人也只是猜測而已，大家都把視線集中到了太子妃的娘家——沁陽公主府和威遠侯府。

沁陽公主聽聞女兒沒了後，當場暈了過去，醒來後與丈夫威遠侯世子急匆匆的往宮裡趕去。

東宮已經撤下了平日的裝置，掛上了白幡，太子妃的棺槨擺在寢宮的偏殿。沁陽公主大婦到的時候，除了衛昭這個養女，只有綠茵為首的一眾宮女太監在守靈。不僅太子不在，東宮的其他妾室竟然也沒有一個在場的。

沁陽公主本就沈浸在傷痛中，看到女兒孤零零的躺在偏殿裡，不由得悲中生怒。

「放肆！德容雖然去了，也是東宮的女主人，太子的妾室為何不來給我女兒守靈？來人，把她們給本宮帶過來為太子妃哭靈。」

回應她的只有衛昭的低泣聲和眾人的安靜，她怒火越燒越高。「怎麼，本宮還使喚不得你們這群奴才了？」

威遠侯世子也怒了，一腳踢在離他最近的一個小太監身上。「狗奴才！公主的命令也敢不聽？」

那小太監挨了踢，此刻正捂著胸口哎喲哎喲的叫著，威遠侯世子見狀，又要上前補一腳。

那小太監大聲道：「太子妃心腸狠毒，害得全東宮的主子娘娘不能生養，她是死有餘辜。」

「狗奴才，竟敢誣衊我的女兒！」威遠侯世子又急又怒，對著小太監的胸口狠狠踢了兩腳。

小太監起初還能發出一點聲音，不到一盞茶的時間，聲音便弱了下去，旁邊的一個小宮女壯著膽子在他鼻尖探了探，已經沒了氣息。

「啊！他死了。」小宮女嚇得臉色慘白的跌坐在地上。

威遠侯世子哼了一聲。「就這麼死了，還真便宜他了。」說完走到沁陽公主身邊。「怎麼樣，知道德容的死因了嗎？」

沁陽公主含淚搖頭。「綠茵說德容出事前一直沒有回來，死後直接用棺木裝著抬回來的。」說完便撲到了棺木上，哭得撕心裂肺。「我苦命的德容啊，妳到底是被誰害了啊，妳快起來告訴母親啊！告訴母親啊！」

威遠侯世子卻敏感的覺得事情不對勁，剛才他太過憤怒悲傷，以至於忽略了女兒的另外兩個心腹並不在場。

「董姑姑和棉蕊呢？」他問綠茵。

綠茵哽咽道：「董姑姑和棉蕊也都暴斃了。」

威遠侯世子不由得後退了兩步，他轉身扶起沁陽公主，壓低聲音道：「德容怕是被……」

他話沒有說完，但沁陽公主已經明白了他的意思。

就在這時，梁炳芳來到東宮。「公主、世子，皇上命老奴來請二位。」

沁陽公主和威遠侯世子相視一眼，均從對方眼裡看到了擔憂。兩人擦了擦眼淚，忐忑不安的跟著梁炳芳去了顯慶帝所在的龍吟閣。

——未完，待續，請看文創風843《下堂婦逆轉人生》3（完）

風 文創 842

下堂婦逆轉人生 2

國家圖書館出版品預行編目資料

下堂婦逆轉人生 / 饞饞貓著. --
初版. -- 臺北市 : 狗屋, 2020.04
冊 ; 公分. --（文創風）
ISBN 978-986-509-099-9（第2冊：平裝）. --

857.7 109001924

著作者 饞饞貓
編輯 李佩倫
校對 周貝桂
發行所 狗屋出版社有限公司
地址 台北市104中山區龍江路71巷15號1樓
電話 02-2776-5889～0
發行字號 局版台業字845號
法律顧問 蕭雄淋律師
總經銷 知遠文化事業有限公司
電話 02-2664-8800
初版 2020年4月
國際書碼 ISBN-13 978-986-509-099-9

本著作物由起點中文網（www.qidian.com）授權出版

定價250元
狗屋劃撥帳號：19001626
網址：love.doghouse.com.tw E-mail：love@doghouse.com.tw